CAMILLA LÄCKBERG

SREBRNE SKRZYDŁA

Przełożyła Inga Sawicka

WYDAWNICTWO
CZARNA OWCA

Tytuł oryginału: *VINGAR AV SILVER*

Redakcja: Anna Brzezińska
Projekt okładki: Henrik Walse
Adaptacja okładki: Magda Kuc
Zdjęcia na okładce: © Erik Undéhn
Zdjęcie autorki: © Magnus Rangvid
DTP: INSATSU Michał Żelezniakowicz
Korekta: Beata Wójcik, Monika Łobodzińska-Pietruś
Opieka redakcyjna: Katarzyna Słupska

Wydanie I

Druk i oprawa: ABEDIK S.A
Wydrukowano na papierze Creamy 80 g/m², vol. 2,0
Dystrybuowanym przez **ZiNG**

ISBN 978-83-8143-029-6 (okładka szara)
ISBN 978-83-8143-578-9 (okładka biała)

WYDAWNICTWO
CZARNA OWCA

ul. Wspólna 35/5 | Dział handlowy tel.: +48 22 616 29 36, e-mail: handel@czarnaowca.pl
00-519 Warszawa | Redakcja tel.: +48 22 616 29 20, e-mail: redakcja@czarnaowca.pl
www.czarnaowca.pl | Sklep internetowy tel.: +48 22 77 55 705, www.inverso.pl

Dla Karin

CZĘŚĆ 1

Wczesnym rankiem z transportu więziennego uciekło dwóch osadzonych, odbywających karę za morderstwo. Skorzystali z okazji i zbiegli do lasu, gdy konwojujący ich strażnicy zatrzymali się na postoju przy autostradzie E4 na wysokości Gränna.

Na miejsce wezwano kilka patroli policyjnych, ale jak do tej pory poszukiwania są bezowocne.

Według rzeczniczki zarządu służby więziennej Karin Malm zbiegowie nie stanowią zagrożenia dla społeczeństwa.

„AFTONBLADET" Z 5 CZERWCA

Faye włączyła maszynkę Nespresso. Czekając na kawę, spojrzała przez wysokie okno kuchni i – jak zwykle – zachwyciła się widokiem.

Dom w Ravi stał się jej rajem na ziemi. Miejscowość nie była duża, liczyła dwustu stałych mieszkańców. Wystarczyło pięć minut, żeby obejść całą wolnym krokiem. Na ryneczku znajdowała się restauracja, gdzie serwowano najlepszą pizzę i pastę, jaką Faye jadła kiedykolwiek. Co wieczór było tu pełno. Czasem wpadli jacyś turyści, zwłaszcza pod koniec maja robiło się ich więcej. Wśród nich pełni entuzjazmu francuscy rowerzyści albo amerykańscy emeryci, spełniający marzenia o zwiedzaniu Włoch wynajętym kamperem, podczas gdy ich dorosłe dzieci nie mogą zrozumieć, dlaczego rodzice koniecznie muszą żyć własnym życiem, zamiast dyżurować przy wnukach.

Nie było Szwedów.

Od czasu, kiedy kupiła swój dom, Faye nie widziała tu ani jednego rodaka, co również przesądziło o wyborze tej, a nie innej miejscowości. W Szwecji Faye była celebrytką na skalę ogólnokrajową. We Włoszech zarówno chciała, jak i musiała pozostawać anonimowa.

Jej piękny stary dom nie znajdował się we wsi, tylko w odległości dwudziestu minut spacerem, na wysokim wzgórzu z pnącą się po zboczach winoroślą. Faye kochała przechadzać się po tutejszych pagórkach, chodzić po chleb, ser i prosciutto. Banalne życie na włoskiej wsi, z którego czerpała największą przyjemność. Podobnie jak jej matka Ingrid, Kerstin i Julienne. W ciągu dwóch ostatnich lat, odkąd Jack, były mąż Faye, wylądował w więzieniu, stworzyły zgrany kwartet.

Kerstin i Ingrid prześcigały się w rozpieszczaniu Julienne, a od kiedy Kerstin zaczęła spędzać coraz więcej czasu na wyjazdach, Ingrid wzięła na siebie obowiązek codziennego posyłania jej aktualnych zdjęć i sprawozdań z życia dziewczynki.

Espresso było gotowe, Faye wzięła filiżankę i przez salon przeszła na tył domu; dochodzące stamtąd radosne okrzyki i pluski zdradzały, że jest tam basen. Faye uwielbiała swój salon. Urządzenie domu zabrało sporo czasu, ale dzięki cierpliwości i jednemu z najlepszych włoskich architektów uzyskała dokładnie taki efekt, jaki chciała. Grube kamienne ściany utrzymywały w środku przyjemny chłodek nawet podczas największych letnich upałów, ale sprawiały też, że było ciemnawo. Radą na to były duże jasne meble i dyskretne oświetlenie. Szerokie okna z tyłu domu również wpuszczały sporo światła. Cieszyło ją, że pokój niemal niepostrzeżenie przechodził w taras.

Gdy wychodziła na zewnątrz, biała zasłona musnęła ją pieszczotliwie. Popijając kawę, obserwowała córeczkę z babcią. W pierwszej chwili jej nie zauważyły. Julienne sporo urosła, włosy spłowiały jej na słońcu i zrobiły się prawie białe. Z każdym dniem przybywało jej piegów, była ślicznym, zdrowym i szczęśliwym dzieckiem. Mającym to wszystko, czego życzyła jej Faye. I co stało się możliwe dzięki temu, że w ich życiu nie było Jacka.

– Mamo, mamo, zobacz, umiem już pływać bez rękawków!

Faye uśmiechnęła się i zrobiła zdumioną minę, by okazać podziw. Julienne płynęła po głębokiej stronie basenu, pieskiem, jej ruchy zdradzały wysiłek, ale rzeczywiście nie miała dmuchanych rękawków z misiem Bamse; zostały na brzegu. Babcia patrzyła nerwowo na wnuczkę, siedziała wychylona do przodu, gotowa w każdej chwili wskoczyć do basenu.

– Spoko, mamo, da radę.

Faye wzięła kolejny łyk espresso. Zaraz dopije do końca. Szkoda, że nie zrobiła sobie cappuccino.

– Uparła się, żeby pływać po głębokiej stronie basenu – odpowiedziała z lekką desperacją matka Faye.

– Ma ten upór po swojej mamie.

– Owszem, wiem coś na ten temat.

Ingrid zaśmiała się, a Faye pomyślała to samo co wiele razy przedtem podczas minionych dwóch lat, że matka jest wciąż piękna. Mimo ciężkich chwil, na które wystawiło ją życie.

Faye i Kerstin jako jedyne wiedziały, że Ingrid i Julienne żyją. Dla świata obie były martwe: Julienne zamordowana przez ojca, który trafił za to do więzienia, gdzie odbywał teraz karę dożywocia. Jack był bliski zniszczenia Faye, która była zniewolona przez swoją miłość do niego. Jednak na końcu to on został wielkim przegranym.

Faye podeszła do matki i usiadła na stojącym obok rattanowym fotelu. Ingrid w napięciu obserwowała wnuczkę.

– Musisz znów wyjeżdżać? – spytała, nie odrywając wzroku od Julienne.

– Moment wejścia Revenge na rynek w Stanach jest coraz bliższy, mamy mnóstwo roboty w związku z nową emisją akcji. Jeśli uda mi się doprowadzić do kupna pewnej firmy w Rzymie, będzie ona dla nas mocnym atutem. Właściciel, Giovanni, skłania się do tego, żeby mi ją sprzedać, ale muszę go przekonać, że cena, jaką mu proponuję, jest najlepszą ze wszystkich ofert. A on, jak każdy mężczyzna, mocno przecenia swoją wartość.

Matka spoglądała niespokojnie to na Faye, to na Julienne.

– Nie rozumiem, po co ty wciąż tyle pracujesz. Zachowałaś sobie tylko dziesięć procent udziałów w Revenge, ale dzięki temu, co zarobiłaś na swoich akcjach, mogłabyś nie pracować do końca życia.

Faye wzruszyła ramionami, dopiła espresso i odstawiła filiżankę na rattanowy stolik.

– To prawda, i jakaś część mnie z przyjemnością zostałaby tu z wami. Ale wiesz, jaka jestem. Po tygodniu umarłabym z nudów. Poza tym Revenge to moje dziecko, bez względu na to, ile mam udziałów. No i wciąż jestem preześką zarządu. Oprócz tego czuję się odpowiedzialna za kobiety, które kiedyś weszły do firmy, inwestując w nią, a teraz są właścicielkami akcji. One wtedy zaryzykowały, więc nadal chcę zarządzać firmą. Prawdę powiedziawszy, zastanawiam się nad odkupieniem większej liczby udziałów, gdyby któraś chciała sprzedać. Tak czy inaczej, zrobią dobry interes.

Matka podniosła się lekko, gdy Julienne zrobiła nawrót przy krótszej ścianie basenu.

– Tak, wiem, siostrzeństwo i tak dalej – powiedziała. – Mam o kobiecej lojalności trochę inne zdanie niż ty.

– Mamo, teraz są nowe czasy. Kobiety trzymają ze sobą. Tak czy owak, Julienne nie ma nic przeciwko temu, że zrobię krótki wypad do Rzymu, wczoraj odbyłyśmy rozmowę na ten temat.

– Jesteś dzielna, wiesz, że tak uważam, prawda? Że jestem z ciebie dumna?

Faye chwyciła jej rękę.

– Tak, wiem. Zaopiekuj się moją smarkulą, żeby się nie utopiła, a ja niedługo wrócę.

Podeszła do córki, która na przemian to płynęła, to się krztusiła.

– To pa, kochanie, jadę!

– Pa...

Znów się zakrztusiła, bo próbowała jednocześnie płynąć i machać ręką. Faye kątem oka zobaczyła jeszcze, jak matka pospieszyła do basenu.

W salonie Faye chwyciła spakowaną walizkę, limuzyna, która miała zawieźć ją do Rzymu, na pewno już przyjechała. Podniosła piękną walizkę Louis Vuitton, żeby kółka nie porysowały ślicznej, zabejcowanej na ciemno podłogi, i skierowała się do drzwi. Minęła gabinet Kerstin, która siedziała wpatrzona w ekran, okulary do komputera zjechały jej jak zwykle na koniec nosa.

– Puk, puk, wyjeżdżam.

Kerstin nie podniosła wzroku, między brwiami miała głęboką zmarszczkę świadczącą o zatroskaniu.

– Wszystko w porządku?

Faye weszła do gabinetu i odstawiła walizkę.

– Sama nie wiem... – odparła powoli Kerstin, nie patrząc na nią.

– Nooo, zaniepokoiłaś mnie. Jakieś problemy z nową emisją akcji? Chodzi o wejście na rynek amerykański?

Kerstin pokręciła głową.

– Jeszcze nie wiem.

– Jest się o co martwić?

Kerstin zwlekała z odpowiedzią.

– Jeszcze nie...

Na dworze rozległ się klakson, Kerstin skinęła głową w stronę drzwi.

– Jedź. Sfinalizuj transakcję w Rzymie. Potem pogadamy.

– Ale...

– To na pewno nic takiego.

Kerstin uśmiechnęła się do niej uspokajająco, jednak idąc do ciężkich drewnianych drzwi, Faye nie mogła uwolnić się od wrażenia, że coś się dzieje, i to coś złego. Ale jakoś się to rozwiąże. Na pewno. Taka już była.

Wsiadła, dała kierowcy znak ręką, by jechał, a potem otworzyła czekającą na nią buteleczkę. Samochód ruszył do Rzymu, a Faye w zamyśleniu popijała szampana.

aye przyjrzała się sobie w lustrze windy. Trzej panowie w garniturach spoglądali na nią z uznaniem. Otworzyła torebkę Chanel, zrobiła dzióbek i powoli, starannie umalowała usta szminką Revenge. Założyła za ucho blond kosmyk i zakręciła szminkę z wygrawerowanym *R* w momencie, gdy winda dotarła do westybulu, a panowie odsunęli się, robiąc przejście. Jej kroki odbiły się echem od białej marmurowej podłogi, a powiew nocnego powietrza zatrzepotał czerwoną sukienką, kiedy portier przytrzymał przed nią szklane drzwi.

– Taksówkę, *signora*? – spytał.

Z uśmiechem pokręciła głową i nie zwalniając, wyszła na chodnik, po czym skierowała się w prawo. Samochody stały, trąbiły, kierowcy klęli przy opuszczonych szybach.

Faye rozkoszowała się poczuciem wolności, tym, że jest sama w mieście, gdzie zna niewiele osób i nikt nie może się niczego od niej domagać. Poczuciem, że jest wolna od odpowiedzialności i winy. Spotkanie z Giovannim, właścicielem małej rodzinnej firmy kosmetycznej, której wyroby miały uzupełnić istniejącą już linię produktów Revenge, poszło znakomicie. Do Giovanniego dotarło w końcu, że przekonując ją do przyjęcia swoich warunków, nie może stosować wobec niej władczych technik i męskiej dominacji, a wtedy spotkanie obróciło się na jej korzyść.

Faye uwielbiała element gry w negocjacjach. Po drugiej stronie miała najczęściej do czynienia z mężczyznami, którzy ciągle popełniali ten sam błąd, mianowicie nie doceniali jej kompetencji tylko dlatego, że jest kobietą. W końcu musieli uznać swoją porażkę i wtedy reagowali na dwa sposoby. Jedni wychodzili ze spotkania, gotując się ze złości, utwierdzeni w swojej nienawiści do kobiet. A drudzy, zachwyceni jej pewnością siebie i umiejętnościami, wychodzili z wyraźnym wybrzuszeniem w spodniach, pytając, czy przyjmie zaproszenie na kolację.

Był ciepły wieczór, Faye miała wrażenie, że miasto wokół niej wibruje, zaraz chwyci ją w objęcia wraz z jej tęsknotami. Spacerowała bez celu. Okazja się nadarzy, jeśli tylko pozwoli sobie poczuć całym ciałem puls miasta.

Wkrótce będzie znów musiała założyć maskę i grać przypisaną rolę. Jednak dziś wieczorem może być, kim zechce. Szła przed siebie, aż dotarła do pięknego, brukowanego placu, a potem zagłębiła się w labiryncie uliczek.

Pomyślała sobie, że trzeba się zatracić, by móc potem powstać.

Z cienia wyłonił się mężczyzna, ochrypłym głosem oferował jakieś towary. Faye pokręciła głową. Przed sobą zobaczyła skąpane w żółtym świetle wielkie drzwi, które otworzyły się miękko przed czekającą parą. Mężczyzna i kobieta weszli do środka. Drzwi zamknęły się.

Faye przystanęła i rozejrzała się, a potem podeszła. Był tam mały dzwonek. Nad nim kamera. Nacisnęła guzik i nasłuchiwała bezskutecznie sygnału. W końcu rozległ się trzask zamka i drzwi otworzyły się. Ukazało się ogromne pomieszczenie wypełnione pięknymi ludźmi i brzękiem kieliszków. Przed sobą miała szklaną ścianę, a za nią wspaniały taras.

Znajdujące się kilometr dalej oświetlone ruiny Koloseum wyglądały jak rozbity statek kosmiczny.

W wielkim lustrze w złotej oprawie widziała znajdujące się za jej plecami grupki wytwornie ubranych ludzi, pogrążonych w rozmowach. Młode kobiety, piękne i gustownie umalowane, w krótkich, eleganckich sukniach. Mężczyźni na ogół nieco starsi, również przystojni, promieniejący spokojem i tego rodzaju pewnością siebie, jaka często wynika z zamożności. Docierały do niej okruchy rozmów prowadzonych po włosku. Kieliszki były napełniane, opróżniane i napełniane ponownie.

W pewnej odległości zobaczyła całującą się młodą parę. Faye przyglądała im się z fascynacją, wręcz nie mogła oderwać wzroku. Młodzi ludzie, w wieku około dwudziestu pięciu lat. On wysoki, przystojny na sposób włoski, z niegolonym zarostem, z którym było mu do twarzy, wydatnym nosem, czarne włosy czesane z przedziałkiem. Ona w kosztownej sukni koloru kości słoniowej, opinającej się na biodrach i podkreślającej talię. Ciemnobrązowe włosy nosiła niedbale upięte.

Byli ewidentnie tak zakochani, że nie mogli przestać się dotykać. Jego długie palce wędrowały raz za razem po wewnętrznej stronie jej opalonych ud. Faye uśmiechnęła się. Kiedy ich spojrzenia się spotkały, nie odwróciła wzroku, tylko obserwowała spokojnie młodą parę. Podniosła do ust drinka, whiskey sour. Kiedyś ona również była taka zakochana. Jednak ta miłość ją zdusiła, zrobiła z niej bezwolne stworzenie tkwiące w złotej klatce.

Jej myśli przerwało podejście młodej kobiety.

– Chciałabym wraz z moim narzeczonym zaprosić cię na drinka – powiedziała po angielsku.

– Nie wydaje mi się, żebyście potrzebowali towarzystwa – odparła rozbawiona Faye.

– Twojego towarzystwa – owszem. Jesteś bardzo piękna.

Kobieta miała na imię Francesca, urodziła się w Porto Alegre na brazylijskim wybrzeżu Atlantyku, była modelką i malarką. Mężczyzna, Matteo, pochodził z rodziny właścicieli potężnego konsorcjum hotelowo-restauracyjnego, podobnie jak Francesca malował, ale nie tak dobrze jak ona, co podkreślił z nieśmiałym uśmiechem. Oboje byli mili, uprzejmi i potrafili ją rozśmieszyć. Ich apetyt na życie i beztroska były wręcz zaraźliwe. Faye wypiła kolejne dwa drinki. Czuła się olśniona ich urodą, młodością i miłością, ale zupełnie bez zawiści. Nie brakowało jej mężczyzny u boku. Chciała sama kierować swoim życiem bez konieczności brania pod uwagę drugiej osoby. Jednak widok ich obojga razem był dla niej bardzo pociągający.

Po godzinie Matteo przeprosił i oddalił się w stronę toalety.

– Zaraz wychodzimy – powiedziała Francesca.

– Ja też, jutro wracam do domu.

– A może wpadłabyś do nas na trochę, przedłużylibyśmy wieczór?

Faye rozważała propozycję, nie odwracając wzroku. Najwyżej odeśpi podczas jazdy powrotnej do domu. Nie chciała kończyć wieczoru, jeszcze nie. Chciała zobaczyć więcej.

Taksówka zatrzymała się przed okazałym, dość wysokim budynkiem. Matteo zapłacił, wtedy wysiedli i zostali wpuszczeni przez portiera w liberii. Mieszkanie na najwyższym piętrze miało wielkie panoramiczne okna i balkon wychodzące na piękny park. Na ścianach wisiały czarno--białe fotografie, Faye przyjrzała im się bliżej i zauważyła, że na wielu z nich była Francesca. Z głośników popłynęła włoska muzyka pop. W głębi pokoju Matteo mieszał drinki przy barku na kółkach, a Francesca opowiadała jakąś anegdotę, która tak rozbawiła Faye, że dawno nie śmiała się tak serdecznie.

Usiadła na ogromnej kremowej sofie obok Franceski. Matteo podał im drinki i usiadł z drugiej strony Faye. Dochodzący z ulicy gwar działał uspokajająco, jednocześnie Faye poczuła przyjemny szum w głowie, oczekiwanie i podniecenie.

Francesca odstawiła drinka na stolik, nachyliła się, miękkimi palcami odsunęła ramiączko czerwonej sukni Faye i pocałowała ją w obojczyk. Faye poczuła falę gorąca przechodzącą przez jej ciało. Matteo odwrócił jej głowę do siebie, przybliżył usta, ale w ostatniej chwili musnął ją wargami w szyję i skubnął zębami w kark, który potem pocałował. Dłoń Franceski pieściła jej udo, przesuwając się do góry, by w ostatniej chwili zatrzymać się i drocząc, wylądować na jej krzyżu. Wszystko było jak we śnie.

Najpierw rozebrali ją, potem siebie.

– Chcę na was popatrzeć – szepnęła Faye. – Jak jesteście ze sobą.

Przypomniało jej się, jak Jack kilka razy proponował, by doprosili sobie jakąś kobietę. Faye wtedy odmówiła. Nie dlatego, żeby ta myśl nie była dla niej pociągająca, ale dlatego, że wyraźnie chodziło o zaspokojenie tylko jego potrzeb. Tutaj sytuacja wyglądała inaczej. Faye była tu dla nich obojga. Nie znudzili się sobą, ale ich miłość i wzajemny pociąg były tak silne, że byli w stanie objąć nimi jeszcze jedną osobę.

Faye jęknęła, kiedy Matteo wszedł w nią od tyłu, przechyliwszy ją do Franceski. Patrzyła teraz w szeroko otwarte oczy Brazylijki, która obserwowała to z rozchylonymi ustami.

– Kochanie, podoba mi się, jak ją pieprzysz – szepnęła Francesca do Matteo.

W tym momencie Faye służyła im wprawdzie jako narzędzie do wzmocnienia wzajemnej relacji, ale nie czuła się z niej wyłączona.

Nadchodził dla niej moment szczytowania, gdy Matteo się wycofał. Tworzyli na sofie jedną wielką plątaninę nagich spoconych ciał. Faye nigdy nie przeżyła czegoś równie intymnego, była częścią ich rozkoszy. Zadrżała, gdy Francesca się przysunęła. Nie odrywając od siebie wzroku, uklękły na sofie, pochyliły się, a on wbił się najpierw we Franceskę, potem w Faye, która w chwili orgazmu wydała krzyk. Matteo już nie mógł się powstrzymać, oddychał coraz mocniej.

– Dokończ w niej – jęknęła Francesca.

Faye poczuła, jak stwardniał, by zaraz eksplodować.

Mocno przytuleni, przeszli potem wszyscy troje do wielkiego łóżka w sypialni. Wciąż jeszcze dysząc, podawali sobie papierosa. Faye nastawiła budzik w komórce, żeby nie zaspać, i spróbowała zasnąć. Pół godziny później dała za wygraną. Ostrożnie wyplątała się z pościeli, nie budząc ich. Poruszyli się trochę, objęli i przytulili na ciepłym, opuszczonym przez nią miejscu.

Nie ubierając się, nalała sobie kieliszek szampana z otwartej butelki i zabrała na balkon. Miasto było pełne odgłosów i świateł. Usiadła na leżaku, opierając nogi na balustradzie. Ciepły letni wietrzyk pieścił jej nagie ciało, łaskotał, drażnił. Tę idealną chwilę zepsuło wspomnienie wyrazu twarzy Kerstin, wpatrującej się w ekran komputera. Niewiele rzeczy mogło poruszyć Kerstin. Stanowiła opokę, przy której inne były zaledwie nieznaczącą kupą kamieni. Coś było nie w porządku.

Faye popijała szampana, czemu towarzyszył natłok myśli. W przypadku tak dużej firmy jak Revenge i skali ich inwestycji bardzo wiele rzeczy mogło pójść nie tak. Wielkie pieniądze, wielkie inwestycje i wielkie zyski to również wielkie ryzyko. W życiu nie ma nic pewnego i niewzruszonego. Akurat ona wiedziała o tym bardzo dobrze.

Odwróciła się i spojrzała na leżącą w łóżku piękną parę. Uśmiechnęła się. Nie chciała teraz myśleć o zatroskanej minie Kerstin ani o tym, co ją czeka. Zapragnęła czegoś innego.

Mama!

Julienne podbiegła i złapała Faye w mokre objęcia. – Nie biegaj po płytach! – zawołała Ingrid ze swojego rattanowego fotela.

– Zamoczyłaś się, mamo – zmartwiła się Julienne, gdy już zwolniła uścisk i zobaczyła mokrą plamę na przodzie jej bluzki.

– Nie szkodzi, kochanie. Samo wyschnie. Zdaje się, że od mojego wyjazdu w ogóle nie wychodziłaś z basenu?

– Nie wychodziłam – zachichotała Julienne. – Spałam w basenie i nawet jadłam.

– Coś takiego. Myślałam, że mam córeczkę, a okazuje się, że to mała syrenka!

– Tak! Jak Ariel!

– Zupełnie jak Ariel.

Faye pogłaskała córkę po mokrej głowie, jej włosy jakby zaczęły mienić się na zielono.

– Idę się rozpakować i zaraz wracam – zawołała do Ingrid, która kiwnęła głową i wróciła do swojej książki. Najwyraźniej zdążyła już zaufać umiejętnościom pływackim wnuczki.

Faye weszła schodami na piętro i zaniosła walizkę do sypialni. Szybko ściągnęła z siebie mokrą bluzkę i pozostałe ciuchy, w których przyjechała, po czym przebrała się w miękki bawełniany dres. Walizkę wstawiła do garderoby. Później wypakuje ją jej asystentka Paola. Łóżko wyglądało tak zapraszająco, że Faye położyła się na narzucie, ręce założyła pod głowę i pozwoliła sobie na chwilę rozluźnienia. Uśmiechnęła się na myśl o tym, co było w Rzymie. Ziewnęła, poczuła, że jest bardzo zmęczona. W nocy dosłownie nie zmrużyła oka. Przysnęła dopiero w samochodzie z Rzymu. Teraz nie chciała ryzykować, że zaśnie, natomiast z biegiem lat nauczyła się sztuki kilkuminutowego odprężenia, by potem wstać z nową energią. Metoda polegała na powstrzymaniu się przed zamknięciem oczu, a więc rozglądała się po pokoju, zatrzymując wzrok na szczegółach i ogarniając całość.

Sypialnia była jej oazą. W jasnych kolorach jak reszta domu, w delikatnej bieli pomieszanej z miękkim błękitem. Smukłe, eleganckie meble, nic ciężkiego. Nic w rodzaju olbrzymiego, masywnego biurka, które kupiła Jackowi w prezencie dlatego tylko, że kiedyś należało do Ingmara Bergmana. Jack uwielbiał takie rzeczy. Wielkie gesty. Przedmioty, którymi można się chwalić. Oprowadzać gości po domu i mimochodem wspomnieć, że mijane biurko było kiedyś własnością wielkiego reżysera.

Faye spojrzała z przyjemnością na swoje zgrabne białe biureczko. Nie należało wcześniej do żadnego despotycznego pyszałka, zdradzającego i wykorzystującego swoje kobiety. Było tylko jej. Nieobciążone żadnym wspomnieniem. Tak jak Faye, która wyzwoliła się ze swojej przeszłości. Przeobraziła się.

Usiadła na łóżku i spuściła nogi. Znów odezwał się niepokój po słowach Kerstin. Nie powinna tego dłużej odkładać. Gabinet był pusty, kiedy go mijała, więc Kerstin jest zapewne w swoim pokoju. Często ucinała sobie drzemkę po południu, a Faye wolała nie pamiętać, że Kerstin nie jest już pierwszej młodości, że skończyła siedemdziesiątkę, a nawet więcej. Na samą myśl, że Kerstin miałoby nie być u jej boku, Faye robiło się słabo. Utrata Chris uświadomiła jej bardzo wyraźnie, że nikt i nic nie jest dane na zawsze. A przecież śmierć była od dawna obecna w jej życiu.

Zapukała do drzwi Kerstin.

– Nie śpisz?

– Nie śpię.

Faye weszła do pokoju, a Kerstin usiadła na łóżku i ze wzrokiem zamglonym od snu sięgnęła do nocnego stolika po okulary.

– Dobrze spałaś?

– Ja nie spałam – odparła Kerstin, wstała i wygładziła spodnie. – Tylko zamknęłam oczy, żeby mi odpoczęły.

Faye skrzywiła się lekko na mocne zapachy unoszące się w dużej sypialni Kerstin. Od kiedy podczas wyjazdu do Indii poznała Bengta, który pracował w szwedzkim konsulacie w Mumbaju, spędzała tam coraz więcej czasu. Zaangażowała się w pomoc dla miejscowego domu dziecka i woziła tam spore ilości artykułów pierwszej potrzeby. Tyle że również przywoziła z Indii mnóstwo różnych przedmiotów dekoracyjnych. Co pewien czas próbowała umieścić na sofach w salonie jakiś pled albo poduszeczkę ze złotymi frędzlami, ale Paola miała przykazane, że wszystko ma natychmiast wracać do pokoju Missis Karin.

Musiały zrezygnować z nauczenia temperamentnej Włoszki wymowy imienia Kerstin* i pogodzić się z łatwiejszą dla niej wersją Karin.

– Tęsknisz za Bengtem?

Kerstin prychnęła i włożyła kapcie stojące równo przed łóżkiem.

– W moim wieku się nie tęskni. Kiedy człowiek jest starszy... wygląda to jednak inaczej.

– Opowiadasz – odparła z uśmiechem Faye. – Paola się wygadała, że *missis Karin has much nicer underwear now*.

– No wiesz!

Kerstin tak się zaczerwieniła, że rumieniec spłynął jej na szyję. Faye nie mogła się powstrzymać i przytuliła ją.

– Kerstin, bardzo się cieszę ze względu na ciebie. Ale mam nadzieję, że on cię tak całkiem nie zagarnie, nam też jesteś potrzebna.

– Bez obaw, wystarczy, że trochę tam pobędę, i już mam go dosyć.

Uśmiech jakoś nie objął jej oczu.

– Chodźmy do gabinetu. Muszę ci coś pokazać.

Zeszły na dół w milczeniu. Faye czuła, że z każdym krokiem robi jej się ciężej na sercu. Coś było nie tak. I to bardzo.

Kerstin usiadła za biurkiem, zaszumiał włączony przez nią komputer. Faye usiadła w jednym ze stojących naprzeciwko

---

* Kerstin wymawia się jak siesztin (wszystkie przypisy pochodzą od tłumaczki).

dwóch foteli chippendale. Wprawdzie tu również obowiązywał „zakaz sari", jednak Faye umeblowała ten gabinet z myślą o Kerstin, która oprócz zamiłowania do wszystkiego, co hinduskie, miała również wielką pasję: Winstona Churchilla. A więc urządziła pokój w klasycznym angielskim stylu z pewnym współczesnym sznytem. Zwieńczeniem jej dzieła była wisząca nad biurkiem olbrzymia oprawiona fotografia Churchilla.

Kerstin odwróciła ekran do Faye, która starała się ułożyć migocące cyfry w jakiś spójny obraz. Znała się na numerologii świata biznesu, ale prawdziwą ekspertką w tej dziedzinie okazała się Kerstin. Z góry spoglądał sir Winston, ale Faye unikała patrzenia w tę stronę. Niepotrzebne jej było surowe spojrzenie mężczyzny.

– Do mnie należy czuwanie nad księgą akcyjną Revenge, kiedy ty masz na głowie sprawy związane z wejściem na rynek amerykański i nową emisją. Przed twoim wyjazdem do Rzymu sprzedano dwa pakiety akcji. Teraz kolejne trzy.

– Ten sam kupiec?

Kerstin pokręciła głową.

– Nie, ale nie mogę się pozbyć wrażenia, że te zakupy są uzgodnione.

– Myślisz, że ktoś usiłuje przejąć Revenge?

– Być może – odparła Kerstin, patrząc znad okularów. – Boję się, że właśnie stajemy wobec takiej ewentualności.

Faye odchyliła się na fotelu. Była spięta, poczuła przypływ adrenaliny, a w głowie miała gonitwę myśli. Jednak nakazała sobie spokój. Za wcześnie na spekulacje. W tym momencie przede wszystkim potrzeba jej faktów.

– Kto sprzedaje?

– Wiele osób. Wypisałam nazwiska.

Podsunęła jej listę. Kerstin znała Faye, która wolała mieć wrażliwe dane biznesowe na papierze, nie tylko na ekranie. Na rzecz lasów chciała działać w inny sposób.

– Nie rozumiem... tego, że sprzedają...

– Nie ma czasu na sentymenty. Trzeba ocenić sytuację, zapoznaj się z tymi danymi, a ja pogrzebię dalej. Potem się możemy powściekać, nie teraz, żeby nie marnować energii.

Faye pokiwała głową. Racja. Jednak trudno było nie zastanawiać się, które z kobiet obdarzonych przez nią zaufaniem sprzedają teraz swoje udziały. Za jej plecami.

– Przejrzyjmy razem to wszystko. Pozycja za pozycją.

– No to zaczynamy.

Faye spojrzała na listę i poczuła lekki skurcz w żołądku. Tego nie przewidziała. I właśnie to niepokoiło ją najbardziej.

W domu panowała cisza. Wszyscy poszli spać. Z wyjątkiem Faye. Siedziała pochylona nad listą, przeglądając ją po raz kolejny i usiłując zebrać myśli.

Cyfry tańczyły jej przed oczami. Była zmęczona i zrezygnowana, zwłaszcza tego ostatniego uczucia nie doświadczała od dawna, czyli od czasu, kiedy była jeszcze z Jackiem, i bardzo tego nie lubiła. Nachodziły ją złe, zakazane myśli. A jeśli już jest za późno, a jeśli już nie da się uratować Revenge? A jeśli w ciągu tych dwóch lat za bardzo się odsłoniła, przez co umożliwiła wrogowi, żeby ją podszedł niepostrzeżenie? Nigdy sobie tego nie wybaczy. Słabość to coś, co zostawiła za sobą. Z Jackiem. To on wniósł w jej życie słabość, którą teraz sam nosił jak niedopasowaną odzież więzienną.

Faye odłożyła kartkę z nazwiskami. Gryzła się, że została zdradzona. Nazwiska sprzedających udziały były jej dobrze znane. Wyobraźnia przywołała ich twarze, były to kobiety, którym kiedyś przedstawiła swoją koncepcję związaną z Revenge. Które przekonała do uwierzenia w jej firmę i w nią samą. Dlaczego żadna z nich nic jej nie powiedziała? Czyżby idea siostrzeństwa była dla nich tylko taką sobie gadką? Znaczyła mniej niż dla niej?

Potarła szczypiące ze zmęczenia powieki i zaklęła, kiedy do oka wpadła jej grudka tuszu z rzęs. Zamrugała i poszła szybko do łazienki zmyć makijaż. Była za bardzo zmęczona, by dziś zrobić coś więcej, zresztą dawał o sobie znać brak snu w związku z przygodą wczorajszej nocy. Jeśli się nie wyśpi, nie pomoże to ani jej, ani firmie.

Już odwinęła narzutę, żeby wejść między prześcieradła z szeleszczącej egipskiej bawełny, gdy spojrzała w stronę drzwi. Zatęskniła całą sobą. Cichutko wyszła do przedpokoju. Julienne spała przy uchylonych drzwiach, nie lubiła, kiedy były zamknięte. Faye pchnęła je i wślizgnęła się do środka. Pokój rozświetlała łagodnie lampka w kształcie króliczka. Akurat na tyle, żeby trzymać z dala od niej wszelkie duchy. Córeczka spała na boku, odwrócona do niej tyłem. Długie jasne włosy rozrzucone na poduszce. Faye odsunęła je i położyła się obok. Julienne mruknęła coś przez sen, poruszyła się lekko, ale się nie obudziła nawet wtedy, gdy Faye objęła ją ramieniem i powolutku przygarnęła, a w końcu wtuliła nos w jej włosy pachnące lawendą i chlorem.

Zamknęła oczy. Poczuła, że napięcie powoli puszcza i ogarnia ją sen. Trzymając w objęciach córkę, miała świadomość, że musi zrobić wszystko, by ratować Revenge. Nawet nie dla siebie. Dla Julienne.

W wieku zaledwie trzynastu lat miałam wrażenie, jakbym już znała życie. We Fjällbace wszystko było do przewidzenia. Dziesięć miesięcy spokoju, po których następowały dwa miesiące letniego chaosu. Wszyscy się znali, rok za rokiem przyjeżdżali wciąż ci sami wczasowicze. W domu też było po staremu. Biegaliśmy jak w kołowrotku dla chomika, w kółko i w kółko, bez możliwości wyjścia. Bez możliwości jakiejkolwiek zmiany.

Kiedy siadaliśmy do kolacji, czułam, że to będzie jeden z tych znajomych wieczorów. Już po powrocie ze szkoły poczułam wódkę od taty.

Nienawidziłam i jednocześnie kochałam nasz dom, który był domem rodzinnym mamy. Odziedziczyła go po moich dziadkach i wszystko, do czego byłam w nim przywiązana, było jej zasługą. Postarała się, żeby było miło i przytulnie, żeby było wszystko, co kojarzy się ze szczęśliwym, fajnym domem. Sfatygowany drewniany stół z czasów babci i dziadka. Białe lniane firanki uszyte przez mamę, bo dobrze szyła. Oprawiony obraz haftowany krzyżykami, który babcia dostała w prezencie ślubnym od prababci.

Strome kręte schody z grubą liną zamiast poręczy, które nosiły ślady kilku pokoleń. Pokoiki o białych oknach ze szprosami. Kochałam to wszystko.

Nienawidziłam za to śladów pozostawionych przez tatę. Nacięcia na blacie kuchennym. Odbicia na drzwiach do pokoju dziennego, które tata kopnął w napadzie pijackiej furii. Karnisz lekko wygięty od czasu, jak tata ściągnął firankę i owinął nią głowę mamy, aż Sebastian w końcu zebrał się na odwagę i oderwał go od niej.

Kochałam kominek w pokoju dziennym. Ale zdjęcia były absolutnym szyderstwem. Rodzinne, ustawione tam przez mamę, marzenie o życiu, którego nie było. Uśmiechnięte zdjęcia mamy z tatą, moje i mojego starszego brata Sebastiana. Najchętniej bym je strąciła z gzymsu, ale nie chciałam robić przykrości mamie. Przecież to ze względu na nas próbowała podtrzymać swoje marzenie. Pewnego razu postawiła tam fotografię swojego brata. Jednak tata wpadł w szał na widok portretu wujka Egila i kiedy mama leżała w szpitalu, postarał się, żeby fotografia zniknęła.

Brzuch mnie rozbolał od czekania na chwilę, gdy tata wybuchnie. Jak zwykle.

Od mojego powrotu ze szkoły, czyli od kilku godzin, tkwił na swoim wysiedzianym fotelu przed telewizorem, który nawet nie był włączony, a poziom płynu w jego butelce explorera opadał coraz szybciej. Mama też wiedziała. Widziałam to po jej niespokojnych trzepocących ruchach. Bardzo się starała, szykując kolację, na którą składały się ulubione potrawy taty. Grube plastry boczku z brązową fasolą, smażoną cebulą i ziemniakami. I tarta z jabłkami i mocno ubitą śmietaną.

Nikt z nas nie lubił boczku z fasolą, ale wiedzieliśmy, że musimy to zjeść. I wiedzieliśmy, że to i tak na nic. Osiągnęliśmy punkt krytyczny, teraz mogliśmy tylko – jak huśtawka – opaść na dół.

Nikt się nie odzywał. W milczeniu nakryliśmy do stołu, biorąc najlepszą porcelanę i serwetki, które złożyłam w kształcie wachlarzy. Tata nie zwracał uwagi na takie rzeczy, ale pozwalaliśmy mamie wierzyć, że to może pomóc. Że tata doceni, że tak ładnie to zrobiliśmy, że mama ugotowała pyszny obiad i to poruszy go na tyle, żeby dał spokój. Po prostu. Niechby huśtawka wróciła do swojego wyjściowego położenia. Ale tata nie miał w sobie nic takiego, co dałoby się poruszyć. Wzruszyć. Samą pustkę. Nicość.

– Gösta, kolacja na stole.

Głos mamy zadrżał, chociaż usiłowała mówić lekkim tonem. Ostrożnie poprawiła ręką fryzurę. Postarała się. Upięła włosy, włożyła bluzkę i ładne spodnie.

Nałożyła mu na talerz tyle boczku, ile lubił. W dokładnej proporcji do fasoli, ziemniaków i smażonej cebuli. Tata wpatrywał się w talerz. Długo, za długo. Wszyscy troje wiedzieliśmy, co to znaczy. Ja, mama, Sebastian.

Siedzieliśmy jak sparaliżowani w tym więzieniu, w którym Sebastian i ja tkwiliśmy od urodzenia. A mama odkąd poznała tatę. Znieruchomieliśmy, podczas gdy tata patrzył na swój talerz. Następnie powoli, jak na zwolnionych obrotach, nabrał pełną garść jedzenia. Boczku, fasoli i ziemniaków. Udało mu się nabrać wszystkiego po trochu do tej swojej wielkiej łapy. Drugą ręką chwycił mamę mocno za włosy, za fryzurę, nad którą tak się napracowała. A potem wcisnął jej jedzenie w twarz. I rozgniatał je powoli, starannie.

Mama nie reagowała. Wiedziała, że to jej jedyna szansa. Ale i ja, i Sebastian wiedzieliśmy, że to nie pomoże. Miał za zimne spojrzenie, a butelka była zbyt pusta. Za mocno ją złapał za włosy. Nie mieliśmy odwagi patrzeć na nią. Ani na siebie.

Tata podniósł się powoli. Wyszarpnął mamę z jej krzesła. Miała na twarzy resztki boczku i fasoli. Z piecyka wydobywał się zapach cukru i cynamonu, którymi posypała jabłkową tartę, taty ulubioną. Zastanawiałam się, co tata teraz zrobi, z której możliwości skorzysta. Mógł wybrać każdą część ciała mamy. Może wróci do którejś. Ręce miała złamane w pięciu miejscach. Nogi w dwóch. Żebra złamał jej przy trzech okazjach. Nos raz.

Tamtego wieczoru tata widocznie chciał się wykazać kreatywnością, bo z całej siły docisnął zapaćkaną twarz mamy do blatu. Trafiła zębami w sam kant stołu. Usłyszeliśmy odgłos wyłamywania. Odprysk zęba omal nie trafił mnie w oko, na szczęście zatrzymał się na rzęsach, a potem wpadł do mojego talerza. Między ziarna fasoli.

Sebastian drgnął, ale nie podniósł wzroku.

– Jedzcie – powiedział tata.

Zabraliśmy się do jedzenia. Odgarnęłam widelcem kawałek zęba mamy.

K awy?
– Nie, dziękuję. Ale poproszę jeszcze szampana
i czerwonego wina.

– A ja poproszę kawę.

Kerstin wzięła papierowy kubek z kawą od stewardesy,
która zaraz poszła po zamówienie Faye.

– Jak myślisz, kto to może być? – spytała Faye ze zmar-
twioną miną.

– Nie potrafię zgadnąć, zresztą szkoda energii na zga-
dywanki, dopóki nie będziemy wiedziały więcej.

– Nie rozumiem, jak mogłam być taka naiwna. Nawet
mi do głowy nie przyszło, że pozostałe udziałowczynie mogłyby sprzedać swoje pakiety, nie uprzedzając mnie o tym.

Kerstin uniosła brwi.

– Ostrzegałam cię, że sprzedawanie tak dużej części
firmy może być ryzykowne.

– Wiem – odparła Faye niecierpliwie, oglądając się za
stewardesą, która miała przynieść buteleczki wina. – Ale
w tamtym momencie wydawało mi się, że to najlepsze
rozwiązanie. Tyle się działo wtedy z Jackiem i Julienne,
potem proces, media. I śmierć Chris. Kapitał zabezpie-
czyłam, więc wierzyłam, że jako przewodnicząca zarządu
zachowam kontrolę nad firmą.

– W interesach nie wolno wierzyć – zauważyła Kerstin.

– Wiem, że uwielbiasz, kiedy możesz powiedzieć: „a nie mówiłam?", ale mogłabyś wziąć na wstrzymanie? Porozmawiajmy o czymś innym. Stresuje mnie, że siedzę w samolocie i nic nie mogę zrobić ani ustalić przed jutrzejszymi spotkaniami. Wystarczy, że zajmowałam się tym przez cały weekend.

Wróciła stewardesa z buteleczką szampana i drugą, z czerwonym winem. Faye oddała w zamian dwie opróżnione, które stały na jej stoliku. Najpierw otworzyła szampana, a zimną z lodówki buteleczkę czerwonego wina zaczęła ogrzewać, wsunąwszy między uda.

– Nie zapomnij go wypić – powiedziała sucho Kerstin, popijając kawę.

– Jak już ustaliłyśmy, spotkania mamy dopiero jutro. Więc z czystym sumieniem utopię moje smutki w alkoholu. Właśnie, a ty nie powinnaś się napić? Skoro boisz się latać?

– Dziękuję za przypomnienie, właśnie udało mi się o tym nie myśleć. Nie, jeśli już mam zginąć, to na trzeźwo.

– Wydaje mi się to kompletnie nielogiczne. I niepotrzebne. Jak już będę umierać, to chcę umierać pijana. Może jeszcze mając między nogami tego pilota...

Uniesieniem brwi wskazała na jednego z pilotów, który wyszedł z kabiny zamienić kilka słów ze stewardesą. Wyglądał na trzydzieści parę lat, miał czarne włosy, czarujący uśmiech i tyłek świadczący o wielu godzinach spędzanych na siłowni.

– Wiesz co, pilot niech się lepiej skupi na pilotowaniu samolotu niż na uprawianiu seksu w toalecie – powiedziała wyraźnie zdenerwowana Kerstin.

Faye się roześmiała.

– Spoko, Kerstin, i dlatego pan Bóg wynalazł autopilota...

– Żeby pilot mógł uprawiać seks z pasażerkami? Wątpię.

Faye wypiła resztę szampana, otworzyła czerwone wino i nalała do tego samego kieliszka.

Uwielbiała Kerstin, ale często uzmysławiała sobie, że są z różnych pokoleń. Chris zrozumiałaby żart Faye i śmiałaby się razem z nią, a może nawet rzuciłaby jej wyzwanie, żeby zrealizowała to, co powiedziała o pilocie. Chris była obok Faye od momentu, kiedy się zaprzyjaźniły podczas studiów. Sterowała nią, osłaniała, była jej największą fanką – a jednocześnie potrafiła być do bólu krytyczna. Faye nosiła stale bransoletkę „Fuck Cancer", która miała przypominać jej o Chris i tym, jaką przyjaciółkę straciła wraz z jej śmiercią.

Kerstin poklepała ją po dłoni. Wiedziała, że Faye myśli o Chris.

Faye odchrząknęła.

– Trzeba jeszcze kilku dni, żeby te mieszkania, którymi się interesowałyśmy, były do wynajęcia – powiedziała. – Na razie zamieszkamy w Grand Hotelu.

– Czyli nie będzie biedy – zauważyła Kerstin sucho.

Faye uśmiechnęła się. Rzeczywiście.

– Czasem wracam do tamtych miesięcy po rozwodzie – ciągnęła. – Kiedy wynajęłam pokój u ciebie. I jak sobie siedziałyśmy po kolacji, snując plany o Revenge.

– Byłaś niesamowicie inspirująca – powiedziała Kerstin, klepiąc ją ponownie po ręce. – I wciąż jesteś.

Faye zamrugała powiekami, żeby pozbyć się łez, i spojrzała w stronę kabiny. Pilot znów wyszedł stamtąd, żeby powiedzieć coś do stewardesy. Faye uniosła kieliszek jak do toastu i w odpowiedzi otrzymała lekki uśmiech.

Kilka minut później pilot oznajmił przez głośniki, że pora przygotować się do lądowania. Personel robił obchód kabiny, zbierając śmieci i sprawdzając, czy oparcia i stoliki są podniesione, a pasy zapięte.

Kerstin złapała się mocno oparć, aż jej knykcie zbielały. Faye wzięła jej rękę i pogłaskała.

– Do większości wypadków dochodzi podczas startu i lądowania – wysapała Kerstin.

Minutę, dwie później koła samolotu podskoczyły na nawierzchni pasa, a Kerstin tak ścisnęła rękę Faye, że pierścionki wbiły jej się w skórę, ale nawet się nie skrzywiła.

– Jesteśmy na ziemi – powiedziała Faye. – Już po wszystkim.

Kerstin odetchnęła i uśmiechnęła się lekko.

Samolot zatrzymał się, zebrały swój bagaż podręczny i ruszyły do wyjścia. Personel ustawił się przy drzwiach, żegnając się z pasażerami. Spojrzenia pilota i Faye spotkały się, wsunęła mu dyskretnie wizytówkę. Wtedy uśmiechnął się szeroko. Faye miała nadzieję, że również po pracy pozwalają im zostać w mundurze.

P o zameldowaniu się w Grand Hotelu Kerstin poszła odpocząć w swoim pokoju. Faye najpierw chciała pójść do spa i zarezerwować sobie zabieg, ale doszła do wniosku, że jest za bardzo rozemocjonowana. Dlatego zeszła do hotelowego baru Cadier.

Usiadła przy długim kontuarze i rozejrzała się. W Cadier było jak zawsze pełno. Większość klientów stanowili ludzie interesu w drogich garniturach, o coraz wyższych czołach i sporych brzuchach od częstych lunchów biznesowych. Kobiety również były kosztownie ubrane, Faye odhaczała w myślach marki, które rozpoznawała po jednym spojrzeniu: Hugo Boss, Max Mara, Chanel, Louis Vuitton, Gucci. Kilka osób odważyło się na Pucci. Emilio Pucci sygnował ciuchy z kategorii „ekskluzywna buntowniczka", Faye też miała w swojej garderobie sporo sztuk z jego kolekcji z ostatnich paru lat.

Dziś ubrała się nieco dyskretniej. Spodnie od Diany von Furstenberg i jedwabna bluzka od Stelli McCartney w kolorze kremowym – ciuchy nadające się do pralni chemicznej. Bransoletki Love od Cartiera. Drgnęła, kiedy zorientowała się, że obok bransoletki „Fuck Cancer" ma drugą, zrobioną przez Julienne z kolorowych perełek zestawionych bez ładu i składu. Szybko zdjęła ją i schowała do kieszeni. Zapomniała o niej, a przecież w Szwecji Julienne uchodzi za zmarłą.

– Co podać?

Młody blondyn za barem patrzył na nią uważnie; zamówiła mojito, jeden z ulubionych drinków Chris. Wyobraziła sobie, jak przyjaciółka miesza drinka i z figlarnym spojrzeniem opowiada o swojej ostatniej przygodzie – w biznesie albo z jakimś przystojnym młodym człowiekiem.

Barman odwrócił się i zabrał do eleganckiego mieszania drinka w wysokiej szklance. Faye włączyła laptopa. Do jutra nic nie zrobi w sprawie wykupu akcji Revenge, a więc teraz mogłaby popracować nad wejściem firmy na rynek amerykański. Pomoże jej to zachować spokój.

Praca zawsze działała na nią w ten sposób. Po czasie nie mieściło jej się w głowie, jak mogła dać się przekonać Jackowi, żeby rzucić studia, a potem pracę zawodową, i zamiast tego tłuc się po mieszkaniu jak niespokojny duch albo spędzać czas na niekończących się bezsensownych obiadkach i nudnych rozmowach. Czy to życie, dopóki się nie rozpadło, dawało jej szczęście? A może sobie to wmówiła? Bo nie miała wyboru? Bo Jack ją w to wmanewrował?

Jack złamał ją, jak nikt przedtem. Ale wzięła na nim odwet, zbudowała firmę, która odniosła sukces, a na końcu odebrała mu jego firmę. Przy okazji pogrążyła jego najbliższego przyjaciela i wspólnika, Henrika Bergendahla. On również upadł i musiał zaczynać wszystko od początku, od zera. No, nie całkiem. Z kilkoma milionami na koncie i wielkim domem na Lidingö, spłaconym i umeblowanym. Dla większości ludzi raczej nie byłoby to „zaczynaniem od zera".

Z początku Faye mu współczuła. Wobec niej Henrik był zawsze w porządku, a dostało mu się tylko z tej racji, że był kolegą Jacka. Z drugiej strony wiedziała, że ciągle zdradzał swoją żonę Alice, czyli właściwie nie różnił się od Jacka. Obaj traktowali kobiety jak artykuły konsumpcyjne.

Henrik stanął na nogi, więc szkoda, jaką poniósł, była jedynie przejściowa. Jego spółka inwestycyjna odnosiła znaczne sukcesy, a jego majątek był dziś znacznie większy niż w czasach Compare. Nie życzyła mu źle, ale dobrze też nie. Gdyby nie traktował Alice tak paskudnie, być może byłoby jej trochę przykro, że mimochodem nadepnęła mu na odcisk. Ale nie spędzała z tego powodu bezsennych nocy.

Barman, uśmiechając się, postawił przed nią mojito, za które od razu zapłaciła.

– Jak panu na imię? – spytała Faye, pociągając drinka przez słomkę. Jego smak kojarzył jej się zawsze z Chris.

– Brasse.

– Brasse? Zdrobnienie od czego?

– Od niczego. Tak mi dali na chrzcie.

– Okej, musi mi pan to wytłumaczyć. Skąd takie imię?

Odpowiadając, wstrząsał szejkerem.

– To był pomysł mojego taty. Mecz Szwecja – Brazylia. Mistrzostwa świata 1994.

– 1994? Ojej, to ile pan ma lat?

– Dwadzieścia pięć – odezwał się mężczyzna stojący obok.

Faye odwróciła się i zmierzyła go od stóp do głów. Szary garnitur. Hugo Boss. Biała koszula. Starannie uprasowana. Na lewej ręce platynowy Rolex z niebieskim cyferblatem, klasa cenowa trzysta tysięcy koron. Blond włosy, gęste. Dobre geny albo też dyskretna wizyta w jakiejś klinice. Dość pospolita uroda, ale zadbany. Zapewne SPR* na Östermalmie. Wygląda na takiego, który lubi trenować sporty walki.

– Wiem, wyglądam na mniej – powiedział barman Brasse, nalewając drinka do rosyjskiej matrioszki.

– Może być – zauważyła Faye.

Mężczyzna zaśmiał się.

– Przepraszam? – powiedziała. – Życzy pan sobie czegoś?

– Nie, nie, proszę sobie nie przeszkadzać.

Brasse czmychnął na drugi koniec baru i zaczął przyjmować zamówienia. Faye odwróciła się do mężczyzny w szarym garniturze, który wyciągnął do niej rękę.

– David – przedstawił się. – David Schiller.

Niechętnie podała mu swoją.

– Faye.

– Piękne imię. Niezwykłe.

Po jego spojrzeniu domyśliła się, że ją skojarzył.

– Jesteś...

– Tak – odparła krótko.

Widać odczytał sygnał, bo już nie komentował. Kiwnął głową, wskazując jej laptopa.

– Pilnie pracujesz, domyślam się, że to źródło twoich sukcesów. A ja za chwilę spotykam się z przyjacielem.

– Okej, a czym się zajmujesz?

Odsunęła laptopa. Brasse wydawał się lepszym materiałem na flirt, ale skoro nie dało skupić się na pracy,

---

* SPR – ekskluzywna sztokholmska siłownia.

równie dobrze mogła spędzić czas na rozmowie z tym nieznajomym.

– Finansami. Sztampa, wiem. Gość od finansów, który popija GT* w barze Cadier.

– Fakt, trochę to tak wygląda. Nawet nie trochę, tylko bardzo.

– Żałosne, szczerze mówiąc.

Uśmiechnął się i wtedy jego twarz nagle się zmieniła, przez sekundę był prawie przystojny.

– Okropnie żałosne – potwierdziła Faye, wychylając się w jego stronę. – Zabawimy się w bingo finansisty? Przekonamy się, ile będę miała trafień.

– Proszę bardzo – odparł z błyskiem rozbawienia w oku.

– Dobrze, zacznę od najłatwiejszego. – Zmarszczyła lekko brwi. – Bmw? Nie, nie, alfa romeo!

– Bingo.

Znów się uśmiechnął. Faye nie mogła się oprzeć i odpowiedziała uśmiechem.

– Hmmm. Teatergrillen** co najmniej raz, nie, dwa razy w miesiącu?

– Bingo.

– Teraz pytanie: mieszkanie czy willa, Östermalm czy Djursholm. Chyba że Saltis***. Tak, myślę, że willa w Saltis.

– Znów bingo, jesteś niesamowita.

***

* GT – gin z tonikiem.

** Teatergrillen – ekskluzywna restauracja w centrum Sztokholmu.

*** Saltis – potocznie o ekskluzywnej podsztokholmskiej miejscowości Saltsjöbaden.

– Owszem, jestem, ale to były same oczywistości. Teraz będzie trochę trudniej...

Faye dopiła drinka, David przywołał Brassego.

– Jeszcze raz to samo?

– Nie, chyba spróbuję tej matrioszki.

Brasse zaczął szykować zamówienie.

– Mam nadzieję, że ci nie popsułem wspaniale zapowiadającego się romansu – powiedział David i kiwnął głową, wskazując Brassego.

– Eee, już mnie zaczęli nudzić tacy dwudziestopięciolatkowie – odparła Faye. – Za bardzo przeciętni, choć pełni entuzjazmu.

– Przeciętni, choć pełni entuzjazmu...

Roześmiał się. Podobał jej się jego śmiech.

– Zgaduj dalej. Dotąd szło ci fantastycznie. Swoją drogą to trochę niepokojące, że jestem aż tak sztampowy.

– Mmm, zastanówmy się. Ćwiczysz oczywiście. Sporty walki? SPR?

– Bingo. Zaimponowałaś mi, naprawdę.

– Który sport walki?

– Brazylijskie dżiu-dżitsu.

– No jasne. Dalej? W ciągu ostatniego roku próbowałeś też wioślarstwa i wciągnęło cię?

– Bingo.

– Ale twoja żona trenuje tenis w Kungliga Tennishallen*. Kiedy nie jeździ konno.

David uniósł lekko brwi.

---

* Kungliga Tennishallen – królewska hala tenisowa.

– Bingo. I znów Bingo. Fuj, lepiej już przestań, bo czuję się jak serialowy Fredde z *Solsidan**.

Faye się uśmiechnęła.

– Nawet nazwisko macie to samo. A grill jaki masz?

David pokręcił głową i zakrył twarz rękami, udając, że się wstydzi.

– Summit S-670 GBS, na propan-butan.

– *There you go.*

Faye dostała swojego drinka, upiła trochę. Telefon Davida piknął, ekran rozświetlił esemes.

– Jest już gość, z którym się umówiłem, zajął stolik na werandzie. Miło było poznać... Faye.

Po jego odejściu Faye przysunęła sobie laptopa. David wprawił ją w nieoczekiwanie dobry humor, mogła znów skupić się na pracy.

Na ekranie pojawiła się wiadomość. Od Kerstin. Faye już podnosiła szklankę do ust, ale zatrzymała się w pół ruchu. Wykupiony został kolejny pakiet akcji Revenge. Zamknęła laptopa. Dobry humor zniknął, jak zdmuchnięty wiatrem.

---

* *Solsidan* – szwedzki serial cieszący się taką popularnością jak *Świat według Kiepskich* w Polsce.

urowata kawa, na dodatek przypalona, jak zwykle w tej firmie. Lokal AKV revision był nieduży i ciemny, zastawiony regałami z mnóstwem segregatorów wypełnionych papierami. Witajcie w społeczeństwie bez zbędnej papierologii. Faye i Kerstin wolały jednak umówić się na spotkanie tutaj zamiast w swoim znacznie bardziej eleganckim biurze. Lepiej nie zdradzać w firmie, że coś się dzieje. Sytuację oddawała całkiem trafnie ilustracja na ścianie u rewidenta Revenge Örjana Birgerssona. Przedstawiała kaczkę, która płynie spokojnie po powierzchni wody, ale pod spodem wiosłuje nogami jak szalona. Dokładnie tak czuła się teraz Faye.

– Dolać kawy? – zaproponował z entuzjazmem Örjan, ale Faye i Kerstin zdecydowanie podziękowały.

Jedną filiżankę wypiły z uprzejmości, ale na drugą nie potrafiły się zdobyć.

– I co o tym sądzicie?

Faye wychyliła się do przodu i próbowała czytać mu z wyrazu twarzy. Örjan był niskiego wzrostu, siwy, nosił okulary w cienkiej stalowej oprawie. Miał żywe spojrzenie i pasjonowało go wszystko, co dotyczyło liczb, kluczowych wskaźników efektywności i księgowości.

– Cóż, to skomplikowane – odparł pogodnie, a Faye zgrzytnęła zębami.

Dla niej była to kwestia życia i śmierci, bo firma była dla niej jak żywe, oddychające stworzenie z krwi i kości. Częścią Revenge była jeszcze Chris. Ale Revenge to była również Julienne. Kerstin. Wszystkie kobiety, których rany i blizny stworzyły fundament pod Revenge. Wszystkie one były częścią życia firmy. Ale były również takie, które zagroziły jej istnieniu.

– Kerstin ma zupełną rację. Kiedy się przyjrzeć bliżej, widać, że wykup akcji charakteryzuje pewien schemat, czyli wiele wskazuje na jednego inwestora.

– A da się ustalić kto to? Albo jaka to firma?

Upiła łyk kawy i skrzywiła się. Odstawiła filiżankę, żeby już nie powtórzyć tego samego błędu.

– Jeszcze nie, trochę to potrwa. Skupujący akcje – osoba fizyczna bądź firma – wie, co robi. Porównam to do kłębka włóczki. Plątaniny spółek i zakupów. Gdyby nie to, że wszystkie działają według tego samego schematu, byłoby trudno dostrzec, że stoi za tym jeden kupujący. Zdradził ich ten schemat. Co Kerstin sprytnie odkryła.

Mrugnął do Kerstin, a Faye spojrzała na niego ze zdumieniem. Kerstin nie wyglądała, jakby bawiła ją ta sytuacja.

– Postaraj się go zidentyfikować. I to jak najszybciej – powiedziała nieprzystępnym tonem.

Örjan jakby nie odnotował i wpatrywał się w nią, mrugając powiekami.

– Naturalnie, Kerstin. Oczywiście. W naszej firmie zawsze staramy się ze wszystkich sił, ośmielę się też powiedzieć, że sam należę do najlepszych w tej branży.

Przypominam sobie takie zadanie, które otrzymaliśmy z resortu obrony...

– Jaka jest obecnie sytuacja mojej firmy? – przerwała mu Faye.

Pamiętała, że jego opowieści o pracy dla resortu obrony były długie i wręcz mordercze dla słuchaczy.

– Nie przedstawia się zbyt obiecująco.

– To już wiemy, potrzebne nam szczegóły.

Sama wiedziała, że powiedziała to zbyt ostrym tonem, co było skutkiem stresu i zniecierpliwienia. Faye była osobą czynu i chciała działać, jednak jej możliwości działania ograniczała nieznajomość istotnych faktów. Jeśli ma odeprzeć atak, musi wiedzieć jak i przeciw komu.

– Wczoraj dokonano kolejnego dużego zakupu. Odnoszę wrażenie, że kupujący już się nie przejmuje tym, że mogłybyście to zauważyć, bo zakłada, że dzwonki alarmowe już się rozdzwoniły.

Faye mruknęła pod nosem, Kerstin położyła uspokajająco dłoń na jej ręce. Nikt nie odbierze jej własności. Nikt nie zabierze tego, co zbudowała, poświęcając i ryzykując tak wiele.

Włączyła do Revenge firmę Chris, którą odziedziczyła po śmierci przyjaciółki. Oznaczało to, że straciłaby również zbudowaną przez Chris firmę produkującą kosmetyki do włosów. Nie miała wątpliwości, że Chris udusiłaby ją gołymi rękami, gdyby na to pozwoliła. Musiałaby chyba sypiać z jednym okiem otwartym.

– Dowiedz się, kto za tym stoi, i zrób dla nas podsumowanie swoich ustaleń, żebyśmy miały nad czym pracować.

Faye wstała, Örjan wyglądał na zawiedzionego. Spojrzał na Kerstin, która też się podniosła, wzięła torebkę i wygładziła spódnicę.

– Domyślam się, że pewnie macie dużo do roboty, ale i tak trzeba coś zjeść, więc może...

Znów spojrzał na Kerstin, która w panice uszczypnęła Faye w udo.

Faye chrząknęła.

– Nie mamy teraz czasu. Masz mój numer, więc zadzwoń, jak tylko czegoś się dowiesz.

– Oczywiście. Dziewczyny, myślę jednak, że będzie wam trudno uporządkować te dane. Może by tak zatrudnić paru ludzi od McKinseya? Oni są naprawdę dobrzy.

– Nie, dziękuję.

Faye zatrzasnęła drzwi za sobą.

– Zamierzam pozbyć się Örjana – powiedziała już w taksówce. – Trzeba znaleźć kogoś na jego miejsce.

Kerstin przytaknęła.

– Domyśliłam się w momencie, kiedy powiedział do nas „dziewczyny”.

Taksówka zatrzymała się przed obrotowymi złotymi drzwiami Grandu.

– Idziemy na lunch? – Faye wzięła swoją torebkę i płaszcz, spojrzała na Kerstin.

– Chciałabym od razu sprawdzić kilka rzeczy. Nie masz nic przeciwko temu, że zjesz sama?

– Dobrze, dam radę, też muszę nad czymś popracować. Ale spotkajmy się o drugiej, co? W moim pokoju. Weźmiemy się razem do roboty.

– Dobrze, o drugiej.

Kerstin przeszła pierwsza przez obrotowe drzwi, Faye szła za nią w następnej komorze. Płaszcz zarzuciła sobie na drugie ramię, żeby wyjąć klucz z torebki, i drgnęła, bo ktoś za niego pociągnął. Obejrzała się i zobaczyła, że utknął w drzwiach.

– A niech to wszyscy diabli!

Szarpnęła, ale płaszcz tkwił mocno. Recepcjonista dostrzegł, co się dzieje, pospieszył na ratunek, jednak bez skutku. Zrobił przepraszającą minę i popędził po schodach, żeby ściągnąć kogoś do pomocy, podczas gdy Faye wciąż szarpała płaszcz.

Ktoś puknął w szybę. Był to David, mężczyzna poznany wczoraj w barze.

– Zrób krok do tyłu, a ja popchnę drzwi. Nie otworzysz ich, ciągnąc za płaszcz.

– Zdążyłam już zauważyć – odparła kwaśno.

Cofnęła się o krok, David naparł na drzwi, powstała większa szpara i już mogła wyciągnąć płaszcz. Portierowi, który właśnie zbiegał ze schodów wraz z konsjerżem, wyraźnie ulżyło.

David uśmiechnął się do niej.

– Cieszę się, że się udało.

– Wybierasz się na wiosła w porze lunchu? – spytała.

Zdawała sobie sprawę, że powinna być mu wdzięczna, ale nie mogła się powstrzymać, miał tak znośnie zadowoloną minę, że wystąpił w roli rycerza na białym koniu.

– Nie, miałem zamiar zjeść samotnie lunch gdzieś w pobliżu. A ty już jadłaś?

– Nie – odparła i zaraz ugryzła się w język.

– A będziesz jadła?

– Tak. Chociaż nie. Powinnam popracować, zamierzałam...

– W takim razie zjemy razem. Tutaj czy gdzieś pójdziemy?

Znów ugryzła się w język. Co się z nią dzieje? Wcale nie miała ochoty iść na lunch z tym facetem. Jednak po spotkaniu u Örjana byłoby jej się trudno skupić, więc może lepiej zjeść coś porządnego.

– Bar lunchowy. Ty stawiasz – odparła.

Znów ten uśmiech.

– Zgoda.

– Ostrzegam. Jestem droga w eksploatacji. Zjadam porcje jak dla drwala, a szampana piję w takich ilościach jak luksusowa żona, którą mąż właśnie rzucił dla sekretarki.

– Nie martw się. Stać mnie.

Ruszył w górę po schodach, zaraz się obejrzał i spojrzał na nią pytająco. Podążyła za nim z westchnieniem.

– Chociaż nie. Mowy nie ma, żebyś mi stawiał. To ja stawiam.

David wzruszył ramionami.

– Jak sobie życzysz. Ale ostrzegam, że ja również jestem drogi w eksploatacji.

– A mnie też stać – odparła Faye.

Pytanie, jak długo jeszcze.

M oże byś jednak spróbowała ostryg? Chociaż jedną? Kerstin spojrzała na Faye z obrzydzeniem.

– Nie wiem, ile razy mi to proponowałaś... czy kiedykolwiek zmieniłam zdanie? Nie.

– To jest pyszne, daję słowo.

Faye wycisnęła na ostrygę sok z cytryny, na to nałożyła łyżeczkę posiekanej czerwonej cebuli i skropiła octem winnym.

– Nawet nie wiesz, co tracisz.

– Wolę potrawy gotowane. Jak ten homar, na przykład. Nie nalegaj, żebym jadła tę surowiznę.

Kerstin sięgnęła po połówkę homara ze stojącego przed nimi wielkiego półmiska. Całe Sturehof aż wibrowało od śmiejących się głośno gości, brzęku sztućców przy stolikach, między którymi gładko przesuwali się kelnerzy w eleganckich białych kurtkach ze złotymi szamerunkami.

– Przecież śledzie lubisz?

– Ale one nie są surowe, one są... no jakie? Marynowane w soli? Marynowane w occie? W każdym razie nie surowe.

– Skoro tak mówisz...

– Cicho bądź, jedz lepiej te swoje skorupiaki. Bo twoją połówkę homara też zjem.

– Możesz ją sobie wziąć, jestem wciąż najedzona po lunchu.

Faye odchyliła się na krześle i wypiła łyk ze swojego kieliszka do szampana. Ku przerażeniu kelnera zamówiła butelkę amarone, którego najwyraźniej nie pije się do skorupiaków. Kelner był przynajmniej na tyle grzeczny, żeby nie zwracać uwagi. Gość ma zawsze rację. Jednak Faye domyślała się, że sommelier roni łzy w kuchni.

– Właśnie, jak lunch, przyjemnie było?

– E, nic specjalnego, wczoraj w barze hotelowym wdałam się w rozmowę z tym facetem. Był dokładnie taki, jakiego można się spodziewać w barze Cadier.

– Coś mi się wydaje, że jednak było miło? Wspomniałaś o nim dzisiaj kilka razy...

– Teraz to ty jesteś niemożliwa.

Faye sięgnęła po homara i zręcznie go obrała. Osoba z Fjällbacki mogłaby obierać skorupiaki nawet przez sen.

– Tak, nie, no, było miło. Facet ma przyjemne usposobienie, kulturalny, ale nie pouczający. Miła cecha jak na faceta.

Kerstin uniosła brwi, Faye pokręciła głową.

– Dość na ten temat. To jak, mamy plan?

Spędziły popołudnie w pokoju Faye, wałkując uzyskane informacje i wynikające z nich możliwości działania. Niestety było ich mniej, niż myślały. Analizowały, które firmy albo osoby mogły stać za wykupem akcji, ale żadna z nich nie wydawała się bardziej prawdopodobna od pozostałych. Faye nie mogła rozgryźć, kim jest człowiek, który chce odebrać jej Revenge.

I nie rozumiała, jak to się stało, że współwłaścicielki działają za jej plecami. Kobiety, z którymi dzieliła sukcesy firmy. Dotąd żadna nie okazała niezadowolenia. Jej przywództwo spotykało się z samymi pochwałami, pochlebnymi recenzjami w mediach i jeszcze przyznaniem jej tytułu Bizneswoman Roku. Żadna nie zgłaszała skarg, po których zapaliłyby jej się lampki alarmowe. Faye nie potrafiła tego zrozumieć.

– Nie zostawiaj głowy – odezwała się, pokazując na talerz Kerstin. – To brązowe nazywamy masłem homarowym i jest najlepsze. Z odnóży też można wyssać mięso, a w ogonie są cieniutkie plastry mięsa, wystarczy rozsunąć skorupki...

– Pozwól mi jeść tak, jak mi się podoba – mruknęła Kerstin, odkładając skorupę homara na półmisek, z którego wzięła garść krewetek.

– Następnym razem zamów sobie homara z puszki, nie będziesz musiała majstrować przy skorupie...

Kerstin, śmiejąc się, pokręciła głową i wierzchem dłoni odsunęła opadającą grzywkę. Faye upiła łyk wina i przyglądała się, jak Kerstin zmaga się ze skorupkami krewetek. Czuła prawdziwą wdzięczność, że los wprowadził kiedyś Kerstin do jej życia. Wszystko wyglądało wtedy inaczej. Faye wynajmowała pokój u Kerstin, która mieszkała sama w willi w Enskede, bo jej mąż – sukinsyn – trafił po udarze do domu opieki. Czego Kerstin bynajmniej nie żałowała, bo mąż zrobił z jej życia piekło. Dręczył ją psychicznie i fizycznie. Z czasem Faye i Kerstin tak się do siebie przywiązały, że stały się dla siebie wręcz rodziną, na dobre i złe. Faye niełatwo ufała ludziom, ale jej ufała ślepo.

Dystyngowany pan o białych włosach i elegancko przyciętych wąsach przyglądał się uważnie Kerstin. Faye kopnęła ją lekko pod stołem.

– Tam, na godzinie drugiej. Dziad wygląda, jakby przywędrował tu prosto z epoki kolonialnej. Nie odrywa od ciebie oczu. O co chodzi, zażywasz kąpieli w olejku piżmowym czy jak?

Kerstin zarumieniła się aż po uszy.

– Nie mam zamiaru odpowiadać. Zamów mi kieliszek chardonnay, to przejrzymy plan na jutro.

Faye przywołała kelnera i złożyła zamówienie. Pan z wąsem uśmiechnął się do Kerstin, która udawała, że go nie widzi.

– Najpierw mam Skavlana*, potem podzielimy między sobą spotkania z jak największą liczbą akcjonariuszek, które jeszcze nie odsprzedały swoich udziałów.

Faye sięgnęła do dużego srebrnego półmiska po jeszcze jednego raka.

– Nie wolno nam zdradzić, że coś się dzieje, nie powinny wiedzieć, że ktoś przypuścił atak na firmę.

– Tak, wiem, ale przede wszystkim musimy zapobiec dalszej sprzedaży udziałów.

– To od tamtego pana.

Kelner postawił im obok stolika wiaderko z butelką szampana i dwa eleganckie kieliszki, a następnie otworzył butelkę.

---

* Skavlan – popularny talk-show nadawany w publicznej telewizji szwedzkiej; norweski prezenter Fredrik Skavlan rozmawia ze światowymi politykami, artystami i sportowcami.

Faye znacząco uniosła brwi, Kerstin prychnęła.

– Mówiłam – skomentowała Faye. – Olejek piżmowy.

Domyślała się, że mężczyzn pociągała u Kerstin aura szczęścia, która otaczała ją, odkąd poznała Bengta.

Faye skinęła głową wąsaczowi, który uśmiechając się od ucha do ucha, podniósł swój kieliszek do toastu. Kopnęła Kerstin pod stołem.

– Zachowuj się. Kieliszek w górę i podziękuj. Nigdy nie wiadomo, co z tego może wyniknąć.

– Faye!

Kerstin zarumieniła się. Jednak łaskawie wzniosła kieliszek do góry.

Ś wiatła w studiu były oślepiające. Faye straciła poczucie czasu, nie umiałaby powiedzieć, jak długo trwa ten wywiad ani ile czasu jeszcze zostało. Na galerii w rzędach siedziała publiczność, która wydawała jej się jedną wielką masą bez twarzy, ale śledzącą każde jej słowo i najmniejszą zmianę na jej fizjonomii.

Zazwyczaj Faye czuła się dobrze w takich okolicznościach. Lubiła zasiąść przed publicznością, poczuć emocje łączące się z nagraniem telewizyjnym. Jednak tym razem czuła się rozkojarzona i niespokojna. Gonitwa myśli związanych z wykupem akcji firmy nie dała jej spać i przez większą część nocy tylko przewracała się na łóżku. Przygotowywała się do rozmów z akcjonariuszkami, które powinna przekonywać do zachowania swoich udziałów, nie ujawniając jednocześnie, że coś się dzieje wokół firmy. Niełatwe zadanie, potrzeba tu zarówno taktu, jak i finezji.

Z tych myśli wybiła ją nieco przydługa pauza. Dostała pytanie, powinna odpowiedzieć.

– Plan jest taki, żeby wejść na rynek amerykański. Przyjechałam do Sztokholmu na przeszło miesiąc, żeby spotkać się z ewentualnymi inwestorami i dopracować ostatnie szczegóły. Chcę osobiście nadzorować nową emisję akcji.

W studiu było potwornie gorąco. Poczuła strużkę potu spływającą jej wzdłuż krzyża.

Prezenter Fredrik Skavlan poprawił się na krześle.

– Masz w sobie taki głód... Co cię tak napędza? Przecież i tak jesteś miliarderką. Ikoną feminizmu.

Faye przez chwilę zwlekała z odpowiedzią. Pozostałymi gośćmi programu byli: hollywoodzki aktor, profesorka lingwistyki, autorka świeżo wydanej bestsellerowej książki i kobieta, która mimo protezy nogi zdobyła Mount Everest. Aktor bez skrępowania flirtował z Faye od momentu, gdy weszła do studia.

– Mojej najbliższej przyjaciółce Chris obiecałam przed jej śmiercią, że będę żyła za nas obie. Sprawdzam, jak daleko potrafię sięgnąć, bo najbardziej się boję tego, że umrę, nie wykorzystawszy w pełni mojego potencjału.

– A Julienne, twoja córeczka zamordowana przez twojego byłego męża. Co znaczy dla ciebie jej wspomnienie?

Fredrik Skavlan nachylił się bliżej, napięcie w studiu wzrosło.

Faye ponownie zwlekała z odpowiedzią, emocje nasiliły się, osiągając temperaturę wrzenia. Przećwiczyła wcześniej, co powie, ważne, by zabrzmiało to naturalnie.

– Ona jest przy mnie nieustannie. A kiedy tęsknota i ból stają się nie do zniesienia, zakopuję się w pracy. Kieruję firmą, staram się, żeby się rozwijała i żebym sama nie umarła. Żebym nie stała się kolejną kobietą stłamszoną przez mężczyznę. Żeby ten mężczyzna, kiedyś przeze mnie kochany, który zabił naszą córkę, nie zabił również mnie.

Faye zacisnęła wargi, łza spłynęła jej z oka po policzku i dalej na lśniącą czarną podłogę studia. Przyszło jej to całkiem bez wysiłku. Jej ból tlił się zawsze pod powierzchnią, więc łatwo było go przywołać.

– Dziękuję ci, że przyszłaś do nas i podzieliłaś się z nami swoją historią. Wiem, że się spieszysz, że musisz iść dalej.

Publiczność wstała, oklaski wydawały się nie mieć końca i brzmiały jeszcze, gdy Faye chwiejnym krokiem przeszła obok galerii dla publiczności i dalej za kulisy.

Idąc do garderoby, przywołała młodą kobietę ze słuchawką w uchu i poprosiła o zamówienie taksówki. Z końca korytarza zawołał do niej hollywoodzki aktor. Zignorowała go i zamknęła drzwi garderoby. Szumiał tam wentylator. W rogu stała jakby zapomniana wysiedziana żółta sofa. Faye oparła się o ścianę i postarała się uśmiechnąć do własnego odbicia w lustrze. Zadanie wykonane. Dobrze jej poszło.

Kłamstwa, prawdy i półprawdy niczym kawałki puzzli złożyły się na taki obraz Faye, jaki sama była gotowa przekazać. Jednak tym razem zabrakło przypływu adrenaliny, jakiego zwykle doświadczała po udanym występie w telewizji. Nie potrafiła otrząsnąć się z niepokoju, który otulał ją jak mokry koc. Popełniła błąd, kiedy uznała, że jej przyszłość jest oczywista. Był to wyraz tej samej pychy jak u Ikara, który wyposażony w skrzydła spojone woskiem, wzbił się w niebo zbyt blisko słońca. Teraz ona płaci cenę, gdy wosk topi się, a jej skrzydła się rozpadają.

W dniu moich trzynastych urodzin zostałam zgwałcona
po raz pierwszy. Był to właściwie dzień jak każdy inny
i tylko przypadkiem stało się to właśnie w moje urodziny.
Nie było żadnych obchodów, bo tata mówił, że szkoda pieniędzy, poza tym nie miał ochoty wstać wcześniej przed
pracą, żeby mi odśpiewać „Sto lat”*.

Podczas kolacji – tym razem była to zapiekanka ryb-
na – znów milczeliśmy. Ja, Sebastian, mama i tata. Mama
kilka razy próbowała zagaić, pytając o jakieś codzienne
sprawy, żeby była rozmowa, choćby kilka sekund czegoś,
co by przypominało normalność, ale tata wrzasnął, żeby
się zamknęła, więc również umilkła i udawała, że je. Naprawdę doceniałam, że próbowała. Może się myliłam, ale
wydawało mi się, że z powodu moich urodzin bardziej się
postarała. Szybko pogłaskałam ją pod stołem w podzięko-
waniu, ale nawet nie wiem, czy to odczytała.

Tata wstał po zjedzeniu i wyszedł, zostawiając talerz na stole. Sebastian odstawił swój koło zlewu. Dla

---

* Tak obchodzi się urodziny w Szwecji.

mnie i dla mamy zmywanie nie było żadnym problemem. Wręcz przeciwnie. Szykując obiad, mama świadomie robiła w kuchni jak największy bałagan, żeby potem ta chwila tylko dla nas dwóch trwała jak najdłużej.

W dużym pokoju tata włączył telewizor, uśmiechnęłyśmy się do siebie z ulgą, że w końcu jesteśmy same. Pod osłoną stuku naczyń i szumu wody z kranu opowiadałyśmy sobie szeptem o wydarzeniach dnia. Często wymyślałam coś albo ubarwiałam różne historie, żeby wydały się śmieszniejsze. Mama chyba robiła to samo. Ten czas w kuchni był dla nas chwilą wytchnienia. Po co ją psuć czymś tak przygnębiającym jak rzeczywistość?

– Chodź.

Mama wzięła mnie za rękę, zostawiając odkręcony kran, żeby tata myślał, że jeszcze zmywamy. Wyszłam za nią cicho do przedpokoju. Sięgnęła ręką do kieszeni swojej kurtki i ostrożnie, żeby papier nie zaszeleścił, wręczyła mi paczuszkę przewiązaną sznurkiem z kokardką.

– Wszystkiego najlepszego z okazji urodzin, kochanie – szepnęła.

Rozwiązałam sznurek i zdjęłam wieczko. W pudełku był srebrny łańcuszek z zawieszką w kształcie skrzydeł. Nigdy nie widziałam czegoś tak pięknego.

Uściskałam mamę. Mocno, mocno wciągnęłam w nozdrza jej zapach, czułam niespokojne bicie jej serca. Mama wyjęła łańcuszek z pudełka i zapięła mi na szyi. Czule pogłaskała mnie po policzku i wróciła do zmywania. Dotknęłam skrzydeł. Wydawały się kruche pod moimi palcami.

Tata zakasłał w pokoju. Puściłam skrzydła, wsunęłam pod koszulkę i poszłam pomóc mamie przy zmywaniu.

Kiedy skończyłyśmy, poszłam do mojego pokoju, który sąsiadował z pokojem Sebastiana. Szybko odrobiłam lekcje. Wprawdzie chodziłam wtedy do siódmej klasy, ale podręcznik do matmy miałam do dziewiątej. Próbowałam przeciwko temu protestować, wiedziałam, że rozzłości to moich kolegów z klasy i będą mnie jeszcze bardziej prześladować, ale nauczyciel się uparł, powiedział, że jak się chce coś osiągnąć w życiu, trzeba włożyć w to trochę wysiłku.

Moje biurko było stare, krzywe i kulawe, a blat nosił mnóstwo śladów po piórze, które wyjechało poza papier. Musiałam regularnie poprawiać tekturkę włożoną pod jedną nogę biurka, żeby się nie kiwało.

Odłożyłam pióro i wyprostowałam szyję. Moje spojrzenie utkwiło jak zwykle na półce z książkami. Sfatygowanymi, zaczytanymi. Co pewien czas musiałam z ciężkim sercem pozbywać się niektórych, żeby zrobić miejsce dla nowych, które kupiłam na pchlim targu albo dostałam od miłej bibliotekarki Elli, kiedy biblioteka we Fjällbace pozbywała się części swoich zbiorów.

Niektórych książek nigdy bym się nie pozbyła. *Małe kobietki*, *Tessa d'Urberville*, *Koronka*, *Diablica*, *Krystyna córka Lavransa*, *Ptaki ciernistych krzewów*, *Wichrowe Wzgórza*, *Mała księżniczka*. Chodziło nie tylko o to, że te książki odziedziczyłam po mamie; łączyły się z nimi wspomnienia chwil, kiedy mogłam wkroczyć do innego świata. Uciec ze swojego. Stać się kimś innym.

Na drugiej ścianie znajdowały się portrety moich ulubionych autorów. Dziewczyny z mojej klasy miały na ścianach plakaty zespołów i wokalistów, jak Take That, Bon

Jovi, Blur i Boyzone, a ja miałam Selmę Lagerlöf, Sidneya Sheldona, Arthura Conan Doyle'a, Stephena Kinga i Jackie Collins. Kiedyś byli ulubieńcami mojej mamy, potem stali się moimi. Moimi bohaterami, którzy zabierali mnie z mojej rzeczywistości i przenosili gdzie indziej. Zdawałam sobie sprawę, że to głupawe, ale kto będzie wiedział, skoro i tak nikt do mnie nie przychodzi?

Przeniosłam się na łóżko, dałam sobie spokój z myciem zębów. Cały czas słyszałam, jak Sebastian chodzi po swoim pokoju. Na dole tata krzyczał na mamę, która milczała, zacisnąwszy zęby, pewnie obiecała poprawę w nadziei, że wystarczy, żeby jej nie stłukł na kwaśne jabłko. W tym roku odwiedziła przychodnię już cztery razy. Na pewno ją rozszyfrowali, kiedy tłumaczyła, że zderzyła się z drzwiami albo spadła ze schodów. Jakby nasz dom był jakimś wrogim drewnianym potworem, który się na nią uwziął. Przecież niemożliwe, żeby w to wierzyli. A jednak nikt nic nie zrobił. W naszej małej miejscowości zostawiało się ludzi w spokoju z ich tajemnicami. Tak było łatwiej, skoro wszyscy byli oplątani pajęczyną wzajemnych związków i zależności.

Położyłam się na boku. Z głową w dłoniach. Twarzą do ściany. W dzieciństwie komunikowaliśmy się z Sebastianem, pukając w ścianę. Zwłaszcza kiedy mama dostawała manto. Ostatnio pukaliśmy do siebie jakiś rok temu. Czasem, kiedy na dole trwała awantura, przychodził do mojego łóżka. Zwijał się obok jak szczeniak. Ale najczęściej tylko pukaliśmy. Pewnego wieczoru po prostu przestał odpowiadać. Próbowałam jeszcze przez wiele tygodni, aż do dnia, kiedy pukałam tak mocno i desperacko domagałam się odpowiedzi, że wpadł do mojego pokoju i wrzasnął, żebym przestała walić w ścianę.

– Ty dziwko jedna! – krzyknął.

Przeprosiłam go, jąkając się, absolutnie wstrząśnięta jego słowami.

Było to akurat wtedy, gdy mobbing przeciw niemu ustał, a Sebastian zaczął się zadawać z dwoma trochę starszymi i popularnymi chłopakami. Tomasem i Rogerem.

Tomas zawsze patrzył mi w oczy, ilekroć się na siebie natknęliśmy w szkole. Miał w sobie coś rozbrajającego, delikatnego i jednocześnie czarującego, co sprawiało, że spotykając go na korytarzu, zawsze trochę zwalniałam kroku. Część mnie miała nadzieję, że kiedyś przyjdzie do mnie z Sebastianem. A druga część – że nie przyjdzie.

Zgasiłam górną lampę, moje łóżko stało się w ciemności wyspą światła, a ponieważ przed kolacją skończyłam kryminał Agathy Christie i nie wypożyczyłam nic nowego z biblioteki, sięgnęłam po *Przygody Hucka*, jedną z tych książek, których nigdy bym się nie pozbyła. Czytałam ją co najmniej dziesięć razy.

Oczy mnie piekły ze zmęczenia, ale miałam tyle do zapomnienia, że czytałam, byle nie konfrontować się z myślami. Im bardziej byłam zmęczona, tym szybciej zasypiałam i nie musiałam przewracać się na łóżku.

Musiało być krótko przed północą. Otworzyły się jakieś drzwi. Spodziewałam się, że zaskrzypią schody i ktoś będzie schodził do toalety. Ale nie, otworzyły się moje drzwi. Nawet się ucieszyłam, pomyślałam, że ja i Sebastian znów będziemy ze sobą rozmawiać. Bardzo mi go ostatnio brakowało.

Bar Cadier był wypełniony jedynie w połowie. Turyści i biznesmeni siedzieli rozproszeni na sofach, trzymając w rękach drinki. Między nimi przemykali kelnerzy. Faye odsunęła puściutki talerz i zaraz pojawił się jeden z nich z pytaniem, czy życzy sobie jeszcze czegoś. Pokręciła głową, odchyliła się na sofie i spojrzała na oświetlony zamek królewski po drugiej stronie zatoki. Siedząca obok grupka Amerykanów wyrażała głośno rozczarowanie szwedzkim wyobrażeniem o zamku. Według nich przypominał raczej więzienie. Domyślała się, że na ich błędne oczekiwania wpłynęły filmy Disneya.

Czuła się zupełnie wykończona po całym dniu. Zaczęło się od Skavlana, następnie liczne rozmowy z akcjonariuszkami, niektóre przez telefon, inne twarzą w twarz. Poszły dobrze. W jej ocenie udało się, nie budząc podejrzeń, skłonić je do niepozbywania się swoich akcji. Wraz z Kerstin wypracowały strategię, która wydawała się przekonująca, to znaczy dawać do zrozumienia, że w związku z ekspansją firmy na Amerykę dzieje się wiele ważnych rzeczy, dlatego najmądrzej jest zachować swój stan posiadania.

Jakiś głos brzmiący bardzo donośnie sprawił, że się obejrzała. Parę stolików dalej siedział mężczyzna około pięćdziesiątki, brzuchaty, łysiejący, naprzeciwko miał dwudziestoparoletnią kobietę. Mogliby uchodzić za ojca z córką, ale Faye zorientowała się, że to rozmowa rekrutacyjna. Młoda kobieta starała się trzymać zasad profesjonalizmu i mówić o swoim przygotowaniu zawodowym, podczas gdy mężczyzna, coraz bardziej podpity, pytał ją, czy ma chłopaka i czy dużo imprezuje, do tego natrętnie przekonywał, żeby się napiła i „wyluzowała".

Faye pokiwała głową, czuła narastającą złość.

– Na pewno nie chcesz ginu z tonikiem? – nalegał. – Może wolisz słodkie drinki? Na przykład mojito?

Młoda kobieta westchnęła.

– Nie, dziękuję. Już dość.

Faye zrobiło się jej żal. Było dla niej oczywiste, że gość, sądząc z rozmowy, właściciel firmy PR-owej, myśli o wszystkim, tylko nie o zatrudnieniu dziewczyny.

Faye wstała i z kieliszkiem w ręku podeszła do ich stolika. Facet w tym momencie urwał opowieść o swojej łódce, na którą właśnie zapraszał dziewczynę.

– Nie mogłam uniknąć wysłuchania fascynującej opowieści o tym, jak pan zbudował swoją firmę. Dobra robota.

Widać było, że rozpoznał Faye. Oblizał wargi i przytaknął.

– Ciężka praca się opłaca – powiedział.

– Jak się pan nazywa?

Podała mu rękę.

– Patrik Ullman.

– Jestem Faye. Faye Adelheim.

Uśmiechnęła się do niego.

– Zastanawia mnie jedna rzecz, dlatego postanowiłam spytać: czy zawsze umawia się pan na rozmowę rekrutacyjną o tej porze i w barze hotelowym, czy tylko wtedy, gdy w grę wchodzi młoda kobieta?

Patrik Ullman otworzył usta i zaraz zamknął, przypominał okonia łapiącego powietrze na pomoście rozgrzanym od słońca.

– Nie wydaje mi się rzeczą rozsądną, żeby sprawdzać kompetencje jakiejś osoby, próbując ją upić, wypytywać o chłopaków i jeszcze zapraszać ją na swoją łódkę. Chociaż co ja mogę o tym wiedzieć?

Młoda kobieta uśmiechnęła się. Patrik Ullman poczerwieniał na twarzy. Z głębi krtani chciał się wydobyć jakiś odgłos, ale Faye go uprzedziła.

– Ma pan pewnie Galeona 560? Staruszku, taką plastikową wanienką nie popłynęłabym nawet na ryby.

Kobieta już nie mogła powstrzymać parsknięcia.

– Ty cholerna dzi...

Faye uniosła palec i nachyliła się tak, że prawie się zetknęli nosami.

– Ty co? – spytała cicho. – No co chciałeś powiedzieć?

Gość zacisnął wargi, a Faye się wyprostowała.

– Tak myślałam.

Uśmiechnęła się do niego, a potem odwróciła się do kobiety i położyła przed nią wizytówkę, którą wyjęła z kopertowej torebki.

– Odezwij się, gdybyś chciała dostać prawdziwą pracę albo popływać na prawdziwej łódce.

Odwróciła się na pięcie, wróciła do stolika i usiadła.

Twarz Patrika Ullmana była krwistoczerwona, mruknął coś, zapłacił i wypadł z lokalu.

Faye pomachała do jego oddalających się pleców, wypiła łyk wina i już szykowała się, żeby pójść do swego apartamentu. Marzyła o gorącej kąpieli, zmyciu telewizyjnego makijażu, a potem o pójściu spać.

Te myśli przerwało jej chrząknięcie. Obok stał David Schiller. Śmiech iskrzył mu się w oczach. Do tej pory nie zwróciła uwagi na ich kolor. Lazurowe. Jak Morze Śródziemne. W ręku trzymał dry martini.

– Chciałem ci tylko podziękować – powiedział.

– Za co? – zareagowała defensywnie.

– Za to, co przed chwilą zrobiłaś. Pomyślałem o moich córkach, chciałbym, żeby dorastały w przekonaniu, że świat leży u ich stóp, tak jak wpojono mnie. Tą młodą kobietą mogłaby za kilka lat być moja Stina albo Felicia. Dlatego cieszę się, że są osoby takie jak ty, gotowe stanąć po ich stronie.

Faye poczuła wzruszenie. Wzniosła kieliszek w toaście.

– Co za sens mieć kasę, gdyby człowiek nie mógł powiedzieć komuś, żeby się zamknął.

David, który w tym momencie miał usta pełne dry martini, aż się zaplul ze śmiechu.

– Tak mówiła moja najlepsza przyjaciółka Chris.

– Zdrowie Chris – odparł na to David.

Nie zauważył, że Faye użyła czasu przeszłego, a ona nie sprostowała. Wciąż za bardzo bolało. Nawet nie miała siły skontaktować się z Johanem, świetnym facetem, z którym Chris, będąc już na łożu śmierci, wzięła ślub. Za bardzo przypominał jej o tym, co straciła wraz ze śmiercią przyjaciółki.

Spojrzała znów na Davida. Wzruszyła ramionami, chociaż sama nie wiedziała dlaczego, może przypomniały jej się wcześniejsze zastrzeżenia.

– Chcesz się dosiąść? – spytała.

Zamówili drinki: następne dry martini dla niego i GT dla niej.

– Od jak dawna mieszkasz tu w hotelu? – spytała, odstawiwszy szklankę. – Bo zakładam, że mieszkasz. Chyba że masz niezdrową słabość do przesiadywania w Grandzie.

David skrzywił się.

– Mieszkam tu od dwóch tygodni.

– To długo. Jakiś szczególny powód? Skoro masz willę w Saltis.

Westchnął.

– Jestem w trakcie rozwodu z matką moich córek.

Włożył do ust oliwkę z drinka.

– Mogło być gorzej – odparł i zatoczył ręką. – Bądź co bądź to Grand Hotel. O rzut kamieniem stąd kloszardzi śpią na chodnikach, bo ich nie stać na choćby najtańszą noclegownię. Trzeba widzieć rzeczy, jakimi są. Johanna jest znacznie lepszą matką niż ja ojcem, choćbym się nie wiem jak starał, więc najsprawiedliwiej jest, żeby to ona została w domu z dziećmi. Ale cholernie za nimi tęsknię.

Faye upiła łyk drinka. Spodobało jej się, w jaki sposób wyraził się o żonie, że nie robi z niej złośliwego potwora. To dowód szacunku.

Zaśmiał się, myśl o córkach najwyraźniej coś w nim obudziła.

– Stina i Felicia przyjadą tu w sobotę. Będzie park rozrywki, a potem maraton filmowy z Harrym Potterem.

Domyślam się – przykro to powiedzieć – że czekam na to bardziej niż one.

Zamachał wyimaginowaną różdżką czarodziejską, Faye musiała się uśmiechnąć.

– Zdążyliśmy już ustalić, że zajmujesz się finansami – powiedziała. – A dokładniej?

Niechętnie przyznała przed sobą, że ją zaciekawił. Wydawał się otwarty i rozbrajający, co do niej przemawiało.

– Cóż, jestem kimś, kogo określają jako anioła biznesu. Znajduję sobie nowe ciekawe spółki i inwestuję w nie, najlepiej w jak najwcześniejszym stadium.

– A co do tej pory okazało się twoją najlepszą inwestycją?

Wymienił dobrze znaną Faye spółkę z dziedziny biotechnologii. Firma wystrzeliła na giełdzie jak rakieta, a majątek właścicieli był obecnie szacowany na setki milionów koron z perspektywą na jeszcze więcej.

– Dobry jesteś. Gratulacje. Na jakim etapie w to wszedłeś?

– Ojej, na tyle wcześnie, że chłopaki się jeszcze uczyli. Studiowali na Chalmers*, zaczęło się to wszystko od studenckiego projektu. Ich innowacja spotkała się z pewnym zainteresowaniem ze strony prasy, akurat przeczytałem o tym, zaciekawiłem się i skontaktowałem z nimi. I w ten sposób... to już historia. Inwestycje dotyczą przede wszystkim pracowników firm. Chodzi bardziej o to, żeby znać się na ludziach, niż na wynikach księgowych. Niektórzy mają to coś, co sprawia, że są skazani na sukces, bo nie

---

* Chalmers – uczelnia politechniczna w Göteborgu.

poddadzą się, dopóki go nie osiągną. Tych ludzi należy znajdować. Wielu z tych, którzy przychodzą do mnie ze swoją ofertą, to uprzywilejowani synkowie bogaczy, nigdy nie musieli o nic walczyć i myślą, że biznes to bułka z masłem.

– Owszem, z niektórymi studiowałam na Handels*.

David wskazał jej drinka.

– Nie chcesz dziś matrioszki?

– Mam swoje przyzwyczajenia i najczęściej trzymam się klasyków.

– Nie bez powodu stały się klasykami – odparł, unosząc swój kieliszek dry martini.

– Prawda.

Spojrzała na Davida znad swojej szklanki. Zaimponował jej swoim dynamizmem. Bycie aniołem biznesu wymagało zręczności, intuicji, wiedzy i dużego kapitału.

– Jednak to na pewno bardzo ryzykowna sprawa?

– Picie martini?

– Ha, ha. Nie, inwestowanie własnych pieniędzy. Widziałam niejedną spółkę, która poszła z torbami mimo świetnego pomysłu albo produktu. W przedsiębiorczości występuje wiele zagrożeń, do tego jeszcze kapryśny rynek.

– Ty o tym wiesz bardzo dobrze. Muszę wtrącić, że jestem pod ogromnym wrażeniem tego, co zrobiłaś z Revenge. Podręcznikowy przykład, jak w relatywnie krótkim czasie rozwinąć firmę i osiągnąć miliardowe zyski. Imponujące.

---

* Handels – Handelshögskolan, Wyższa Szkoła Handlowa w Sztokholmie.

– Dzięki.

– Ale wracając do twojego pytania... oczywiście, że to ryzyko, ale ja to kocham. Kto nie ma odwagi ryzykować, nie ma odwagi żyć.

– Prawda.

Faye w zamyśleniu jeździła palcem po brzegu szklanki. Bar coraz bardziej się zapełniał, głośny gwar wznosił pod sufit. Barman Brasse skinął pytająco na ich prawie puste szklanki. Faye spojrzała na Davida, który pokręcił głową.

– Chętnie zostałbym z tobą na jeszcze jednego drinka albo dwa. Albo trzy. Ale akurat dziś mam biznesową kolację, muszę ją jakoś przecierpieć. I owszem, w Teatergrillen...

Faye odpowiedziała uśmiechem. Sama się zdziwiła, że jest rozczarowana. Dobrze się czuła w jego towarzystwie.

Przywołał Brassego.

– Proszę wpisać na mój rachunek również drinka tej pani. Żadnego sprzeciwu – zwrócił się do Faye, wkładając kurtkę. – Zrewanżujesz mi się przy okazji.

– Bardzo chętnie – odparła. Szczerze. Długo patrzyła za nim, jak szedł przez bar do wyjścia.

Siedząc na tarasie, Faye dopiła swoje smoothie i wytarła usta serwetką. Sięgnęła po smartfona. Powinna pójść sprawdzić maile otrzymane w nocy, ale z tęsknoty za Julienne aż coś zabolało ją w brzuchu. Wybrała numer i niecierpliwie czekała na połączenie.

Odebrała matka, po krótkiej rozmowie Faye poprosiła, żeby dała telefon Julienne. Zrobiło jej się ciepło na sercu na dźwięk głosu córki, z którego biła radość, że udało jej się dopłynąć do dna basenu.

A potem padło nieuniknione pytanie.

– Wracasz dziś, mamo?

– Nie – odparła schrypniętym ze wzruszenia głosem. – Muszę tu jeszcze trochę zostać. Ale już niedługo, naprawdę niedługo. Kocham cię bardzo, strasznie za tobą tęsknię i całuję mocno, mocno.

Po rozłączeniu się musiała wytrzeć uparte łzy. Znów zabolał brzuch, tęsknota uwierała jak cierń, ale Faye mówiła sobie, że córce jest w Ravi dobrze z babcią. Teraz musi odsunąć myśli o Julienne i zaadaptować się do otoczenia, które myśli, że jej córka nie żyje.

Przeszła do pokoju i dalej do szafy po przyszykowane granatowe spodnium.

Świeciło słońce i choć nie było jeszcze południa, panował dotkliwy upał. Przeglądając gazety, odnotowała zapowiedzi meteorologów, że lato ma być wyjątkowo ciepłe.

W poniedziałek wreszcie dostanie klucze do mieszkania.

– Mogło być gorzej – mruknęła i uśmiechnęła się, gdy przypomniał jej się wczorajszy wieczór z Davidem Schillerem.

Miał prawdziwy charme, co ją zaskoczyło. Jego słowa, że kto się nie odważy ryzykować, ten nie będzie miał odwagi żyć, wprawiły ją w zadumę. Choćby nad tym, że w pracy nad Revenge potrafiła mocno ryzykować, natomiast w prywatnym życiu otoczyła się tak wysokim murem, że pokonanie go wymagałoby naprawdę wysokiej drabiny. Bardzo dawno żaden mężczyzna nie powiedział jej niczego takiego, co by ją skłoniło do zastanowienia się nad sobą. Jednak David Schiller był inny.

Włączyła laptopa, żeby przygotować się do spotkania z Irene Ahrnell w Taverna Brillo przy Stureplan. Świadomie je opóźniała, żeby rozmowy z innymi inwestorkami pozwoliły jej zorientować się w sytuacji. Irene, prawdziwa legenda w szwedzkim świecie finansów, była jej pierwszą inwestorką. I największą. Z czasem zdążyły się również zaprzyjaźnić.

Irene była również jedną z niewielu osób, do których Faye zwracała się o radę, ale w ostatnim roku zaniedbała kontakt i nie orientowała się zbyt dobrze, co się z nią dzieje.

Wygooglowała jej nazwisko. Część artykułów z ostatnich dwunastu miesięcy już znała, ale większość jej umknęła. Irene miała za sobą dobry rok. Stanowisko w dwóch zarządach firm, głośna sprzedaż jednej ze spółek, którymi kierowała z dużymi sukcesami, oraz stanowisko dyrektorki jednej z najbardziej szanowanych spółek finansowych w Europie. W jej życiu pojawił się też nowy mężczyzna. Dziedzic włoskiej firmy motoryzacyjnej. Będą miały o czym porozmawiać podczas lunchu.

Granatowe spodnium od Proenza Schouler leżało na niej jak ulał. Był to spontaniczny zakup u Nathalie Schuterman i kosztował niezły majątek. Jednak akurat tego dnia Faye czuła potrzebę, żeby wyglądać wspaniale. Wygładziła dłonią jakieś minimalne zmarszczki. I już była gotowa wyjść na spotkanie dnia.

Wchodząc do hotelowego westybulu, włożyła okulary słoneczne. Kątem oka zobaczyła, że z sofy podnosi się jakaś kobieta i idzie do niej.

– Ma pani chwilę?

Faye zmarszczyła brwi, kobieta wydała jej się znajoma. Pewnie dziennikarka, lepiej znów się przyzwyczaić, że jest obserwowana.

– W tym momencie nie bardzo. – Starała się odpowiedzieć uprzejmie.

Kobieta obejrzała się przez ramię i z kieszeni dżinsów wyjęła policyjną blachę. *Yvonne Ingvarsson*. Faye uzmysłowiła sobie, że to policjantka, która prowadziła dochodzenie w sprawie zabójstwa Julienne. Zamknęła oczy na parę sekund i weszła w rolę matki w stanie żałoby.

– Znaleźliście ją? – wyszeptała. – Znaleźliście moją Julienne?

Yvonne Ingvarsson pokręciła głową.

– Mogłybyśmy usiąść gdzieś, tak żeby nam nikt nie przeszkadzał?

Chwyciła Faye pod ramię, poprowadziła do drzwi obrotowych i dalej na nabrzeże przed hotelem. Usiadły na ławce.

– Jeszcze nie znalazłyśmy cia... pani córki – powiedziała, patrząc na prom płynący do Djurgården.

Faye narzuciła sobie spokój, niech Yvonne Ingvarsson zrobi pierwszy krok. To, że ją odszukała, było niepokojące, ale jeszcze nie stanowiło katastrofy.

– Podtrzymuje pani, że w noc, gdy były mąż rzekomo zamordował waszą córkę, była pani w Västerås?

Faye zadrżała. Dobrze, że włożyła okulary słoneczne.

– Tak, oczywiście.

– Na rogu Karlavägen i Sturegatan jest bankomat – ciągnęła spokojnie Yvonne Ingvarsson, patrząc wciąż na wodę.

Faye musiała zebrać myśli. Gdyby rzeczywiście coś na nią mieli, toby teraz nie rozmawiały sobie, siedząc na słońcu.

– Tak?

– Kamera zarejestrowała osobę, która jest do pani podejrzanie podobna, ale pani była wtedy w Västerås, tak?

Yvonne Ingvarsson w końcu spojrzała na Faye, której twarz była nieporuszona.

– Co pani insynuuje? – odezwała się Faye. – Co mi pani chce wmówić?

Yvonne Ingvarsson uniosła brwi.

– Niczego nie wmawiam. Zadałam pytanie, czy jednak mogło być tak, że znajdowała się pani w pobliżu

domniemanego miejsca zbrodni, a nie w pokoju hotelowym w Västerås.

Na chwilę zapadło milczenie. Faye wzięła torebkę
i wstała.

– Róbcie, co do was należy, zamiast opowiadać takie
niedorzeczne historie, znajdźcie ciało mojej córki.

Odwróciła się i odeszła z walącym w piersi sercem.

Faye wpadła do Taverna Brillo z piętnastominutowym spóźnieniem, pot spływał jej po krzyżu. Irene Ahrnell uśmiechnęła się i wstała od okrągłego stolika w głębi pięknego lokalu. Faye z dumnie podniesioną głową, ignorując szepty i spojrzenia pozostałych gości, podeszła i uściskała ją.

– Irene, strasznie dawno się nie widziałyśmy. Przepraszam za spóźnienie.

– Nie szkodzi, domyślam się, że miałaś sporo spraw na głowie. Fakt, że dawno.

– Rzeczywiście, miałam intensywny rok, co było związane z przygotowaniami do nowej emisji akcji i wejściem na rynek amerykański, również z pewnym wyzwaniem, jakim było włączenie do Revenge firmy Chris. Zabrało mi to trochę czasu, dopiero teraz czuję, że zaczyna to być jedna firma, nie dwie.

Irene pokiwała głową i sięgnęła po kartę. Włożyła okulary do czytania.

– Wiem, co masz na myśli, odmienne struktury i kultury korporacyjne, tysiące rzeczy, które trzeba złożyć w harmonijną całość. Nie rób sobie wyrzutów, że powinnaś się do mnie odezwać. Też mam mnóstwo spraw, ale tak czy inaczej, zawsze jestem, niezależnie od tego, jak dawno się nie kontaktowałyśmy.

– À propos mnóstwa spraw... – Faye spojrzała znad karty. – Czytałam o pojawieniu się nowego faceta.

Irene zarumieniła się, Faye patrzyła na to z rozbawieniem. Nigdy jej takiej nie widziała, sześćdziesięcioletnia Irene zarumieniła się jak nastolatka.

– Zobaczymy, co z tego wyniknie. Na razie jest dobrze. Mario jest fantastyczny. To aż za dobre, żeby to była prawda, cały czas spodziewam się, że z szafy wypadnie jakiś trup.

– Wiesz, że podchodzę do rodzaju męskiego tak samo nieufnie jak ty. Ale przecież muszą być wśród nich jacyś fajni. Może właśnie trafiłaś na jednego z nich.

– Zawsze można mieć nadzieję – odparła Irene, odkładając kartę. – Ale zdążyłam się naciąć parę razy w życiu.

Pokręciła lekko głową. Faye nachyliła się bliżej.

– Może byśmy tak zamówiły bąbelki?

Irene z uśmiechem kiwnęła głową i skinęła na kelnerkę, która przyjęła zamówienie. Kiedy już dostały szampana, Faye upiła łyk, zastanawiając się, jak zacząć.

Nie zdążyła nic powiedzieć, gdy Irene chrząknęła.

– Chodzą słuchy, że ktoś skupuje udziały w Revenge.

Faye poczuła ucisk w żołądku. To oczywiste, że Irene już wie.

– Zgadza się. Nie wiedziałam, co do ciebie dotarło.

Irene wzruszyła ramionami, zdjęła okulary do czytania i odłożyła na stół.

– Nie znam żadnych szczegółów, na razie to tylko pogłoski.

Faye odstawiła kieliszek.

– Zaczęło się od skupowania niewielkich ilości akcji. Stopniowo zakupy stawały się coraz częstsze, zauważyliśmy, że przebiegają według pewnego schematu, więc domyślamy się, że kupujący jest jeden.

– A ty nie wiesz kto to?

– Nie, ukrył się wśród plątaniny inwestorów. Pracujemy pełną parą nad tym, żeby go odkryć, i na pewno się uda, problem w tym, że zajmuje to dużo czasu, a ja nie wiem, ile go jeszcze zostało. Nie wiem, jaki będzie następny ruch.

– I boisz się, że mogłabym sprzedać?

Obsługa przyniosła pizzę i ustawiła na niewielkim podwyższeniu na środku stołu. Zapachniało cudownie ikrą z sielawy, śmietaną i czerwoną cebulą. Wzięły po kawałku gorącego placka. Jednak Faye nie potrafiła skupić się na jedzeniu. Spojrzała na siedzącą naprzeciwko kobietę: światową, wyrafinowaną, pod pewnymi względami wciąż dla niej niedoścignioną.

– No cóż, nie rozumiem, dlaczego inne akcjonariuszki sprzedały udziały, i chciałam się upewnić, że ty swoje zachowasz.

Irene była posiadaczką największej liczby udziałów w Revenge, zaraz po Faye, więc gdyby je sprzedała, byłaby to prawdziwa katastrofa.

– Nikt mnie nie nagabywał. Jak dotąd. Pewnie wie o naszej przyjaźni i o tym, że od razu bym ci powiedziała. A ja daję ci słowo, że nie sprzedam.

– To dla mnie prawdziwa ulga – odparła Faye i sięgnęła po jeszcze jeden kawałek pizzy.

Ugryzła kęs i popiła bąbelkami. Smakowała cudownie.

Naprawdę to zjesz? Przypomniał jej się Jack. Zmarszczki na czole. Mina pełna obrzydzenia. Po urodzeniu Julienne ciągle jej docinał z powodu wyglądu i wagi. Cokolwiek zrobiła, nie była w stanie go zadowolić. Teraz jadła wszystko, choć nie zawsze, za to dbała, żeby ruszać się jak najwięcej, a poprzednia niepewność ustąpiła na rzecz dumy ze swojego ciała. Przecież stworzyło i urodziło Julienne. Poczucie własnej wartości było jedną z wielu rzeczy, jakie jej się udało odzyskać.

– Co z tym robicie? – spytała Irene, patrząc na nią. – Czy ta... jak jej tam... Kerstin przyjechała do Szwecji razem z tobą?

– Tak, jest ze mną i pracuje na okrągło nad ustalaniem, co się dzieje. Wczoraj rozmawiałyśmy z wieloma inwestorkami, przekonując, żeby nie sprzedawały.

– Mam nadzieję, że nie wtajemniczałyście ich w tę próbę przejęcia?

Irene patrzyła surowo, ale też sięgnęła po następny kawałek pizzy.

– Oczywiście, że nie. Wydaje mi się, że zadziałało. Pytanie, jak zdeterminowany jest człowiek, który stoi za tym wszystkim. Bo boję się, że bardzo.

Irene odłożyła sztućce i przyjrzała jej się.

– Jak się czujesz?

Nie było sensu ściemniać, szkoda czasu.

– Szczerze mówiąc, jestem zaskoczona, że tak mnie to ruszyło. Rzecz jasna już miewaliśmy w firmie jakieś kryzysy. Setki, tysiące w różnej skali. Prowadzenie firmy to w zasadzie zarządzanie kryzysowe, sama wiesz. Ale to... Ktoś chce mi zabrać dzieło mojego życia. Stworzyłam

Revenge gołymi rękami i to wciąż ja kieruję firmą. To pewnie z mojej strony naiwność, ale nawet mi do głowy nie przyszło, że ktoś spróbuje mi ją odebrać.

Irene pokręciła głową.

– To nie naiwność. Jak często dochodzi dziś do wrogiego przejęcia? Prawie nigdy. Czy może za tym stać w jakiś sposób Jack?

– Jack? Nie, nie zostały mu żadne zasoby. Ani kontakty. Jest goły i bosy, wszyscy się od niego odwrócili. Nie widzę, jak miałby to przeprowadzić, zwłaszcza z więzienia.

– Przychodzi ci do głowy ktoś inny?

Przyszła kelnerka z drugim daniem. Spojrzała pytająco na zjedzoną w połowie pizzę.

– Skończyły panie jeść? Mam to zabrać?

– Nie, nie, proszę zostawić, potrzebujemy dziś węglowodanów – odparła Faye, a Irene kiwnęła głową.

– Jasne, że przez lata zdążyłam sobie narobić wrogów – ciągnęła Faye. – Nie da się zbudować dużej firmy, nie nadeptując ludziom na odciski. Ale nie przychodzi mi na myśl nikt szczególny. Wolałabym mieć jaśniejszy obraz albo chociaż jakąś teorię kto to. Jednak nie, niestety nie mam pojęcia.

– W każdym razie możesz być pewna, że ja nie sprzedam. I popytam trochę wśród znajomych. Może wywiem się czegoś, jeśli tak, to od razu się do ciebie odezwę.

Faye poczuła rozluźnienie w barkach, co dopiero jej uzmysłowiło, jak bardzo była spięta.

Podniosła swój kieliszek, stuknęły się wśród panującego wokół gwaru rozmów. A potem zabrały się do jedzenia.

Woda w basenie wydała jej się przyjemnie letnia w zetknięciu z ciałem. Faye wykonywała długie mocne ruchy i mówiła sobie, że ma głęboko oddychać. Hotelowy basen znajdował się w pomieszczeniu przypominającym grotę o pięknym łukowatym sklepieniu, oświetlenie było lekko stłumione. Kto chciał rozmawiać, mówił cicho, w tle brzmiała dyskretna muzyka typowa dla spa na całym świecie.

Kerstin siedziała w połowie szerokich schodków prowadzących do basenu. Faye podpłynęła i usiadła obok. Wychylając się do tyłu, oparła łokcie na stopniu i chlapała lekko nogami.

– Ile masz dziś osób na swojej liście?

– Pięć do siedmiu, tyle zaplanowałam, ale zależy, z iloma uda się skontaktować i ile czasu zajmie mi każda rozmowa.

– Jak ci mówiłam, o Irene możemy się już nie martwić, obiecała, że nie sprzeda.

– To dobrze. Wprawdzie jej o to nie podejrzewałam, ale z drugiej strony nie myślałam również o kilku innych osobach, a jednak sprzedały swoje akcje.

Faye wpatrzyła się w wodę poruszaną nogami. Przypomniała jej się tamta ciemna woda. Krzyki. Przed oczami stanęły jej przerażone twarze.

– Faye, co się dzieje?

Głos Kerstin przywrócił ją do teraźniejszości, pokręciła lekko głową.

– Muszę się dziś skupić na kilku pilnych sprawach związanych z wejściem na rynek w USA – powiedziała. – Nie mogę poświęcać całego czasu na zarządzanie kryzysowe, firma musi działać jak zwykle, inaczej nawet nie będzie co stracić.

– Skup się na swoich sprawach, ja będę szukać dalej.

Kerstin przymknęła oczy, rozkoszując się wodą. Przyszła do spa godzinę przed Faye i zdążyła solidnie popływać, mimo że basen był właściwie za mały na porządny trening.

– Wiem, że masz dużo roboty, ale mogłabyś jeszcze mi pomóc i sprawdzić jedną rzecz?

– No pewnie – odparła Kerstin, otwierając oczy. – Coś szczególnego?

– Mogłabyś dowiedzieć się czegoś więcej na temat niejakiego Davida Schillera? Jest aniołem biznesu.

– Oczywiście, że mogę. – Kerstin miała rozbawioną minę. – Coś mi mówi, że to ten facet poznany tu w Grandzie, zupełnie nie w twoim typie?

Faye chlapnęła na nią wodą.

– Czyżbyś była złośliwa?

Kerstin uśmiechnęła się.

– Złośliwa – nie. Po prostu zwracam uwagę na to, że chcesz się dowiedzieć czegoś więcej o facecie, który podobno wcale cię nie interesuje.

Faye wpatrywała się znów w swoje stopy.

– A może uważam, że jednak ma pewne plusy. W takim razie powinnam wiedzieć o nim coś więcej.

Teraz już patrzyła na Kerstin.

– Postanowiłam, że już nigdy nie dam się nikomu zaskoczyć.

Kerstin włożyła biały szlafrok z logo hotelu i zawiązała pasek.

– Obiecuję ci, że znajdę, co się da. A ty odpocznij trochę. Żadna z nas nie będzie miała pożytku z tego, że zderzysz się ze ścianą. Pozwól sobie na godzinkę relaksu.

– Masz rację. Pozwolę sobie.

Faye wyszła z basenu i sięgnęła po szlafrok.

Po wyjściu Kerstin położyła się na jednym z leżaków, gdzie cieszyła się panującym spokojem. Lunch z Irene znacznie ją uspokoił, a strach po spotkaniu z policjantką Yvonne Ingvarsson zaczął ustępować. Policja miała jedno niewyraźne zdjęcie kogoś podobnego do niej. I co z tego? Jack został skazany za zamordowanie Julienne. Nie wyjdzie z więzienia wcześniej niż za wiele lat. Liczne artykuły prasowe pomogły utwierdzić wszystkich w przekonaniu, że Julienne nie żyje. Była to obowiązująca prawda. Chociaż nie znaleziono zwłok.

Faye sięgnęła po stojącą na podłodze szklankę ze świeżo wyciśniętym sokiem pomarańczowym i upiła łyk. Odpłynęła myślami do córki, która w tym momencie przypuszczalnie pluskała się w innym basenie. Był pierwszy czerwca, we Włoszech zaczynała się chyba pierwsza fala upałów.

Odwróciła się na dźwięk kroków. David zszedł z siłowni na piętrze, rozejrzał się, ale jej nie zauważył, ściągnął czarne szorty i T-shirt, odsłaniając niespodziewanie umięśnione plecy i w samych gatkach wskoczył do mieniącej się zielenią wody. Uśmiechnęła się, bo przypuszczalnie postąpił sprzecznie z obowiązującymi zasadami. Przepłynął kilka długości, Faye dyskretnie wyciągała szyję, patrząc na niego. W końcu miała dość patrzenia, wstała i podeszła do brzegu basenu.

David podpłynął i uśmiechnął się tym swoim uśmiechem, dzięki któremu stawał się prawie piękny.

– Dzień dobry – powiedziała. – Jak ci minął dzień z córkami?

David spochmurniał. Dźwignął się na rękach, wyskoczył z basenu i przyjął ręcznik, który mu podała.

– Nie mogły przyjechać – odparł krótko.

– Stało się coś?

Przeszli razem na leżaki.

– Johanna postanowiła w ostatniej chwili, że zabiera je do Disneylandu w Paryżu.

– Ale dlaczego?

David usiadł i zaczął wycierać nogi ręcznikiem. Nie patrzył na nią.

– Robiła tak już parę razy wcześniej – powiedział cicho. – Dowiaduje się od dziewczynek, co planujemy, i w ostatniej chwili przebija mnie swoim pomysłem. Nie wiem dlaczego, na pewno ma swoje powody.

– Wydawało mi się, że jak na tę sytuację jakoś się dogadujecie.

– Pewnie trochę to podkolorowałem. Nie chcę być facetem, który obrzuca błotem byłą żonę.

Faye położyła dłoń na jego ręce.

– Mnie możesz powiedzieć.

Przez chwilę patrzyli na siebie w milczeniu, następnie David wyciągnął się, kładąc ręce pod głową. Faye położyła się na leżaku, odwrócona w jego stronę.

– Zawsze była zazdrosna – odezwał się w końcu – ale mniej więcej dwa lata temu zaczęła tracić nad tym kontrolę. Nigdy nie dopuściłem się zdrady, ani wobec niej, ani nikogo innego. Jednak odkryłem, że zaczęła mnie kontrolować, sprawdzać każdy najmniejszy krok. Nagle zażądała, żeby mogła czytać moje esemesy. Nie miałem nic do ukrycia, więc się zgodziłem. Ale potem... Przychodziła do biura. Straszyła moje pracownice, groziła im na Facebooku.

Westchnął.

– Starałem się ją osłaniać, łagodzić sytuację, płaciłem tym kobietom, żeby nie zgłaszały tego na policję. Robiłem wszystko, by chronić Johannę i dziewczynki. Czasem zamykała się w sobie i krążyła po domu jak błędna. Zapominała odebrać Stinę i Felicię z treningów, bywała wobec nich złośliwa. No tak, wściekała się na mnie, ale na dzieci? Dystansowała się od nas. Zacząłem więcej pracować z domu, żeby dzieci nie zostawały z nią same.

Łza spłynęła mu po policzku, szybko ją starł. Zaciskał szczęki.

– Czuję się taki cholernie bezradny.

Faye znała ten stan. Jednak nieczęsto rozmawiała o przeszłości. O Jacku.

– Dobrze wiem, co masz na myśli – powiedziała cicho ze wzrokiem utkwionym w ziemię. – Czułam to samo. Żyłam tak przez kilka lat. Dałam sobą kierować, pozwoliłam sobie odebrać pewność i wiarę w siebie. Wszystko.

Czuła na sobie wzrok Davida i zmusiła się do spojrzenia mu w oczy. Czuła się naga, bezbronna – a przecież żywa. Jak mogła uważać, że ten facet jest nijaki?

Kiedy położył dłoń na jej ręce, poczuła, jakby przeszedł ją prąd.

– Bardzo mi przykro, że zostałaś tak bardzo skrzywdzona – powiedział, nie odwracając ani na chwilę spojrzenia swoich niebieskich oczu. – I wiem, że akurat ty dajesz sobie z tym radę, jednak chciałbym, żebyś wiedziała, że możesz mi powiedzieć o wszystkim, nie musisz zostawać z tym sama.

– Już się przyzwyczaiłam – odparła, cofając rękę.

Wciąż czuła ciepło jego dotyku.

– Dasz radę opowiedzieć? Jestem tutaj i chętnie cię wysłucham.

Zawahała się. Drzwi do jej przeszłości i do Jacka były tak długo zamknięte, że nie była pewna, czy potrafi je otworzyć. Ani jak. David milczał. Czekał. Faye się namyślała, po chwili zdecydowała się.

– Poznaliśmy się w Wyższej Szkole Handlowej.

David ponownie położył dłoń na jej ręce. Tym razem jej nie cofnęła. Słowa popłynęły najpierw powoli, jakby każde sprawiało jej ból, potem coraz bardziej wartkim strumieniem.

Leżałam w ciemności z szeroko otwartymi oczami i cała
się trzęsłam.

– Zabiję cię, jeśli komuś powiesz.

Sebastian złapał mnie za szyję, przysunął twarz tak, że
poczułam jego kwaśny oddech, i zacisnął rękę.

– Rozumiesz?

Kiwnęłam głową i wycharczałam:

– Tak.

Zakaszlałam, kiedy puścił. Podniósł gatki z podłogi
i nieśpiesznie poszedł do swojego pokoju. Otworzyłam
okno, żeby wywietrzyć, i wróciłam pod wilgotną kołdrę.
Piekło mnie między nogami, wytarłam się tam koszulką.
Siedziałam potem, patrząc w okno.

Przed oczami przesuwały mi się wspomnienia z przeszłości. Ja i Sebastian w dzieciństwie. Siedzimy pod stołem,
trzymając się mocno za ręce, podczas gdy tata wrzeszczy
mamie prosto w twarz, nos w nos. Potem, jak Sebastian
leży koło mnie zwinięty w kłębek, szuka u mnie ciepła
i poczucia bezpieczeństwa.

Wszystko przepadło. Żadne z tych wspomnień nie było nic warte. Odebrał mi je.

Przedtem wzajemnie szukaliśmy u siebie schronienia, tylko my wiedzieliśmy, co się u nas dzieje. Teraz została mi tylko mama. A mama była słaba. Nie osądzałam jej. Była słaba, bo kiedyś nas urodziła, a potem osłaniała, jak mogła. Trwała ze względu na nas.

Słyszałam przez ścianę, jak Sebastian chodzi niespokojnie po pokoju, otwiera okna i zapada cisza. Zastanawiałam się, jak teraz wygląda i jak się czuje, siedząc na parapecie okna dwa, trzy metry ode mnie. A potem zdałam sobie sprawę, że mogłabym go zabić. Pewnie siedzi w tym oknie, machając nogami cztery, pięć metrów nad ziemią. Gdybym cicho otworzyła drzwi jego pokoju i rzuciła się w jego stronę, zdążyłabym go zepchnąć. Rodzicom powiedziałabym, że usłyszałam krzyk i pobiegłam sprawdzić, co się dzieje. Jednak nie mogłam. Nadal go kochałam, mimo tego, co mi zrobił.

Gdybym wiedziała, co mnie czeka, na co brat mnie jeszcze narazi, zabiłabym go natychmiast i bez wahania. Oszczędziłabym sobie wiele bólu. I kłopotów.

aye leżała na wielkim łóżku w swoim apartamencie. Koło drzwi stały spakowane walizki, jutro wyprowadzi się z Grandu i przeniesie do mieszkania przy Östermalmstorg. Przyjemnie będzie zamieszkać we własnym lokum, ale z pewnym zaskoczeniem uzmysłowiła sobie, że będzie jej brakowało Davida.

Błysnął wyświetlacz telefonu, Kerstin przysłała esemesa. Faye kliknęła, żeby przeczytać, i na jej twarzy pojawił się uśmiech.

Wydaje mi się, że wszystko się zgadza co do Davida Schillera. Na razie nie znalazłam nic zastanawiającego. Ani w rejestrze skazanych, ani w rejestrze dłużników, na Flashbacku* też nie, sondowałam dyskretnie wśród jego kontaktów biznesowych, ale nie ma nic, co by świadczyło na jego niekorzyść.

Faye odwróciła się na brzuch. Nie przestając się uśmiechać, wróciła myślami do wczorajszych chwil z Davidem w hotelowym spa. Przeszło godzinę spędzili na rozmowie, w końcu musieli się pożegnać.

Samo to, że opowiedziała komuś o Jacku, o tym, co była gotowa robić i myśleć pod jego wpływem, sprawiło, że miała wrażenie, jakby spadł jej z serca ogromny ciężar.

---

* Flashback – popularne forum internetowe w Szwecji.

Ulga była wręcz ogromna. Dzięki Davidowi poczuła się zauważona i wysłuchana. Jako człowiek. Nie tylko jako kobieta, kiedy mężczyźnie ostatecznie chodzi o to, żeby pójść z nią do łóżka.

Znów sięgnęła po telefon i zadzwoniła do Julienne na FaceTimie.

Widząc twarz córeczki na wyświetlaczu, Faye zapominała o wszelkich zmartwieniach i złych myślach. I za to jedno była Jackowi wdzięczna. Dał jej córkę, która w oczach Faye była wręcz doskonała. Począwszy od zapaćkanych różowym lakierem paznokci u stóp aż po jasne loki sięgające połowy pleców.

– Cześć, kochanie!

– Cześć, mamo. – Julienne pomachała wesoło.

Miała mokre włosy, Faye domyśliła się, że znów była w basenie.

– Co robisz?

– Kąpałyśmy się z babcią.

– Fajnie było?

– Mhm, super – odpowiedziała Julienne.

– Ja się też kąpałam i myślałam o tobie.

– Aha.

Faye widziała, że córka już straciła zainteresowanie rozmową. Życie wołało.

– Zadzwonię wieczorem, to znów pogadamy. Tęsknię za tobą. Buziaki.

– Mhm, no to pa. – Julienne pomachała szybko, niecierpliwie.

– Pozdrów bab... – dodała Faye, ale Julienne zdążyła się już rozłączyć.

Faye uśmiechnęła się. Julienne z całą pewnością wyrośnie na samodzielną kobietę.

Podniosła się z łóżka, poszła do łazienki i odkręciła kran, żeby zrobić sobie gorącą kąpiel. Ktoś zapukał do drzwi. Faye spojrzała szybko na zegarek, za dwadzieścia dziewiąta. Zakręciła kran i wyszła do przedpokoju.

– Kto tam? – zawołała przez drzwi.

– Yvonne Ingvarsson z policji.

Faye zaczerpnęła tchu i otworzyła drzwi. Yvonne Ingvarsson patrzyła na nią z czymś na kształt uśmiechu.

– Mogę na chwilę?

Faye skrzyżowała ramiona i nie ruszyła się z miejsca.

– Nie podoba mi się, że mnie pani nachodzi bez uprzedzenia.

– Chciałam pani coś pokazać. To mogę wejść czy nie?

Faye westchnęła i przepuściła ją w drzwiach. Policjantka zatrzymała się po paru krokach.

– Fajny apartament.

– Nie wiedziałam, że tego rodzaju wizyty należą do pani obowiązków. Czemu to ma służyć?

Yvonne Ingvarsson nie odpowiedziała, sięgnęła do torebki i wyjęła z niej wycinek z jakiejś plotkarskiej gazetki. Było tam stare zdjęcie przedstawiające Faye z Jackiem. Podała jej.

– Nie wiem...

Policjantka przerwała jej, podnosząc rękę, potem jeszcze raz sięgnęła do torebki i wyjęła wydrukowane zdjęcie. Faye odnotowała, że Yvonne Ingvarsson ma obgryzione paznokcie, a skórki wysuszone i zaczerwienione. Tym razem zdjęcie było bardziej zamazane, a światło żółtawe, widocznie zostało zrobione wieczorem. Faye od razu zobaczyła, że kobieta widoczna na nim od tyłu to ona. I miała na sobie tę samą kurtkę co na zdjęciu z Jackiem.

– I co pani na to? – spytała Yvonne Ingvarsson, przyglądając jej się z zaciekawieniem.

– Na co?

– To pani jest na tym zdjęciu. Pani to wie i ja wiem. Nie była pani w Västerås, była pani na miejscu zbrodni.

Na jej twarzy pojawił się nieprzyjemny uśmiech. Zmrużyła oczy, patrząc na Faye.

– To nie ja – odparła Faye. – Taką kurtkę Moncler ma każda pani domu z Östermalmu. A na daczy ma drewniaki.

Yvonne Ingvarsson pokręciła powoli głową, ale Faye stała spokojnie, nie ruszając się z miejsca. Podobnie jak za poprzednim pojawieniem się policjantki, pomyślała, że nie byłoby tej rozmowy, gdyby tamta dysponowała jakimiś dowodami. A fakt, że przyszła w niedzielę, kazał podejrzewać, że wykracza poza swoje kompetencje.

Czego chce? Pieniędzy? Wygląda to na prywatną akcję, jakąś wendettę skierowaną przeciw Faye.

– Czego pani chce tak n a p r a w d ę? – spytała.

– Prawdy – odparła szybko policjantka. – Chodzi mi tylko o prawdę.

Nie odrywając wzroku od Faye, sięgnęła do tylnej kieszeni po jakiś papier. A Faye zastanawiała się już, ile jeszcze policjantka ich wyciągnie i skąd. Jak jakaś Mary Poppins ze swojej torby.

Trzymając papier dwoma palcami, machnęła nim i podała Faye. Był to wydruk archiwalnego artykułu gazety

„Bohusläningen". Od razu go rozpoznała. Poczuła ssanie w żołądku i musiała się mocno starać, żeby nie zdradzić, co się z nią dzieje.

– Zdaje się, że przynosi pani pecha osobom ze swojego otoczenia – zauważyła policjantka. – Pani Matyldo.

Dwaj chłopcy, mieszkańcy Fjällbacki, zostali uznani za zaginionych po rejsie żaglówką z kolegami. Cała okolica jest sparaliżowana żałobą.

– Nie potrafię uwierzyć w to, że oni nie żyją – mówi Matilda, lat 13, która była na łódce w chwili wypadku.

Faye przełknęła ślinę, złożyła kartkę, nie doczytawszy jej do końca, i podała policjantce, która pokręciła głową.

– Niech ją sobie pani zatrzyma – powiedziała, idąc do drzwi. – Piękny apartament. Naprawdę zachwycający – mruknęła, otworzyła drzwi i wyszła na korytarz.

Faye studiowała twarz trzynastolatki na zdjęciu. Patrzyła prosto w obiektyw, wyglądała na zrozpaczoną i bezradną, ale Faye wiedziała, że tylko udawała przed fotografem. A w środku miała mrok.

Położyła się na łóżku i wpatrzyła w sufit. Nie widziała kremowej sztukaterii, bo przed oczami stanął jej zupełnie inny obraz: ciemnych odmętów, od których zrobiło jej się niedobrze.

Rozległ się głośny sygnał, Faye aż podskoczyła i rozejrzała się, przez chwilę wydawało jej się, że wciąż znajduje się na wzburzonych wodach. Jej puls uspokoił się, dopiero gdy zdała sobie sprawę, że to telefon. Na wyświetlaczu zobaczyła imię Kerstin.

– Niestety mam złe wiadomości.

Jak zwykle Kerstin nie owijała w bawełnę.

– Co znowu? – Faye przymknęła powieki.

Czy chce znać odpowiedź? Wytrzyma jeszcze więcej? Sama nie wiedziała i mocno ją to wystraszyło.

– Dzwonili z „Dagens Industri". Słyszeli pogłoski o skupie udziałów. Jeśli nie uda nam się zastopować artykułu, wkrótce będzie to powszechna wiedza.

Faye westchnęła.

– Co doprowadzi do jeszcze większej sprzedaży udziałów. Szczury zawsze uciekają z tonącego okrętu.

– Co mam z tym zrobić? – spytała Kerstin.

– Znam tam jedną dziennikarkę. Zadzwonię i podpytam. Zostaw to. Ja się tym zajmę.

Faye rozłączyła się i rzuciła telefon na łóżko. Gdyby była gotowa się poddać, naciągnęłaby kołdrę na głowę i przespała parę dni. Ale to nie ona. Nigdy taka nie była. Podniosła telefon. Walka trwa.

Faye siedziała pochylona na łóżku, rozmyślając nad wydrukiem od Yvonne Ingvarsson i nad raportem Kerstin. Każdy z osobna dawał powód do niepokoju, a w połączeniu działały wręcz paraliżująco. Wkrótce zaczną się poważne prace związane z ekspansją na rynek amerykański, z biura Revenge przy Stureplan przekazano jej wiadomość, że po jej wystąpie u Skavlana dzwoniło wiele osób chętnych do zainwestowania w akcje. I w tym wrażliwym momencie depcze jej po piętach Yvonne Ingvarsson, co jest groźne, tym bardziej że Faye nie ma pewności, czy została jej jeszcze jakaś firma.

Sygnał esemesa, otworzyła apkę, w której zdjęcia i wiadomości kasowały się po piętnastu sekundach, i uśmiechnęła się do zdjęcia Julienne przy basenie.

– Moje kochanie – powiedziała cicho, dopóki nie zniknęło.

Drgnęła, słysząc kolejne pukanie do drzwi. Podniosła narzutę i wsunęła pod nią papiery, następnie podeszła do drzwi. Widok Julienne dodał jej energii i obudził wolę walki. Yvonne Ingvarsson nie miała pojęcia, z kim zadarła, a Faye zamierzała poruszyć niebo i ziemię, by dowiedzieć się, kto przypuścił atak na jej firmę.

Przed drzwiami stał David Schiller. Uśmiechał się.

– Wyglądasz, jakby przydał ci się spacer z nowym przyjacielem.

Faye i David przechadzali się wzdłuż pustej w niedzielę Strandvägen. Był ciepły wieczór. W alei było trochę ludzi z psami, z Djurgården przyciągał świetlistymi atrakcjami park Gröna Lund*. Faye zdążyła zapomnieć, jakie zachwycające i czarowne są letnie wieczory w Sztokholmie.

– Dobrze się czujesz po naszej wczorajszej rozmowie i po tym, co mi opowiedziałaś?

Przyjrzał jej się. Faye uzmysłowiła sobie, że jest wzruszona jego troską.

– Bez obaw – odparła z uśmiechem.

W niebieskich oczach Davida pojawił się błysk.

– Fajnie. Martwiłem się, czy nie żałujesz tej rozmowy.

– Nie, nie. Poczułam nawet ulgę. Właściwie to nigdy z nikim nie rozmawiałam o tym, co się wydarzyło, ani o tym, jak wyglądało moje życie. Nawet z Kerstin, którą uważam za moją najbliższą przyjaciółkę. Chris rzecz jasna znała większość szczegółów...

– Kto to jest Chris? – spytał ostrożnie David. – Już kiedyś wspomniałaś to imię...

Miał minę, jakby sprawdzał, czy go utrzyma kruchy lód.

– Chris. Ojej, jak mam ci to wyjaśnić? Zakolegowałyśmy się podczas studiów na Handels. Chris to był żywioł. Nic nie było dla niej za trudne.

_____

* Gröna Lund – istniejący od 1883 roku park rozrywki na wyspie w Sztokholmie.

– I co się stało? Jeśli wolno spytać...?

Mijali Strandbryggan*, gdzie trwały w najlepsze przygotowania przed wieczornym szturmem gości. Młodzi, piękni i pijani już zaczęli się gromadzić, uważnie przyglądając się, kto ma jaką dizajnerską torebkę, sztuczne rzęsy i zegarek Rolexa w nagrodę za zdaną maturę.

– Zachorowała na raka – odparła Faye i podniosła rękę, żeby zobaczył jej bransoletkę „Fuck Cancer". – Poszło bardzo szybko. Ale zdążyła się zakochać w fantastycznym facecie, był dla niej naprawdę idealny.

– Fajna sprawa – zauważył. – Że wcześniej znalazła miłość. Chyba wszyscy jej szukamy, prawda?

Skręcili w stronę Nordiska museet i Junibacken.

David patrzył w skupieniu na wodę. Zza drzew wyłaniało się Vasamuseet, zdumiewający pomnik porażki**, jednej z największych w dziejach Szwecji.

– Kochasz ją? – spytała Faye.

Zdziwił się.

– Kogo?

– Żonę, a kogo?

Zaśmiał się z zażenowaniem.

– No tak, powinienem się domyślić. Pytanie wydaje się dość zabawne po piętnastu latach związku. Czy kocha się po piętnastu latach codzienności i wspólnych dzieci? Czy ktokolwiek to potrafi?

---

* Strandbryggan – restauracja na pomoście przy bulwarze Strandvägen.

** Vasamuseet – muzeum okrętu „Waza", który zatonął podczas dziewiczego rejsu po przepłynięciu ok. 1000 metrów.

– Zabrzmiało dość cynicznie.

– Może. Albo już od początku do siebie nie pasowaliśmy. Jeśli mam być całkiem szczery.

Pokręcił głową, odwracając się od niej.

– To straszne, co mówię?

– Nie, nie, mów dalej.

Zbliżali się do Gröna Lund, kiedy wzięła go pod rękę. Z parku dochodziły coraz głośniejsze okrzyki.

David chrząknął.

– Chyba od początku nie chodziło o miłość. Bardziej... o praktyczne rozwiązanie. Niby się wszystko zgadzało, ale co do uczuć? Sam nie wiem.

Poklepał ją po ramieniu.

– Jesteś zniesmaczona?

– Wcale nie. Ludzie są ze sobą z tysięcy powodów. Chyba niewielu dane jest przeżyć miłość. Taką najprawdziwszą.

– A ty przeżyłaś? – Zatrzymał się.

Faye wolałaby uniknąć jego spojrzenia i odpowiedzi na to pytanie. Z Gröna Lund dochodziły krzyki skaczących na bungee osób, które z własnej woli wjeżdżały na wysoką wieżę, żeby poczuć łaskotki w brzuchu podczas skoku w dół. Mniej więcej tak wyobrażała sobie miłość.

– Tak, przeżyłam. Kochałam Jacka. I to bardziej, niż przypuszczałam. Ale okazało się to niewystarczające. Ja mu nie wystarczyłam. A potem przyszła na świat Julienne. Był to zupełnie nowy rodzaj miłości. Ona przeważyła...

Głos jej uwiązł w gardle, odwróciła się. Na chwilę wszystko wróciło. Wszystko, co przeżyła ich rodzina. Przez Jacka. A potem przez nią, kiedy postanowiła ratować je obie przed nim.

– Nie potrafię sobie wyobrazić tego, co cię spotkało – odezwał się David. Drgnęła, bo na moment o nim zapomniała. – A stracić dziecko? Faye, ja... chciałbym odjąć ci jakoś ten smutek, chociaż sądzę, że nikt by tego nie potrafił.

Otrząsnęła się z natłoku emocji i wspomnień, bo jeśli sobie na nie pozwoli, nie będzie mogła zrobić ani kroku więcej.

– Wystarczy, że jesteś przy mnie – powiedziała. – Że słuchasz.

Zapadło milczenie, w tle migały światła wesołego miasteczka. Po dłuższej chwili, gdy żadne z nich się nie odezwało, David wyciągnął rękę.

– Chodź, wracamy.

Kiwnęła głową. Zawrócili i ruszyli z powrotem do Strandvägen. Kiedy ponownie minęli Strandbryggan, David zatrzymał się.

– Wykąpiemy się? – spytał.

– Tutaj?

– Tak. Wieczór jest ciepły, mieszkamy w mieście zwanym Wenecją Północy. Wszędzie są kąpieliska. Na przykład tam.

Pokazał palcem pomost między dwiema mieszkalnymi barkami. Nie czekając na nią, podbiegł tam, barki zasłoniły go przed wzrokiem przechodniów od strony Strandvägen. Nachylił się i rozwiązał buty. Faye rozejrzała się. Ani jednego człowieka. Ruch był mały. David ściągnął lnianą koszulę, dżinsy i buty. Skarpetki. Bokserki. Nagie pośladki błysnęły w ciemności, usłyszała wołanie, które przeszło w plusk. Wychyliła się do przodu. Znajdował się dwa metry niżej, unosił się na wodzie i patrzył na nią.

– Zimna woda, ale przyjemna – powiedział. – Wskakuj.

Faye zerknęła przez ramię i stwierdziła, że droga wolna. Sukienkę położyła obok rzeczy Davida, ale została w bieliźnie, wzięła zamach i parę razy kopnęła w powietrzu, by po chwili się zanurzyć. Krzyknęła z zachwytu pomieszanego z przestrachem. Rzeczywiście zimna woda.

Wypłynęli kawałek i zatrzymali się. Unosząc się pionowo na wodzie, kontemplowali światła miasta.

– Lubię cię – powiedział David, szczękając zębami.

Uśmiechnęła się, bo wyglądało to komicznie, ale zrobiło jej się tak ciepło na sercu, że zapomniała o zimnej wodzie. Chciała odpowiedzieć, ale milczała. Obiecała sobie, że się więcej nie zakocha, ale czuła, że w jej murze obronnym pojawiły się szczeliny. David umiał ją rozśmieszyć, był dżentelmenem bez ukrytych motywów. Biznesmenem odnoszącym sukcesy, rozumiał jej pracę i miał uśmiech, od którego aż się roztapiała, nawet w tym zimnym kanale.

Po wyjściu z wody i ubraniu się David zabrał się do rozcierania jej rąk, żeby ją rozgrzać.

– To co robimy? – spytała.

Zdała sobie sprawę, że nie ma ochoty wracać do hotelu. David zrobił chytrą minę.

– Chodź – powiedział, wkładając buty.

Podążyła za nim w stronę klubu jachtowego po drugiej stronie mostu na Djurgården. Włosy lepiły jej się do ramion i pleców, gdy truchtali, żeby się rozgrzać. Przed furtką się zatrzymali. David zajrzał do budki wartownika, stwierdził, że jest pusta, i przelazł przez płot.

– Tam jest kamera – odezwała się Faye i pokazała palcem.

– Nic się nie martw – odparł, wylądowawszy po drugiej stronie. – Mój kumpel trzyma tu łódkę, nie pogniewa się, jeśli ją pożyczymy.

Faye spróbowała oprzeć stopę na płocie, chwyciła się sztachety i dźwignęła się na drugą stronę, gdzie ją złapał David.

Przyjrzał się łodziom.

– To tamta! – zakrzyknął, wskazując dużą łódź motorową, przycumowaną na końcu pomostu.

Chwycił ją za rękę i pociągnął za sobą.

Weszli na pokład, David przykucnął, pomacał dłonią pod białą poduszką i z triumfującym uśmiechem podniósł pęk kluczy. Otworzył, Faye mogła już wejść do ciepłej nadbudówki. Zdjęli mokre ubrania i owinęli się wielkimi ręcznikami kąpielowymi, które znalazł David.

– Czyja to łódka? – spytała Faye. Usiadła na ławie, podczas gdy David przeszukiwał szafki.

– Przyjaciela – powtórzył i zaraz wykrzyknął: – Spójrz: whisky!

Nalał do szklanek, jedną jej podał i usiadł obok niej. Alkohol rozgrzewał od środka. Woda chlupała o kadłub. Na pryczy leżała dziecięca spinka do włosów z Elsą z *Krainy Lodu* i duża niebieska kokarda. Obracała ją machinalnie w palcach. Pomyślała o Julienne, która uwielbiała *Krainę Lodu* i na cały głos wyśpiewywała *Let it goooo*, naśladując angielski.

– Gdzieś ty mi nagle odpłynęła?

Obserwował ją czule. Spojrzał na spinkę i zaczerpnął powietrza.

– Przepraszam... ja...

Położyła mu dłoń na ręce na znak, że nic się nie stało. Ciepło jego ręki sprawiło, że poczuła przyjemne mrowienie.

Uśmiechnął się.

– Co takiego? – spytała.

– Nic.

Już miała się odezwać, mówiąc, że też go lubi, jakby w spóźnionej odpowiedzi na to, co powiedział tam w wodzie, ale słowa nie mogły jej przejść przez gardło. Utkwiły w bliznach. Tych niewidzialnych z wierzchu.

– Będę mógł cię odwiedzać, kiedy jutro wyprowadzisz się z Grandu? – spytał.

– Jeśli będziesz chciał.

– Będę.

– Ja też będę chciała.

Westchnął z uśmiechem.

– Nie wiem, co się ze mną dzieje, ale przy tobie czuję się wręcz absurdalnie szczęśliwy. Jak piętnastolatek, który bardzo chce ci zaimponować. Bo właściwie to nie lubię kąpać się na dworze. Jednocześnie wiem, że wcale się tym nie przejmujesz, że i tak mnie lubisz, chociaż tego nie mówisz. I jestem ci wdzięczny, że się przede mną otworzyłaś.

Kiwnęła głową.

– Nawiasem mówiąc, kilka lat temu go poznałem. To znaczy Jacka. Wydał mi się nadętym, zadufanym w sobie palantem i...

Nachyliła się bliżej. Nie miała ochoty rozmawiać o Jacku, ani teraz, ani nigdy. Przycisnęła usta do jego ust, żeby go uciszyć. Wargi Davida były miększe, niż myślała.

– Nie będziemy o nim rozmawiać. Ani o nikim innym poza nami, w każdym razie nie dziś.

– *Deal*.

W milczeniu wstali, jakby się umówili, i zabrali butelkę do kabiny. Znajdowało się tam duże łóżko zasłane białymi prześcieradłami.

Faye usiadła na łóżku i pozwoliła, żeby ręcznik z niej spadł. Była naga. Spojrzała mu w oczy. Miał zamglony wzrok zarówno od whisky, jak i z podniecenia. Powoli ruszył do niej i też pozwolił, by ręcznik opadł, odsłaniając jego twarde prącie. David stanął przed nią, jego członek był na wysokości jej oczu.

Faye wzięła go w dłoń, cały czas patrząc Davidowi w oczy. Przysunęła twarz, rozchyliła usta. Najpierw tylko otuliła oddechem jego żołądź. Potem wysunęła język. Zlizała kroplę śluzu. David stęknął, na krótko zamknął oczy, ale potem znów otworzył i patrzył na nią.

Rozchyliła szerzej usta i objęła wargami czubek. Drażniła językiem wędzidełko, nasłuchując jęków Davida. Powoli, powoli brała w usta coraz więcej. Poczuła lekki odruch wymiotny i cofnęła się na tyle, żeby nie było nieprzyjemnie. Potem jeszcze raz. I jeszcze. Pomagała sobie dłonią, jego członek zrobił się mokry i śliski od śliny, dłoń chodziła gładko.

David oddychał coraz szybciej, jęczał głośno, zamknął oczy, dłońmi obejmował jej głowę, zanurzając palce we włosy.

– Nie mogę dłużej czekać, muszę wejść w ciebie.

Położył się między jej nogami, przycisnął się do jej sromu i nieznośnie powoli wszedł w nią. Było to absolutnie cudowne. Teraz to ona jęczała, czując jego ciepło, twardość i zdecydowanie.

Już był prawie w środku, kiedy nagle dopchnął mocno aż do końca i padł na nią. Z ustami przy jej uchu, ciepłym oddechem na jej policzku szturchał ją, podczas gdy Faye obejmowała go nogami. Trzymając mocno jego biodra, pomogła mu odnaleźć rytm, docisnęła swoje biodra, chcąc poczuć więcej, mocniej i bliżej.

Wysunął się z niej.

– Jeszcze nie chcę szczytować. Strasznie się na ciebie napaliłem. Muszę poczuć twój smak.

Rozsunął jej nogi, oblizał sobie palce i zaczął ją powoli pieścić. Faye uniosła głowę, chciała patrzeć, jak jej dotyka. Pieścił jej łechtaczkę, powoli wsunął do pochwy dwa palce, potem trzy. Wydała z siebie spazm, jęknęła.

David wyjął palce. Zaskomlała, chciała więcej. Rozszerzył jej nogi jeszcze bardziej, przysunął twarz. Czubkiem języka drażnił jej łechtaczkę. Faye próbowała unieść biodra, ale przytrzymał ją za kolana. Jego język był miękki, ale zdecydowany, krążąc, naciskał łechtaczkę coraz mocniej. Doprowadził ją na skraj orgazmu, złapała dłońmi prześcieradło i wygięła się w łuk. Kiedy teraz włożył jej palce do pochwy, znów poczuła, że jest aż do bólu bliska orgazmu, granica między rozkoszą a bólem była tak cienka, że zaczęła miotać głową.

Szczytując, krzyczała głośno. David nie przestawał, nasilił ruchy, zatrzęsła się cała, czując skurcze wokół jego palców.

Po wybrzmieniu orgazmu ciało rozluźniło się, ale Faye nie chciała odpoczywać, chciała czuć go w sobie.

Jakaś fala zakołysała łódką. Faye odwróciła się i uklękła, podpierając się dłońmi. Uderzyła głową w niski strop kajuty, oboje zachichotali. Oparła się na łokciach i pochyliła, obejrzała się i zobaczyła, jak David podnosi się i zbliża do niej od tyłu. Jednak nie wziął jej od razu, tylko zaczął pieścić jej pupę, czule, z miłością.

– Jakaś ty piękna.

– Wypieprz mnie – ponagliła go, wypinając się jeszcze bardziej.

David pogłaskał ją jeszcze po pośladkach, chwycił ją za biodra, przycisnął się do niej i wbił głęboko. Chociaż przed chwilą szczytowała, wciąż była napalona i chciała jeszcze.

– Wypieprz mnie – wyjęczała, David nie czekał.

Już po wszystkim leżeli obok siebie, rozkoszując się ciepłem swoich ciał. David odgarnął jej włosy i pocałował w najwrażliwsze miejsce za uchem. Zachichotała, było to niebywale przyjemne, chociaż łaskotało. Stoczył się z niej i położył na wznak z ręką na jej lędźwiach.

– Aż się spociłam – powiedziała, kładąc się na boku, jego ręka znalazła się na jej biodrze.

Podniósł ją i czule pogłaskał po policzku.

– Wiesz, że jesteś fantastyczna? A jaka piękna?

– Nie wiem, chyba musisz mi to opowiedzieć.

– Obiecuję, że ci opowiem, i to nie raz.

Zdała sobie sprawę, że uśmiecha się, chociaż leży odwrócona do niego tyłem. Zamrugała, żeby się pozbyć kilku łez. Powiedziała sobie, że nie wolno jej się znów zakochać, chociaż obawiała się, że już jest za późno.

Faye wysiadła z windy i z zaciekawieniem podeszła do solidnych drzwi. Nie brakowało jej poprzedniego mieszkania, bo łączyło się z nim aż za dużo wspomnień związanych z Jackiem. To mieszkanie miało być tylko jej.

Klucze ciążyły jej w dłoni. Uwielbiała wszystko, co nowe, nieskażone. Wprawdzie to mieszkanie tylko wynajmowała, ale dostała zgodę, żeby je przemalować.

Wkładając klucz do zamka, uśmiechnęła się, przypomniała jej się noc z Davidem.

Otworzywszy drzwi, poczuła zapach świeżej farby. Nie przypuszczałaby, że aż tak go polubi, a jednak. Mieszkanie stanowiło teraz teren dziewiczy, czekający na jej podbój.

Kerstin była u siebie, za ścianą. A więc blisko, rodzinnie. Jednak to mieszkanie było jej i tylko jej.

Otworzyła czarną kratę bezpieczeństwa, zsunęła z nóg pantofle od Jimmy Choo i wstawiła do stojaka na buty z orzechowego drewna. Następnie przeszła w głąb mieszkania, przestronnego i pełnego powietrza. Całość miała przeszło dwieście metrów kwadratowych. Dla niej samej może trochę za dużo, ale po latach spędzonych w złotej klatce bardziej niż czegokolwiek potrzebowała wokół siebie powietrza i przestrzeni. Zachwyciła się tym mieszkaniem, kiedy je tylko zobaczyła na portalu pośredniczącym w wynajmie, było jak stworzone dla niej.

Kuchnia w stylu rustykalnym, choć w uwspółcześnionej wersji. Trafnie zestawione sprzęty od Philippe Starcka, Gaggenau i Cordon-Bleu. Wielki stół z ławami z tego samego postarzonego drewna, najwyraźniej zrobiony na zamówienie u stolarza z Söder*. Przesunęła dłonią po blacie. Rozkoszne uczucie.

Weszła do salonu i uśmiechnęła się na widok ogromnej sofy obitej zielonym aksamitem. Pokój został odmalowany w jasnych dyskretnych, zapraszających kolorach.

Spojrzała przez okno na dachy Östermalmu, potem obeszła wszystkie pomieszczenia. Tu będzie jej dom w czasie, gdy będzie pracować nad ekspansją firmy na rynek amerykański i ratowaniem Revenge. Miała teraz dwa domy. Jeden we Włoszech, drugi tu. Obydwa były dla niej ważne, choć w różny sposób. Kawałek jej serca został we Włoszech, z córką i matką. Drugi zawsze będzie tutaj. Sztokholm stał się jej, odkąd tu przyjechała. Tu urodziła się Julienne i tu postawiła pierwsze niezdarne kroki. Sztokholm był miastem jej i Chris. Tu dzieliły ze sobą śmiech, przygody, sukcesy, porażki i najgłębszą rozpacz.

A to mieszkanie będzie jej twierdzą, zapuści w nim korzenie.

Była w domu.

---

* Söder (właśc. Södermalm) – dzielnica na południe od ścisłego centrum Sztokholmu.

W chodząc do bramy na Birger Jarlsgatan, Faye poczuła przyspieszone tętno. Spojrzała na logo Revenge, ozdobną literę R, i musiała mocno mrugać powiekami, żeby się nie rozpłakać. Ale przechodząc potem przez biurowy open space, uśmiechała się do witających ją kobiet.

Otworzyła drzwi swojego gabinetu i poczuła przyjemny dreszcz. Uwielbiała to miejsce, w którym działy się magiczne rzeczy, gdzie stworzyła imperium.

Skąd również zestrajała działania prowadzące do upadku Jacka, do pokonania go. I przejęcia Compare.

Postawiła torebkę na blacie, otworzyła laptopa i spojrzała przez szybę na siedzące przy biurkach współpracownice. Doszło prawie dziesięć nowych. Znała ich nazwiska, bo mailowały do siebie, teraz cieszyła się, że widzi je w realu. Kobiety w różnym wieku. Zaradne, znające języki, samodzielne i profesjonalne. Nowoczesne kobiety pełne wiary w siebie.

Obroty Revenge zbliżały się do kolejnego rekordu i kiedy tak patrzyła na swoje współpracownice, pomyślała, że właściwie nie musi rozszerzać działalności. Po co jej to ryzyko? Nie lepiej skupić się na zastopowaniu wrogiego przejęcia firmy?

Finansowo zabezpieczyła nawet ewentualne prawnuki Julienne. Wiedziała jednak, że Chris byłaby zachwycona, że przyjaciółka urzeczywistnia marzenia o podboju Ameryki. A efekty wywiadu u Skavlana przeszły jej oczekiwania. Skrzynka mailowa była pełna ofert od inwestorów liczących na udziały w zyskach, gdy Revenge przekroczy Atlantyk. Była już blisko sfinalizowania umowy z partnerem w USA. Nawet bliżej, niż ujawniła. Jednak zależało jej na właściwych inwestorach. Takich, którzy dadzą jej wolną rękę, a jeszcze lepiej: aby były to osoby, które robią coś dobrego. Osoby z duszą, jak mawiała Chris.

Przypominała sobie jej uśmiech, głośny śmiech i mocny uścisk dłoni. Kiedy zamknęła oczy, mogła sobie niemal wyobrazić, że przyjaciółka stoi obok. Poczuła ściskanie w gardle, musiała otrzeć łzy. Wróciła tęsknota.

Na co jej pieniądze i sukces, jeśli ceną za to jest rozstawanie się z najbliższymi?

Owszem, lubiła te kobiety pracujące dla niej, ale przecież nie było ich przy niej wtedy, gdy jeszcze nie była miliarderką, gdy była nikim. A jeśli wszystko to szlag trafi, nawet nie mrugną, złapią swoje markowe torebki i ją zostawią. Firma, podobnie jak związek, opiera się na lojalności. Z drugiej strony było faktem, że tak się zajęła Julienne i samą sobą, że omal nie straciła kontroli nad Revenge.

Rzuciła okiem na biurko i drgnęła. Dziesięć nieodebranych połączeń od Kerstin, widocznie nastawiła telefon na cichy tryb. Z drżeniem serca wybrała jej numer.

– Dowiedziałam się, kto stoi za wykupem udziałów – powiedziała od razu Kerstin.

Faye przełknęła ślinę.

– Tak? – spytała jak najspokojniej.

– Henrik Bergendahl.

– Co ty mówisz?

Zamknęła oczy i odchyliła się na krześle. Były wspólnik Jacka. Czy nie powinna była tego przewidzieć? Wprawdzie Henrik odnosił dziś większe sukcesy niż kiedykolwiek przedtem, jednak przez pewien czas miał się kiepsko. W ogóle o nim nie pomyślała.

– I to jeszcze nie wszystko – ciągnęła Kerstin. – Właśnie się dowiedziałam, że Irene Ahrnell sprzedała mu cały swój pakiet akcji.

Wracałam pospiesznie ze szkoły. Tata miał tego dnia jechać do Dingle naprawiać samochód i wrócić późno. Dla nas oznaczało to kilka godzin nieczęsto doświadczanej wolności.

Mama umówiła się ze mną na wspólne szycie. Babcia opowiadała mi, że mama kiedyś marzyła o zostaniu krawcową i już w dzieciństwie szyła swoim lalkom Barbie wymyślne kreacje. Teraz miała czas szyć tylko na potrzeby domu, ale zaczęła mnie przyuczać.

Nawet nie bardzo mnie to interesowało. Jednak siedząc obok siebie przed maminą maszyną do szycia z Husqvarny, którą tata pozwolił jej w końcu kupić, znajdowałyśmy się w zupełnie osobnej bańce. Z fascynacją patrzyłam na jej ręce, kiedy pewnymi ruchami nawlekała nitkę, pokazywała, który guzik jest na prosty ścieg, a który na zygzakowaty, jakiego ściegu użyć do czego i jak umocować nitkę na tkaninie po skończonym szyciu. Bardzo to lubiłam.

Tamtego dnia miała mi pomóc uszyć haremki. Ze szkolnych prac ręcznych wyniosłam kawałek lśniącego materiału w kolorze lila i już wyobrażałam sobie, jakie będą piękne po uszyciu.

Kiedy weszłam, w domu panowała zupełna cisza. Zawołałam mamę, ale ostrożnie, bo nie miałam pewności, czy tata rzeczywiście wyjechał. Nikt nie odpowiadał.

Rozejrzałam się w przedpokoju. Kurtka mamy wisiała na swoim miejscu, a buty stały porządnie na półce z sosnowego drewna. Poczułam w środku niepokój.

– Mamo, jesteś?

Bez odpowiedzi. Sebastian miał wrócić dopiero za godzinę. Miałyśmy spędzić we dwie godzinę zupełnie same, rzadki dar, więc nie mogłam uwierzyć, że chciałaby to stracić. Mama też uwielbiała te nasze wspólne chwile przy maszynie do szycia. Może się położyła, żeby odpocząć?

Ostrożnie weszłam na górę do sypialni rodziców. Schody skrzypiały, ale jakby nikt tego nie usłyszał. Skręciłam w prawo, drzwi do sypialni były zamknięte. Poczułam pewną ulgę. Widocznie odpoczywała.

Delikatnie otworzyłam drzwi. Owszem. Leżała na boku, odwrócona ode mnie. Weszłam cichutko, nie wiedząc, czy dać jej spać, czy budzić. Wiedziałam, że będzie rozczarowana, jeśli ominie nas wspólna chwila przy maszynie do szycia.

Obeszłam łóżko, stanęłam z drugiej strony i popatrzyłam na nią spod zmarszczonych brwi. Powieki jej drżały, jakby właśnie zapadała w sen. Jakiś przedmiot na podłodze zwrócił moją uwagę. Biały słoiczek. Zakrętka leżała obok. Schyliłam się i podniosłam słoiczek. Proszki nasenne.

Spanikowałam. Zaczęłam ją szarpać, ale nie reagowała.

W pierwszej chwili byłam jak odurzona, ale w następnej już wiedziałam, co robić. Przesunęłam jej głowę poza krawędź łóżka, twarzą w dół, wepchnęłam jej palce do ust i dalej do gardła. Z początku nic się nie działo, potem poczułam na palcach konwulsyjne skurcze i w końcu po ręce spłynęły na podłogę wymiociny.

W tej brei zobaczyłam maleńkie kawałeczki tabletek zmieszanych ze spaghetti z obiadu. Trzymałam jej palce w gardle, dopóki nie wymiotowała już niczym poza żółcią. A potem przytuliłam do piersi jej głowę.

Jej rozpaczliwy płacz odbijał się od ścian, a ja kołysałam w objęciach moją mamę jak dziecko. Nigdy nie czułam do ojca większej nienawiści niż w tamtej chwili. I wiedziałam jedno: nigdy nie będę mogła powiedzieć mamie, co mi zrobił Sebastian. I jeszcze drugie: za wszelką cenę muszę nas stąd wydostać.

Czy to jakaś obowiązująca zasada, że wszystko musi walić się naraz?

Kerstin nalała jej filiżankę herbaty. W Broms było pełno gości. Faye dostała bólu głowy ze zdenerwowania i od gwaru panującego w restauracji.

– Pewnie chodzi ci o prawo Murphy'ego – zauważyła Kerstin. – Ale owszem, zdążyłam zauważyć – a żyję trochę dłużej od ciebie – że niektóre zjawiska mają skłonność do kumulowania się. Szczęście. Żałoba. Nieszczęścia często chodzą parami.

– No to właśnie teraz mamy z tym do czynienia – mruknęła Faye i krzywiąc się, popijała herbatę. – Jak można pić coś takiego z własnej nieprzymuszonej woli? Potrzebna mi mocna kawa.

Zatrzymała przechodzącą kelnerkę i syknęła:

– Jedno cappuccino, proszę.

– Zjedz coś.

Kerstin kiwnęła głową, wskazując stół. Zamówiły chleb na zakwasie, gotowane jajka, jogurt z muesli i sałatkę owocową.

Faye pokręciła głową.

– Nie jestem głodna.

Kerstin jadła w milczeniu, podczas gdy poirytowana Faye kiwała ręką na kelnerkę, która wciąż nie przynosiła cappuccino. Nie zmrużyła oka w nocy.

– Nie wyżywaj się na personelu – zwróciła jej uwagę Kerstin.

– Będę robiła, co mi się podoba.

Wreszcie udało jej się nawiązać kontakt wzrokowy z kelnerką, która poszła szybko do kuchni.

Za oknem świeciło słońce. Ludzie spieszyli przed siebie, skupiając się na swoich sprawach, przez chwilę Faye zastanawiała się, czy podobnie do niej ciągle żyją między nadzieją a rozpaczą.

– Porozmawiaj o tym, zamiast wymyślać ludziom – ciągnęła Kerstin. – Irene cię oszukała i wbrew temu, co ci obiecała, sprzedała swoje udziały Henrikowi, dawnemu wspólnikowi Jacka.

Faye uderzyła pięścią w stół. Nie złościła się na Kerstin ani na personel. Była zła i tyle.

– Przyniosę sobie puddingu chia – powiedziała, wstając od stołu.

Nawet nie była głodna, jak powiedziała wcześniej, ale potrzebowała kilku minut przerwy na zebranie myśli. Stojąc w długiej kolejce, z każdą minutą złościła się coraz bardziej. Kiedy w końcu dotarła do lady, zamówiła pudding ze wszystkimi możliwymi dodatkami: borówkami, żurawiną i płatkami kokosowymi.

Usiadła znów przy stole, a Kerstin spojrzała na nią bez słowa. Faye pochłonęła pudding i całą resztę. Kiedy jedzenie zaległo jej w żołądku wielką gulą, odetchnęła głęboko i odchyliła się do tyłu. Dopiero wtedy zorientowała się, że w końcu przynieśli jej cappuccino.

– Po pierwsze – powiedziała – nie rozumiem, dlaczego Irene sprzedała swoje udziały. W dodatku musiało się to stać, zanim jeszcze zdążyła strawić nasz wspólny lunch. Zawsze uważałam ją za lojalną i szczerą osobę. Nie rozumiem tego.

– Na pewno coś się za tym kryje – stwierdziła Kerstin. – Ale wyjaśnienie musi poczekać, w tej chwili trzeba się jakoś odnieść do samego faktu, że sprzedała.

– I to Henrikowi – dodała ponuro Faye, wypijając duszkiem cappuccino.

Podstawiła filiżankę kelnerce.

– Brzuch cię rozboli – zauważyła sucho Kerstin.

– I tak mnie boli. Popełniłam tyle błędów, Kerstin. O d t e g o mnie brzuch boli. Nie doceniłam jego nienawiści. Zbagatelizowałam słabe punkty Revenge. A przeceniłam lojalność udziałowców.

– Jeśli już, to obie popełniłyśmy te błędy. Ja tego też nie przewidziałam.

– Prawda. Ale szczerze mówiąc, wcale nie jest mi od tego lżej.

Ciarki ją przeszły, wstała. Kelnerka właśnie przyniosła jej kolejne cappuccino, ale Faye poszła przed siebie, jakby chciała zostawić wszystko za sobą.

Telefon w jej dłoni zabrzęczał. Spojrzała na wyświetlacz. Numer nie był zapisany w jej kontaktach, ale i tak poznała. Yvonne Ingvarsson.

– Słucham, czego pani sobie życzy?

Kobieta po drugiej stronie odetchnęła parę razy. Jakby z nadzieją.

– Muszę panią zawiadomić, że dziś rano doszło do ucieczki więźniów z transportu. Jednym ze zbiegów jest pani były mąż Jack.

CZĘŚĆ 2

„Aftonbladet" może już ujawnić, że jednym ze zbiegłych więźniów jest finansista Jack Adelheim, skazany dwa lata temu za zabójstwo swojej córki. Adelheim kierował przedtem założoną przez siebie osławioną spółką inwestycyjną Compare. Jego byłą żoną jest bizneswoman Faye Adelheim.

Policja wciąż szuka zarówno Jacka Adelheima, jak i drugiego więźnia, który zbiegł razem z nim. Zarząd zakładów karnych udziela jedynie skąpych informacji o tym, jak mogło dojść do tej ucieczki.

– Mogę tylko przyznać, że doszło do naruszenia procedur, jednak zanim udzielę jakichkolwiek komentarzy, musimy to dogłębnie zbadać – mówi rzeczniczka zarządu Karin Malm.

„AFTONBLADET" Z 10 CZERWCA

Faye siedziała na tarasie z nogami opartymi na stole. Przesunęła palcem po wewnętrznej kieszonce torebki Chanel i wyjęła zdjęcie. Sama je zrobiła, przedstawiało jej matkę i Julienne na plaży na Sycylii. Za nimi widać było morze gładkie jak lustro, Julienne leżała w objęciach babci, jej długie jasne włosy były potargane i wilgotne. Była to jedyna fotografia ich obydwu. Faye nie odważyła się trzymać ani robić im zdjęć we Włoszech. Wspólne wspomnienia trzeba będzie chować w sercu.

Przyglądała mu się przez chwilę i wsunęła z powrotem do torebki. Jednak powinna znaleźć dla niego lepsze, bezpieczniejsze miejsce. Tęsknota za córką była jak ból, tak silny, że przez moment przesłonił nawet lęk, jaki czuła po otrzymaniu tej wiadomości.

Jack ukrywał się od pięciu dni. Policja zapewniła zarówno media, jak i Faye, że skierowała znaczne siły do poszukiwań, ale do tej pory nie udało się go złapać. Panika z pierwszych dni zaczęła słabnąć. Policja codziennie dzwoniła do niej, sprawdzając, czy wszystko w porządku; mało prawdopodobne, żeby się u niej pojawił, byłaby to z jego strony wielka głupota. Jednak sądząc po tym, co mówił podczas procesu, Jack był pewien, że Julienne żyje, i to przekonanie było dla Faye groźne. Ją mógłby znaleźć bez problemu, natomiast Julienne z babcią znajdowały się we Włoszech i tam były bezpieczne. Nie było dowodów, żadnych śladów, że obie żyją – poza tym jednym zdjęciem. Wiedziała, że trzymanie go jest ryzykowne, ale czasem musiała na nie spojrzeć, żeby pamiętać o tym, co najważniejsze, i dlaczego robi to, co robi.

Te rozmyślania przerwał jej dzwonek telefonu. Widząc imię Davida na wyświetlaczu, Faye poczuła falę ciepła. Miał przyjść do niej za godzinę, więc podeszła do stojaka na wino; otworzy butelkę, żeby wino się wietrzyło.

– Cześć, kochanie, tęsknię za tobą – powiedziała.

Zapanowało chwilowe milczenie, domyśliła się, że coś jest nie tak. Już sobie wyobraziła, że zaraz usłyszy głos Jacka, który powie, że David nie żyje.

– Trudno mi będzie przyjść – odezwał się David. W jego głosie słychać było napięcie, mówił prawie szeptem. – Johanna robi awantury. Krzyczy i płacze. Dziewczynki są zrozpaczone i przerażone.

Faye westchnęła, starała się nie irytować. To nie jego wina.

– Domyślam się, że nie była zadowolona, kiedy ją poinformowałeś, że się z kimś spotykasz...

– Nawet nie zdążyłem nic powiedzieć. Ktoś ze znajomych widział nas razem w mieście. Mam tu zamęt.

– Czego ona chce? Co jej do tego, że się z kimś spotykasz, skoro wcześniej i tak podjęliście decyzję o rozwodzie?

– Chciałbym, żeby to było takie proste. Ona uważa, że to się dzieje za wcześnie, i wścieka się, że dowiedziała się o tym od kogoś innego. Dla niej jest bardzo ważny wizerunek, jaki prezentujemy na zewnątrz, a myśmy nikomu nie mówili, że się rozwodzimy.

– Nie mógłbyś jednak przyjechać? Co to da, że będziesz tam siedział i słuchał głupot.

Westchnął.

– Domaga się, żebym jutro odwiózł dziewczynki na obóz jeździecki. Twierdzi, że czują się zepchnięte na drugi plan, a ja mam w głowie seks zamiast dzieci.

– Przecież to ona ci przeszkadzała w spotykaniu się z dziećmi.

– Wiem – odparł krótko i zaczerpnął tchu. – Przepraszam cię. Dzieci to mój czuły punkt i ona o tym wie. Nie chcę, żeby się to na nich odbijało. Mam nadzieję, że rozumiesz.

Faye westchnęła. Należy ocenić trzeźwo tę sytuację. Udobruchać Johannę, choćby chwilowo. David sypiał w pokoju gościnnym, więc jej próby uwiedzenia go i tak będą na nic.

– W porządku. Tęsknię za tobą, ale rozumiem. Dzieci są zawsze na pierwszym miejscu i tak musi być.

– Dzięki – odpowiedział z wyraźną ulgą. – Za to, że to, co ciężkie, staje się dzięki tobie lżejsze.

– Do jutra.

– Tęsknię. Obiecuję, że ci to wynagrodzę.

Faye posiedziała chwilę z telefonem w ręce. Mimo zapewnienia go, że spoko, że da radę, poczuła się samotna i opuszczona. Po raz pierwszy, odkąd się poznali, czuła się rozczarowana, chociaż zdawała sobie sprawę, że to niesprawiedliwe. David nie mógł nic poradzić na to, że ma dzieci z kobietą, która okazała się inna, niż sądził, podobnie jak Faye nie ponosiła winy za to, co zrobił Jack. Cóż by z niego był za mężczyzna i człowiek, gdyby nie miał na względzie córek? Ta miłość do dzieci mówiła wiele o tym, jaki David jest naprawdę, i bardzo chciała poznać go jeszcze bliżej.

Wysłała esemesa do Kerstin z pytaniem, czy może by wpadła. Nie chciała teraz być sama. Kerstin była u niej już po pięciu minutach. To jeden z plusów sąsiedztwa przez ścianę.

– Przyniosłam trochę wędlin i sera – powiedziała. – Zaszłam dziś do Hal.

– Kerstin, jesteś prawdziwym aniołem.

Faye nalała kieliszek amarone i podała Kerstin, która rozsiadła się na kanapie.

– Co się stało?

– Nie chcę o tym rozmawiać – odparła Faye, nalewając również sobie.

Zrobiło jej się ciężko po telefonie Davida, musiała zebrać myśli.

– A o Revenge? – Kerstin sięgnęła po plasterek prosciutto. – Nie możemy tego odkładać.

– To już prędzej – odpowiedziała Faye. – Zastanówmy się, jakich mamy sojuszników. Bo same tego nie rozwiążemy.

– Wiesz, z kim według mnie powinnaś się skontaktować.

– A ty wiesz, że według mnie jesteś szalona, że tak myślisz, już nie mówiąc o tym, że mi to proponujesz...

– Może teraz potrzeba właśnie trochę szaleństwa.

Faye powoli pokiwała głową. Mimo że było lato, rozpaliła w kominku, w którym teraz trzaskał przyjemnie ogień. Podniosła kieliszek i trzymając przed sobą, patrzyła na czerwone wino mieniące się rubinowo na tle płomieni. Sięgnęła po kawałek taleggio i żuła starannie, kupując sobie czas, żeby namyślić się nad odpowiedzią.

Kerstin ma rację. Wprawdzie jej pomysł budził w niej odrazę, jednak Kerstin ma rację. Ylva Lehndorf. Miałaby znów wpuścić ją do swojego życia?

Zanim odebrała jej męża, Ylva była gwiazdą w branży wydawniczej, w ciągu kilku lat przeprowadziła tam prawdziwą rewolucję. Faktem było również, że to Faye przekonała Jacka, by zatrudnił Ylvę, którą obserwowała od czasu studiów w Wyższej Szkole Handlowej. Tym mocniej zabolała zdrada, kiedy zastała ich razem w łóżku. Jednak teraz widziała tę sytuację z nieco innej strony. Bóg jeden wie, co Jack mówił wtedy Ylvie. A czy Ylva również nie stała się jego ofiarą? Podobnie jak Faye, była zaślepiona, została przez niego zmanipulowana, ujarzmiona i zniewolona. Wykorzystał jej miłość – zrobił wszystko, żeby rzuciła pracę i została potulną panią domu. Pozostawało faktem, że Ylva Lehndorf wciąż należała do najbłyskotliwszych ekonomistów w kraju, chociaż akurat w tym momencie znalazła się w kategorii „przecena".

– Okej, wiem, co o niej myślisz. Może to i słuszna droga. Upiła łyk wina.

– Mnie też przyszła na myśl pewna osoba.

– Tak? – Kerstin nachyliła się bliżej. – Kto taki?

– Alice Bergendahl.

– Alice? Znudzona pani domu z Lidingö, a wkrótce rozwódka? – zaśmiała się Kerstin.

– Właśnie tak.

W okresie swego małżeństwa z Jackiem Faye uważała Alice za niedościgłą idealną panią domu. Piękną, lojalną, okazującą zrozumienie mężowi. Seksowną, ale nigdy wulgarną. Wyglądała jak ponętna rusałka z gustownie wyważonym silikonowym biustem i tak długimi nogami, że mógłby między nimi przepłynąć prom.

Tym większe było zdumienie Faye, kiedy portale plotkarskie poinformowały o rozwodzie Alice i Henrika. Alice, która dawniej nie poszłaby do toalety, nie zapytawszy najpierw męża, a przy okazji upewniła się, czy zrobić mu laskę przed kolacją, czy po, ta sama Alice nagle pojawia się na stronach kolorowej prasy wśród zastępu adwokatów. Ciągnący się rozwód był przez kilka miesięcy tematem rozmów i pożywką dla plotek sztokholmskiej socjety.

Ciekawiło ją, co doprowadziło do takiej zmiany u uległej dotąd kobiety. Z drugiej strony wiedziała, że Alice też miewa odruchy buntu, przecież była jedną z kobiet, które zainwestowały w Revenge, w dodatku bez wiedzy męża.

– Nic tak nie łączy jak wspólny wróg – zauważyła. – Chociaż naprawdę nie rozumiem, czemu Henrik to robi. Poradził sobie. Znów stanął na nogi.

Kerstin lekko ścisnęła ramię Faye.

– Dla kogoś takiego jak Henrik to nieważne, że znów odniósł sukces – powiedziała. – Przez ciebie był zamieszany w skandal, zszargałaś mu opinię. W przypadku takich facetów jak Jack i Henrik znaczenie ma tylko to, że zraniłaś ich dumę, ich męskość. Dlatego cię nienawidzi i chce ci odebrać Revenge.

Faye kiwnęła głową.

– Pewnie masz rację. Ale myślę, że nie doceniasz Alice. Jeśli ktokolwiek zna jego słabe punkty, to właśnie ona.

– Alice. I Ylva – powiedziała w zamyśleniu Kerstin i rozparła się na sofie. – Całkiem niezła kombinacja.

Faye upiła następny łyk wina. Możliwe, że wpadły na coś istotnego. Spojrzała na Kerstin.

– Muszę jeszcze porozmawiać z Irene, dowiedzieć się, dlaczego mnie zdradziła.

Wspaniała willa Alice i Henrika Bergendahlów znajdowała się na najdalszym krańcu Lidingö. Posesja miała własny kawałek plaży z pomostem, przy którym cumowała duża łódź motorowa, lśniąca w zachodzącym słońcu.

– Cieszę się, że cię widzę – powiedziała Alice. – Naprawdę mi ciebie brakowało.

Rozsiadły się na sofach na olbrzymim tarasie zaledwie parę metrów od linii brzegowej. Alice postawiła na stole pięć różnych butelek z piwniczki Henrika. Ubrana była w czerwoną sukienkę, długie jasne włosy związała w kucyk.

Otworzywszy drzwi, Alice wyglądała na lekko zszokowaną na widok Faye. Objęły się dość sztywno, ale kiedy już usiadły na tarasie, słowa jakoś same popłynęły. W tym momencie Faye miała niemal wrażenie, że rozmawia z wieloletnią przyjaciółką.

– W niektóre wieczory jest mi tutaj dość samotnie – ciągnęła Alice.

– A gdzie Henrik i dzieci?

– Mamy również mieszkanie na Danderydsgatan, urządził im tam pokoje.

Nachyliła się, przyjrzała się etykietom na butelkach, kiwnęła głową i sięgnęła po korkociąg.

– Przyszły nowe czasy – zauważyła Faye.

– Lepsze czasy. To znaczy... Przepraszam. Nie to chciałam powiedzieć. – Faye zorientowała się, że Alice ma na myśli śmierć Julienne. – Naprawdę bardzo mi przykro z powodu tego, co się stało, nie ma dnia, żebym o niej nie pomyślała.

– Dziękuję – odparła miękko Faye i wzięła od niej kieliszek. – Porozmawiajmy o czymś innym. Mogłabyś mi powiedzieć, co się stało z Henrikiem? Najlepiej w wersji nieocenzurowanej.

Alice upiła łyk wina i wolno pokiwała głową.

– Jak wiesz, byłam pogodzona z tym, że Henrik mnie zdradza – zaczęła. – Dopóki załatwiał to czysto, na boku i nie godziło to ani we mnie, ani w dzieci. Uznałam, że mogę zapłacić tę cenę. Bo mężczyźni sukcesu są niewierni i już. Czasem sobie nawet wmawiałam, że to jest wręcz ich klucz do sukcesu. Wiesz, ten głód pieniędzy, władzy i owszem... kobiet. Pod koniec sama nie byłam taka niewinna, zresztą wiesz.

Kształtne wargi rozciągnęły się w uśmiechu. Faye przypomniała sobie, że Alice poprosiła ją o numer młodego wytatuowanego przystojniaka Robina. Przez pewien czas spotykali się raz w tygodniu, kiedy Henrik myślał, że Alice poszła na pilates.

Teraz w jej oczach pojawił się cień smutku.

– W sierpniu zeszłego roku zatrudniliśmy nową dziewczynę do dzieci. Córkę przyjaciela z dzieciństwa Henrika, a przy okazji jednego z jego najważniejszych klientów. Miała siedemnaście lat, chodziła do drugiej klasy liceum i chciała zarobić na wyjazd z kumplami na

Rodos. Jeździła na motorowerze, zarzucała swymi długimi włosami i ciągle żuła gumę. Domyślam się, że jeszcze nosiła majteczki Hello Kitty z H&M. Nawet mi do głowy nie przyszło.

Pokręciła głową.

– I co?

– Pewnego popołudnia wróciłam do domu, ona tego dnia odbierała dzieci z zajęć. Zaparkowałam i wysiadając z samochodu, słyszałam, jak dzieci wykrzykują, bawiąc się na posesji. Obeszłam dom i zorientowałam się, że są same. Na parterze jest toaleta, okno było otwarte. Dobiegło mnie stamtąd... no, domyślasz się.

Alice zwilżyła wargi, wysączyła ostatnie krople z kieliszka, po czym odsunęła go od siebie. Faye przeżywała razem z nią. Przecież sama nakryła Jacka z inną kobietą. Nic nie jest w stanie przygotować człowieka na taki szok. Przypomniała sobie, jak wrosła w ziemię, a potem wpadła z płaczem do sypialni. Jack oznajmił, że się chce rozwieść, a Faye – gdy on i Ylva leżeli jeszcze nago w łóżku – błagała go, żeby został. Zapewniała, że zapomni, że się weźmie w garść. Byle jej nie zostawiał.

Wzdrygnęła się na to wspomnienie.

– Myślałam, że będę wściekła, że poczuję się unicestwiona, tymczasem zdałam sobie sprawę, że muszę działać. Natychmiast. Wyjęłam telefon i filmowałam ich przez szparę w oknie.

– Ten film ma...

– ...wartość szantażu za paręset milionów. – Alice zaśmiała się. – Na wszelki wypadek zrobiłam jeszcze kilka fotek. Ze zbliżeniem. Nawet sobie nie wyobrażasz. Mam dostać połowę całego majątku. W przeciwnym razie cała Szwecja ujrzy finansistę Henrika Bergendahla w całej – nadmiernej – okazałości. I wątpię, żeby Sten Stolpe chciał robić z nim jakiekolwiek interesy, jeśli zobaczy, jak Henrik wsadza w tyłek jego córeczce, która jest jego oczkiem w głowie.

Wzruszyła lekko ramionami.

Faye nachyliła się.

– Dlaczego po tym wszystkim zostałaś w tym domu?

– Bo to jest dom moich marzeń, zawsze mi było dobrze tutaj. Nie pozwolę, żeby mi go odebrał. Chociaż z toalety nie korzystam. Po rozwodzie chyba ją przerobię na garderobę.

Wieczór był jasny, bezwietrzny. W wodzie rzuciła się jakaś ryba, Alice odwróciła się w tamtą stronę, powolnym ruchem pogładziła swoje ramię. Nagle wydała się nieskończenie smutna.

Faye chrząknęła lekko.

– Wszystko w porządku, Alice?

– Sama nie wiem.

– Tęsknisz za nim?

Alice zaśmiała się i spojrzała szeroko otwartymi oczami.

– Zwariowałaś? Tęsknię za dziećmi, kiedy nie są u mnie. Ale żeby sprowadzać swoje życie do faceta, do tego, że czekam na jego powrót, a siebie postrzegam jako odbicie męża, wyłącznie u jego boku, że jestem raczej częścią gospodarstwa domowego niż jego partnerką – nie, tego mi nie brak. Tyle że w dni bez dzieci jest mi tutaj dość samotnie. Spotykam się jedynie z moimi adwokatami.

– W takim razie mam nadzieję, że są przystojni. Nadają się do łóżka.

– Płacę im tyle, że powinni wyglądać jak greccy bogowie. Niestety, w cechu adwokackim najwyraźniej obowiązuje wizerunek łysiejącego grubasa.

– Szkoda. Ale piję za twoje zdrowie. – Faye zaśmiała się. – Powinnaś się spotkać z jakimś facetem. Spróbujemy to zorganizować.

– Cóż, po tylu latach doświadczania malutkiego ptaszka Henrika powinnam sobie przypomnieć, jak to jest poczuć w sobie to coś – odparła Alice. – *Skål!*

Faye parsknęła takim śmiechem, że wino jej omal nie wyszło nosem. Z tą nową Alice mogłaby się naprawdę zaprzyjaźnić.

Stuknęły się kieliszkami, szkło brzęknęło głośno, zachichotały. Obaj, Henrik i Jack, zawsze zwracali im uwagę, kiedy tak przepijały do siebie.

– Prostactwo! – zaśmiały się.

Powtórzyły to dla podkreślenia efektu. Faye wypiła parę sporych łyków. Znakomite wino.

– Powinnaś sobie czymś wypełnić dni, Alice. Bo zginiesz. Adwokaci adwokatami, ale potrzebujesz mieć coś, o co będziesz walczyć. Każdy tego potrzebuje.

Alice pokiwała głową w zamyśleniu, wzrok utkwiła w wodach zatoki.

– Poznałam Henrika, kiedy byłam bardzo młoda i scedowałam na niego wszystko, co związane z utrzymaniem domu. Moja kariera zawodowa to w rzeczywistości praca dobrze opłacanej, urodziwej pokojówki. Rozmawiajmy szczerze, dobrze? A więc jestem dobra w organizowaniu imprez, w uśmiechaniu się do gości mojego męża i w tworzeniu przyjaznej dla nich atmosfery. Na tym polegał mój główny talent. Kto by mi dał pracę?

Faye potrząsnęła głową. Współczuła jej. Opis był z grubsza trafny, jednak Alice pominęła najważniejszą rzecz.

– W jednej dziedzinie jesteś wręcz genialna, chodzi mi o twoje kompetencje społeczne. Wiesz, jak funkcjonują mężczyźni u władzy, bo gościłaś ich u siebie w domu. I wiesz, jak działają kobiety. Te bogate, które stać, żeby za siebie płacić. To jest wiedza, której nie można zdobyć na uniwersytetach. I która warta jest dużo więcej.

– Dla kogo?

– Dla mnie. I dla Revenge.

Alice przez moment zagapiła się na nią, a następnie wybuchła serdecznym śmiechem.

– Faye, szczerze mówiąc, wiem, że wypiłaś trochę wina, ale do czego ja ci jestem potrzebna? Doceniam twój gest, jednak nie musisz mi robić przysługi tylko dlatego, że mi współczujesz. Nie ma powodu. Jestem do niczego, ale dam radę.

Zatoczyła ręką trzymającą kieliszek.

– Zresztą masz Kerstin, z taką superasystentką nikt nie może się równać.

Jakie to typowe, pomyślała Faye, że też kobiety nigdy się nie doceniają, nie dostrzegają własnej wartości. Tak nas wychowali. Tego nas nauczył świat. A świat jest rządzony przez mężczyzn, którzy korzystają na tym, że postrzegamy siebie jako wartościowe jedynie w odniesieniu do nich.

Wbiła wzrok w Alice.

– Nie mów tak o sobie, nie mów, że jesteś do niczego, bo sama w to uwierzysz, jak będziesz powtarzać. A potem twoja córka. Co do Kerstin, już nie pracuje nawet na pół etatu, bo coraz więcej czasu zajmuje jej pewien dom dziecka w Indiach. I Bengt, który odkrył przed nią ten kraj. I niech tak będzie. Kerstin zasługuje na nową szansę. Jednak kogoś bym potrzebowała. Ciebie.

Podniosła kieliszek do ust, nie odrywając wzroku od Alice.

– Myślisz, że tworzyłam Revenge, będąc miła dla ludzi? Dając posady przyjaciołom? Nigdy bym nikogo nie zatrudniła tylko po to, żeby być miła. Nie dałabym pracy komuś, kto nie mógłby generować pieniędzy. Nie studiowałaś, no i co z tego? W prawdziwym życiu wyższe wykształcenie nie jest wiele warte. Sama o tym wiesz. Rozmawiałaś z tymi facetami, posiadaczami dyplomów z amerykańskich uniwersytetów, i czułaś się mądrzejsza od nich. Nie znasz się na liczbach, ale znasz świat i ludzi, którzy w nim operują. Więc przestań czuć się do niczego. W dodatku ciebie to też dotyczy, bo już na samym początku zainwestowałaś w Revenge.

Alice spojrzała na nią spod uniesionych brwi.

– Przestań truć i powiedz, po co tak naprawdę przyszłaś?

Założyła ręce, czekając na odpowiedź. Faye spojrzała na nią z uznaniem. Na to liczyła, Alice jest rzeczywiście bystra.

Odetchnęła głęboko. Woda lśniła w promieniach zachodzącego słońca.

– Ktoś próbuje mi odebrać Revenge. Za kilka tygodni mogę zostać bez firmy, którą zbudowałam.

– Został ci chyba jakiś kapitał? – spytała Alice, marszcząc brwi. – Po sprzedaży?

– Oczywiście, poradzę sobie finansowo. Nawet bardzo dobrze. Ale nie o to chodzi. Revenge to ja. I Revenge to również Chris.

Alice kiwnęła głową. Popijała wino małymi łykami, patrząc na wodę. Ciszę przerywał tylko krzyk ptaków z leśnego zagajnika.

Faye poczekała, aż jej słowa zapadną w świadomość Alice. Bo miała jej do powiedzenia coś jeszcze. Po chwili Alice spytała, odwróciwszy się w jej stronę:

– Kto skupuje te udziały?

– Z początku nie wiedziałam, ukrył to w łańcuszku kupujących ze Szwecji i zza granicy. Ale w końcu udało nam się przedrzeć przez tę gęstwinę i znaleźć faceta, który za tym stoi.

– Henrik – odezwała się Alice.

– Wiedziałaś? – zdziwiła się Faye.

– Nie, nie. – Alice machnęła ręką. – Uprzedziłabym cię. Ale nie jestem zaskoczona. Nawet się nie domyślasz, jak bardzo on cię nienawidzi. Chociaż nie przypuszczałam, że popchnie go to do działania. Henrik dużo gada i zawsze tak było. Przez moment nawet chciałam się do ciebie odezwać, powiedzieć ci, jaki jest na ciebie wściekły, ale... miałaś inne zmartwienia.

Słońce zeszło już poza granicę między niebem a ziemią. Faye odwróciła wzrok. Alice nie wie, że Julienne żyje. I tak musi zostać.

Nalała jeszcze wina, sobie i Alice.

– Jest bardzo bliski tego, żeby mu się udało, Alice. Nie zachowałam czujności. Najpierw... pochłonęła mnie żałoba i złość. A potem pozwoliłam sobie na rozluźnienie. Uwierzyłam, że już po wszystkim.

Alice kiwnęła głową, przez chwilę siedziała nieruchomo, a potem uniosła kieliszek do toastu.

– Zakładam, że jestem ci potrzebna jako *partner in crime*. Z prawdziwą przyjemnością pomogę ci podstawić nogę temu nadętemu bucowi.

Alice zaproponowała jej nocleg, ale Faye chciała wrócić do swojego mieszkania, wymienić się myślami z Kerstin. Jednak taksówka pojechała trasą przez Jungfrugatan i wtedy kazała kierowcy się zatrzymać. Przecież przy tej ulicy mieszka Irene Ahrnell. Kilka lat wcześniej Faye była u niej na wspaniałej kolacji. Zapamiętała, który to dom.

Moment zawahania. Przywołała obraz tej pięknej kobiety. Zawsze pozbieranej. Pełnej godności. Jak ona mogła?

Zapłaciła i wysiadła z taksówki.

Wybrała numer Irene na domofonie. Rozbrzmiewał sygnał za sygnałem, pomyślała, że widocznie Irene nie ma w domu. Usłyszała za sobą szybkie kroki i odwróciła się, ale był to tylko biegacz w kolorowych legginsach. Od czasu ucieczki Jacka Faye unikała samotnego chodzenia wieczorem po mieście, tylko impuls przesądził, że zatrzymała się przed domem Irene. Kątem oka rejestrowała każdy najmniejszy i potencjalnie groźny ruch. Jeszcze raz nacisnęła dzwonek domofonu. Tym razem Irene odpowiedziała.

– Cześć, to ja, Faye. Wiem, że pewnie wolisz nie rozmawiać ze mną, ale... mogłabym wejść?

Wstrzymała oddech. Kerstin odradzała jej rozmowę z Irene przed załatwieniem pilniejszych spraw. Jednak dla Faye właśnie ta rozmowa była pilną sprawą. Wprawdzie udziały zostały już sprzedane, ale lubiła Irene i jej ufała. Nie mogła zrozumieć, jak mogło do tego dojść. A bardzo chciała. Być może w jej postępowaniu jest jakiś klucz, chociaż Kerstin w to nie wierzyła.

– Irene? Proszę – nalegała.

Odezwał się brzęczyk, Faye weszła do bramy, rzuciwszy jeszcze okiem przez ramię.

Winda była stara, ciasna i koszmarnie powolna. Po dotarciu na trzecie piętro i odsunięciu czarnej szczękającej kraty Faye zobaczyła, że Irene czeka na nią w drzwiach. Była w szarym domowym dresie, nieumalowana i z frotową opaską na krótkich włosach. Twarz jej błyszczała, najwyraźniej Irene odbywała wieczorny rytuał kosmetyczny.

– Wejdź – odezwała się cicho.

Sądząc z jej wyrazu twarzy, nie miała ochoty rozmawiać z Faye, a jednak ją wpuściła.

– Chcesz herbaty?

– Może – odparła Faye, krzywiąc się.

– Właśnie słyszę.

Irene poszła do kuchni po dwa kieliszki i otwartą butelkę chablis z lodówki. Faye poszła za nią do dużego, przestronnego salonu, gdzie przed tamtą kolacją podano im drinki. Było to wysokie pomieszczenie ze sztukaterią na suficie.

Usiadły na sofie obitej materiałem w duże wzory, projektu Josefa Franka. Faye zastanawiała się, od czego zacząć, ale Irene rozwiązała ten problem za nią.

– Ja... miałam zamiar skontaktować się z tobą. Wiem, jak to wygląda. I wierz mi, że od prawie tygodnia w ogóle nie śpię. Ale...

– Ale co? – Nie potrafiła ukryć, że czuje się dotknięta do żywego.

Irene zwlekała z odpowiedzią. Obracała w ręku kieliszek, następnie odstawiła go na marmurowy blat stołu, wstała i zaczęła zapalać świece, zyskując trochę czasu.

Faye nie naciskała. Widząc, ile to kosztuje Irene, poczuła, że przechodzi jej złość. Postanowiła dać tamtej szansę na wytłumaczenie się, bo najwidoczniej coś się stało.

W końcu Irene usiadła obok niej i znów wzięła do ręki kieliszek. Podciągnęła nogi i wziąwszy głęboki oddech, skuliła się w narożniku sofy.

– To było rankiem następnego dnia po naszym wspólnym lunchu. Przed bramą czekał na mnie jakiś człowiek. Wręczył mi kopertę i kazał mi do niej zajrzeć. I jeszcze dodał, żebym spodziewała się telefonu. Wzięłam tę kopertę, facet zniknął, zanim zdążyłam jakoś zareagować. W pierwszej chwili nawet mnie to rozbawiło. Jakbym oglądała kiepski film szpiegowski. Ale potem wjechałam na górę i... otworzyłam kopertę.

Irene wypiła duży łyk wina.

– Co w niej było? – spytała Faye.

Irene milczała, zamrugała powiekami i w końcu spojrzała jej w oczy.

– Moje tajemnice.

– Twoje tajemnice? Myślałam, że twoje życie jest jak otwarta książka.

– Wszyscy tak myślą. Udało mi się stworzyć własną przeszłość, w którą wszyscy uwierzyli. To nie takie trudne, wiesz. Parę anegdot, odpowiednio umiejscowionych historyjek i już masz jeden spójny wątek medialny. Nikt tego nie kwestionuje.

Faye przytaknęła. Akurat ona wiedziała o tym najlepiej. Irene nawet się nie domyślała. Podstawowym zadaniem mediów obok raportowania wydarzeń jest sprawdzanie. Jednak w Szwecji nie sprawdza się dobrej historii. A one obie, zarówno Irene, jak i Faye, były w tym dobre. To znaczy w tworzeniu dobrej historii.

– Nie dorastałam w Brommie. Moi rodzice nie byli adwokatami. Z rodziców znałam tylko mamę. Była zapijaczoną dziwką imieniem Sonja. Nienawidziłam jej z całego serca. A jednak o mało nie powtórzyłam jej życiorysu. Wpadłam w złe towarzystwo. Piłam. I brałam... różne rzeczy. Zaszłam w ciążę. Nie mogłam, nie chciałam zatrzymać dziecka. Więc oddałam je do adopcji. Nie mam pojęcia, co się z nim stało. To znaczy: nie miałam. W kopercie są jej zdjęcia. Jest już dorosła.

Irene zdała sobie sprawę z własnych słów i zaśmiała się.

– No oczywiście, że dorosła. Głupio powiedziałam. Ona... jest dziś po czterdziestce. Na dodatek jest prokuratorem, i to w Jönköpingu. Mąż, dwoje dzieci. Prowadzi szczęśliwe życie, w każdym razie sądząc z jej konta na Instagramie, które teraz obserwuję w sposób wręcz maniakalny.

– I nie chcesz rozwalić jej życia...

W spojrzeniu Irene widać było cały ocean bólu. Faye poczuła, że mija jej złość. Rozumiała jak nikt inny. Człowiek robi, co musi. Aby chronić swoich najbliższych.

– Nie chcę rozwalić jej życia. A więc poświęciłam ciebie. Taka jest brutalna prawda, nie będę ściemniać.

Postarzała się na oczach Faye. Nie przyjaźniły się na tyle blisko, by Faye wzięła ją za rękę i pocieszała. Odstawiła tylko kieliszek, splotła ręce i zaczęła mówić spokojnie, tak by do Irene dotarło każde jej słowo.

– Rozumiem cię. Całkowicie. Zrobiłabym to samo. Domyślam się, że spośród sprzedających swoje udziały nie ty jedna dostałaś taką kopertę. Przyznaję, że czułam się dotknięta, zgnębiona i zdezorientowana. Jakby wbito mi nóż w plecy. Jednak już wiem, co się stało i powtarzam: zrobiłabym to samo. Dostarczyłaś mi ważny element puzzli. Dzięki.

– Chyba nie bardzo jest za co – stłumionym głosem odparła Irene.

– Owszem, jest. – Faye wstała. – Muszę wracać do domu. A ty idź spać.

Irene odprowadziła ją do drzwi.

– Po tym, co się wydarzyło, popytałam trochę o spółkę Henrika.

– Tak? – Faye uniosła brwi.

– Chodzi mi o sposób, w jaki traktuje się tam kobiety – wyjaśniła Irene z grymasem twarzy. – Wyłącznie jako ozdobniki. Nigdy nie awansują, nikt ich nie słucha. Jakby cała firma nie nadążała za duchem czasów.

Faye westchnęła. Słowa Irene przypomniały jej lata spędzone z Jackiem.

– Jakoś mnie to nie dziwi.

– Mnie też nie – przyznała Irene. – Tak czy inaczej, bardzo mi ulżyło po tej rozmowie. Okropnie się z tym czułam.

Faye położyła ręce na jej ramionach.

– Po pierwsze, nie czuję do ciebie żadnej niechęci. Po drugie, używasz kremów Revenge czy jesteś niewierna?

Irene uśmiechnęła się.

– Niewierna. Jestem oldskulowa, używam tylko nivei. Jak moja babcia.

– Cholerna nivea. – Faye uściskała ją.

Maleńka winda ruszyła w dół, przez kratę widziała jeszcze Irene. Pomachały sobie. Faye oparła głowę o lustro. Wcale nie miała pewności, czy odpowiedź, którą jej dała Irene, pomoże jej w czymkolwiek.

Byłam pewnie jedyną osobą we Fjällbace, która nie lubiła pływać żaglówką. Morze mnie przerażało. Dlatego zaskoczyłam samą siebie, zgadzając się, kiedy Sebastian zaproponował mi, żebym popłynęła żaglówką razem z nim, Tomasem i Rogerem.

Wprawdzie Sebastian jeszcze kilka razy przychodził do mnie w nocy, ale w niektóre dni był nawet miły. Jak dawniej. Kiedy razem stawialiśmy czoło światu.

Ta wycieczka, myślałam, to może jego sposób, żeby przeprosić. Naprawić coś. Tak to chciałam widzieć. Zapomnieć. Żeby było jak dawniej, zanim nocą otwierał drzwi do mojego pokoju.

Wyspa, na którą mieliśmy płynąć, nazywała się Yxön i była niezamieszkana.

Żaglówka, „Marika", należała do ojca Rogera.

Spotkaliśmy się na pomoście o dziewiątej rano. Był piątek. Tomas i Roger przyszli spóźnieni o kwadrans, taszcząc ze sobą torbę, namiot i cztery palety piwa. Weszliśmy na pokład. Roger był potężnej budowy i milczący. Odzywał się tylko, jeśli go ktoś zagadnął. Misiowaty, miły, ale głupi. Trzymał się zawsze blisko Tomasa, jakby był kimś w rodzaju jego ochroniarza.

Roger podał puszkę piwa Sebastianowi, który ją otworzył i wypił kilka łyków. Sebastian nigdy dotąd nie pił w mojej obecności, ale nic nie powiedziałam, żeby go nie wprawiać w zakłopotanie. Milczałam więc, usiadłam na dziobie, podciągnęłam nogi i patrzyłam na morze, kiedy odbijaliśmy.

Nie odważyłam się spojrzeć na Tomasa. Czułam jego wzrok na sobie i udawałam obojętność. Miał w sobie jakąś subtelność. Zawsze wydawał się trochę inny, jakby z wielkiego miasta. Może dlatego, że jego rodzice byli bogaci, w każdym razie na miarę Fjällbacki, mama nie żałowała pieniędzy na jego ubranie, do którego przywiązywała dużą wagę. Tego dnia miał na sobie beżowe szorty i białą koszulkę polo. Kiedy tak siedział obok mnie, pomyślałam, że nigdy nie widziałam nikogo równie pięknego.

– Chcesz? – spytał, podając mi puszkę.

– A dla nas wtedy wystarczy? – odezwał się Sebastian.

To, że ostatnio był dla mnie milszy, nie oznaczało, że miły. Trzymał w ręce papierosa. Nigdy przedtem nie widziałam go palącego.

– Oczywiście, że Matilda powinna dostać piwo – odparł Tomas. – Mamy tego całe mnóstwo.

Wzięłam od niego puszkę. Uśmiechnęłam się, ale wciąż nie odważyłam się spojrzeć mu w oczy. Kiedy wyprowadzę się stąd do miasta, może poznam kogoś takiego jak Tomas.

Oszczędzałam, dorabiałam w miejscowej cukierni. Wszystko co do ostatniego öre miało pójść na to, żeby wyjechać z Fjällbacki.

Piwo miało gorzki smak, starałam się nie krzywić. Ale kiedy już wmusiłam w siebie pół puszki, poczułam ciepło od środka i powoli się odprężałam. Im więcej piłam, tym bardziej mi smakowało to letnie piwo.

– Dzięki za pomoc – odezwałam się nagle, natchnięta nową odwagą, i spojrzałam w oczy Tomasowi.

– Za co? – spytał z rozbawieniem.

– Za to, że tydzień czy dwa temu pomogłeś mi pozbierać upuszczone książki.

– Nie ma sprawy. To ten cholerny Stefan ci nogę podstawił, co?

Przytaknęłam, a on podał mi następną puszkę.

– Nie przejmuj się tymi kretynami – powiedział, w jego oczach odbijały się błyski fal.

Zdziwiłam się, że Sebastian się nie wtrącił, nie powiedział nic złośliwego, ale zobaczyłam, że położył się w kokpicie i chyba śpi. Nagle się zawstydziłam pod spojrzeniem Tomasa.

W piersi zatrzepotała nadzieja.

Czarny mercedes zatrzymał się na Götgatan, Faye zapłaciła i wysiadła.

Świeciło słońce, odbijając się pięknie w dachach Södermalmu i położonej w oddali kopule areny Globen. Po niebie płynęło zaledwie kilka chmurek, rzadkich jak dymek z papierosa. Smutno, zgrzytliwie rozbrzmiewała elektryczna gitara ulicznego muzyka.

Faye przecisnęła się przez tłum do kawiarni o nazwie Muggen. Stanęła w pewnej odległości, starając się dojrzeć coś w mroku panującym w lokalu, którego wyposażenie składało się z wysiedzianych kanap i foteli o różnych obiciach i kolorach. Ściany były obwieszone obrazami w złotych ramach, ale bez jakiejś myśli przewodniej.

Już miała przejść przez ulicę, kiedy w środku zobaczyła znajomą twarz. Jednak nie Ylvy, tylko policjantki Yvonne Ingvarsson, rozmawiającej z Ylvą. Faye poczuła, jak serce jej przyspiesza, zaczęła się denerwować, że policjantka nie przestaje węszyć.

Weszła szybko do dusznego sklepiku 7-Eleven i usiadła na stołku barowym z widokiem na wejście do kawiarni.

Ylva odebrała jej wprawdzie Jacka, ale Faye go potem odzyskała. W tajemnicy nagrała film, jak się pieprzą

157

w łóżku, i potem wysłała Ylvie. Następnie zniszczyła Jacka, a przy okazji Ylvę. Ta nie dysponowała żadną wiedzą, która mogłaby zaszkodzić Faye, ale jej nienawiść stanowiła pewne ryzyko. Tym ważniejsze byłoby przeciągnięcie jej na swoją stronę.

Pięć minut później policjantka wyszła z kawiarni. Faye schowała się na chwilę za regałem sklepowym, a potem przeszła przez ulicę i weszła do Muggen.

Ylva stała za starodawną kasą, najwyraźniej służącą jedynie jako dekoracja, bo mała tabliczka informowała, że nie przyjmuje się gotówki. Włosy miała ściągnięte w kitkę, czarna obcisła koszulka opinała się na biuście. Przy ladzie w kolejce przed Faye stały dwie osoby, Ylva załatwiła je szybko i sprawnie.

Przyszła kolej na Faye. Ylva na jej widok głośno zaczerpnęła tchu.

– Proszę kawę i bułkę z serem i z szynką.

Ylva kiwnęła głową i przygotowała zamówienie.

– Razem będzie... – zakasłała. – Osiemdziesiąt dziewięć koron.

Faye przytknęła do czytnika swoją Amex Black.

– Domyślałam się, że się tu zjawisz wcześniej czy później.

– Obie mamy problem – powiedziała Faye.

Ylva przytaknęła, ale spojrzała na kolejkę za Faye.

– Muszę przyjąć zamówienia, ale usiądź sobie przy stoliku, przyjdę w wolnej chwili.

Faye skinęła głową, zabrała kawę, bułkę i zajęła dwuosobowy stolik przy oknie.

Spojrzała na telefon. Esemes od Davida. Serce jej skakało w piersi za każdym razem, kiedy jego imię pojawiało się na wyświetlaczu.

Uśmiechając się, otworzyła wiadomość.

Nie mogłem się powstrzymać. Kojarzy mi się z Tobą. Pomyślałem, że może Ci się spodoba.

Kliknęła na wysłane zdjęcie i zamurowało ją. David znalazł w sieci najbardziej ulubiony przez nią fotogram Terry'ego O'Neilla, który uchwycił aktorkę Faye Dunaway przy basenie hotelowym rankiem po gali, kiedy dostała Oscara. Skąd on to wiedział? Jak udało mu się tak dobrze ją poznać, chociaż znał ją tak krótko? Faye nie mogła powstrzymać szerokiego uśmiechu.

Odłożyła telefon, wzięła serwetkę i napisała coś na niej. Następnie wyjęła laptopa, postawiła na serwetce i otworzyła swoją pocztę. Podniosła wzrok dopiero, gdy Ylva usiadła na krześle naprzeciw niej.

Ylva strzepnęła kilka okruchów z koszulki, obciągnęła ją i wciąż jakby unikała patrzenia na Faye.

– Czy Jack się z tobą kontaktował? – spytała Faye.

Ylva potrząsnęła mocno głową.

– Nie. I nie przypuszczam, żeby to zrobił. Niby po co? Nic dla niego nie znaczyłam.

Powiedziała to tak prosto, jakby było zupełnie oczywiste, że Jack nigdy jej nie kochał. Faye wolała nie myśleć, jak musiało wyglądać jej życie z jej byłym mężem.

– Z więzienia też się nie odzywał?

– Nie, nie wydaje mi się, żeby się interesował mną albo Norą.

Faye spojrzała w okno. Nieczęsto przypominała sobie, że Julienne ma prawie dwuletnią siostrzyczkę.

– Jak sobie dajecie radę?

– Chyba widać? – Ylva rozłożyła ręce. – Wszystko straciłam, nikt mnie nie chce zatrudnić, zresztą jak miałabym przy małym dziecku wykonywać dawną pracę? Ale daję radę. Dajemy.

Faye upiła łyk kawy. Była przekonana, że tak jest, że Ylva daje radę. Była z tych, co zawsze potrafią sprostać sytuacji.

– Boisz się? – spytała Ylva.

Faye przytaknęła.

– Owszem. Jack zabił naszą córkę. A mnie nienawidzi. Za to, że zeznawałam przeciwko niemu i że udało mi się przez to przejść. Że odniosłam sukces. Za to, że teraz mam wszystko to, co on kiedyś miał.

Ylva spojrzała w stronę kasy, ale nie czekał tam żaden klient.

– Przepraszam – powiedziała. – Za wszystko. Za to, co ci zrobiliśmy. Za to, że byłam głupia i naiwna, wierząc w każde jego słowo. I jest mi potwornie przykro z powodu Julienne. Teraz, kiedy sama mam Norę, nawet nie potrafię sobie wyobrazić...

Głos jej się załamał, Faye zdała sobie sprawę, że jej współczuje. Obie zostały oszukane przez Jacka. I obie za to zapłaciły. Przeszłość przestała się liczyć.

– Podoba ci się podawanie kawy? – spytała Faye.

Ylva poruszyła się na krześle.

– To moja praca, ani lepsza, ani gorsza.

– Jesteś sumienna i obowiązkowa – powiedziała Faye. – Twoi przełożeni z pewnością nigdy nie mieli lepszej pracownicy. Jesteś perfekcyjna i ja to bardzo szanuję.

Spod laptopa wyjęła zapisaną serwetkę i podsunęła ją Ylvie, która przyjrzała się podejrzliwie.

– Co to jest? – spytała szorstko.

– Umowa o pracę.

– Daj spokój. – Ylva zaczerwieniła się. – Wygrałaś, Faye, nie musisz przychodzić, żeby mnie upokarzać. Zrozumiałam. Przegrałam, nie powinnam była robić tego, co zrobiłam.

Faye powoli zamknęła laptopa.

– Mam tu prawie sto pięćdziesiąt maili od różnych osób, które chcą zainwestować w Revenge w związku z naszym wejściem na rynek amerykański. To w większości mężczyźni. Potrzebny mi ktoś, kto naprawdę zna się na ekonomii, sprawdzi tych facetów i ich oferty. Chcę wiedzieć, z kim idę do łóżka.

– Dlaczego ja?

– Bo najlepiej się do tego nadajesz. Bo przypuszczam, że mnie stać, żeby zapłacić ci tyle, ile ci płacą w tej knajpie, czyli za niewielkie pieniądze zatrudnię jedną z najlepszych ekonomistek w Szwecji.

Ylva ciągle nie rozumiała.

– Ale... ale ja zabrałam ci męża.

– Właśnie, zapomniałam ci podziękować – odparła Faye. Uśmiechnęła się przelotnie. – A ja ci go potem odbiłam, chociaż tylko po to, żeby mu podebrać jego firmę. Czyli mamy remis.

– Ciągle nie rozumiem, do czego ci jestem potrzebna.

– A więc tak. Nie jest to informacja, którą chciałabym rozpowszechnić. Na razie udało mi się zastopować artykuł na ten temat w „Dagens Industri". Jednak zaryzykuję i zaufam ci.

– Bez obaw – powiedziała poważnie Ylva, a Faye czuła, że może jej wierzyć.

– Mojej firmie grozi wrogie przejęcie. Wykupujący akcje najpierw to ukrywał, ale teraz robi to zupełnie otwarcie.

– Wrogie przejęcie? Przez kogo? Kto to?

– Henrik Bergendahl.

– Wspólnik Jacka w Compare?

– Tak.

Ylva w zamyśleniu pokiwała głową.

– Musi cię nienawidzić.

– Tak, nawet bardziej niż własnej żony.

– Alice?

Faye machnęła ręką.

– Długa historia. Są w trakcie rozwodu, i to brzydkiego. Henrik pieprzył ich dziewczynę do dzieci.

– Kogo on nie pieprzył – mruknęła Ylva.

Zadzwonił dzwonek przy drzwiach, ale potencjalny klient chyba zmienił zdanie i wyszedł.

– Problem w tym, że Henrik dysponuje kapitałem. Dużym. Wystarczy mu na wrogie przejęcie. I nie wydaje mi się, żeby działał pod wpływem impulsu, tylko od dawna to planował.

– I nie da się z tym nic zrobić? Przyjrzałaś się wszystkim umowom? Rozmawiałaś z akcjonariuszkami? Nie doszło do jakichś niewłaściwości, które mogłabyś wykorzystać?

Faye uśmiechnęła się z zadowoleniem.

– Właśnie po to tu przyszłam – powiedziała. – Potrzebny mi jest ktoś, kto postawi dokładnie takie pytania, kto potrafi myśleć w tych kategoriach, pomoże mi na nie odpowiedzieć i jeszcze parę innych rzeczy.

Ylva pokręciła głową.

– Ciągle nie mogę pojąć, że proponujesz mi pracę.

Dzwonek znów zadzwonił, tym razem młoda kobieta podeszła do lady. Ylva wstała.

Faye również się podniosła, pozbierała rzeczy i podała jej swoją wizytówkę.

– Odezwij się, gdybyś była zainteresowana. Ale dostaniesz tę pracę pod jednym warunkiem. I potraktuj to jak wstępny sprawdzian. Masz przygotować plan, jak zastopować przejęcie mojej firmy.

Wzięła ze stołu serwetkę i włożyła do ręki Ylvie.

– Umowa jest ważna. Wystarczy, że ją podpiszesz, i zostajesz szefem finansowym Revenge. Warunek: dostarczysz mi informacji, których potrzebuję. I daj znać, gdybyś miała jakąś wiadomość od Jacka. Obie powinnyśmy na siebie uważać. On jest niebezpieczny.

Pomachała ręką, odwróciła się na pięcie i wyszła z kawiarni.

Niby zdawała sobie sprawę, że to sen, a jednak nie potrafiła się z niego wydobyć, budząc się. Sen powtarzał się coraz częściej, choć nie zawsze w tej samej wersji. Tylko odczucie było niezmienne. Paskudnie rzeczywiste.

To było kilka tygodni po powrocie z porodówki. Tkwiła jeszcze w bańce, całkowicie skupiona na małym stworzeniu, które zawładnęło nią całą od pierwszej chwili, gdy tylko otworzyło oczy.

Czuła się wykończona, obolała, wyczerpana. Od powrotu z porodówki musiała wziąć na siebie nocne wstawanie do dziecka i nie udało jej się przespać więcej niż kilka godzin z rzędu.

Tymczasem Jackowi przyszedł do głowy pomysł – znakomity – żeby wydała wielką biznesową kolację dla najważniejszych inwestorów. I jak zwykle Faye zrobiła to, czego chciał od niej Jack.

Przygotowywała ją przez wiele dni, jednocześnie starając się zaspokoić potrzeby Julienne. Chciała wyglądać pięknie podczas kolacji, ale żaden z dawnych ciuchów na nią nie pasował. Jej brzuch był miękki i falisty, a piersi ogromne, pełne mleka. Aż się cała spociła, gdy w końcu udało jej się wcisnąć w tunikę, którą kupiła na jakiś wyjazd do ciepłych krajów. Pod tą tuniką miała ciążowe legginsy wiązane w pasie i biustonosz z wkładkami chłonącymi mleko.

Jack zmierzył ją od stóp do głów wzrokiem pełnym niesmaku.

Przyszli goście, Faye i Jack przyjęli ich w holu. Mężczyznom towarzyszyły drobne, na wpół wygłodzone kobietki. Rozmiar ciuchów trzydzieści cztery, policzki napompowane botoksem, żeby nie wyglądały na zapadnięte i wychudzone. Spojrzenie Jacka wędrowało między nimi a nią, Faye widziała, że nie sprostała pożądanemu wizerunkowi.

Mniej więcej w połowie przystawki obudziła się Julienne. Faye wstała, chcąc pójść do niej, ale Jack położył jej rękę na ramieniu, zmuszając, żeby usiadła. Patrzyła na niego błagalnie, ale jego spojrzenie było nieprzejednane.

Faye uśmiechała się sztywno do gości, podczas gdy córeczka krzyczała w swoim pokoju. Kilka kobiet patrzyło na nią ze współczuciem, a panowie rechotali, że „dobrze, jak dzieciak trochę pokrzyczy i przewietrzy płuca".

W końcu Jack poszedł do Julienne i wrócił z małą na rękach. Z buzią zapuchniętą od płaczu i w przemoczonej piżamce. Jack miał twarz wykrzywioną ze złości, jakby to była jej wina, że Julienne płakała. Bez słowa podał jej dziecko, Faye z ulgą przytuliła małe ciałko, ale cały czas czuła wibrującą złość Jacka. Śmiech panów odbijał się beztrosko między ścianami pięknego pokoju stołowego, a współczujące, pełne zrozumienia spojrzenia kobiet zapadły jej w duszę.

Co takiego zrobiła? Jak do tego doprowadziła?

Dysząc, usiadła na łóżku. Trzęsła się i była cała mokra od potu.

To tylko sen, powtarzała sobie. Ale wzrok Jacka wciąż palił. Znów się położyła, w uszach słyszała szum własnego tętna. Wciąż ten Jack. Nigdy się go nie pozbędzie ze swoich snów. Ciągle przy niej był, jako nieodłączny element jej życia.

Faye schowała smartfona do torebki i zaczęła oglądać zegarki prezentowane przez nadskakującego sprzedawcę. Przed chwilą dzwoniła policja, jak co dzień sprawdzając, czy wszystko u niej w porządku.

Jej uwagę przyciągnął zegarek Patek Philippe za trzysta pięćdziesiąt tysięcy koron. Zdawała sobie sprawę, że kupowanie go mężczyźnie, którego zna zaledwie od paru tygodni, jest szaleństwem. A jednak czuła, że tak chce. Uśmiechnęła się na myśl o fotografie z Faye Dunaway, wiszącym teraz na ścianie jej salonu, i na pytanie sprzedawcy, czy się zdecydowała, przytaknęła.

– Wezmę ten – powiedziała, wskazując zegarek, by zaraz podać mu swoją kartę Amex Black.

Sprzedawca aż klasnął w dłonie.

– Doskonały wybór – powiedział z entuzjazmem.

Sytuacja z żoną Davida, Johanną, nabrzmiewała coraz bardziej. Nie dało się nie zauważyć, że David czuje się z tym bardzo źle, chociaż starał się zachowywać stoicką postawę. Johanna najwyraźniej nie potrafiła zaakceptować, że mąż poszedł własną drogą, i za wszelką cenę próbowała go zatrzymać. Odmówiła podpisania papierów rozwodowych, chociaż David zgodził się zostawić jej połowę majątku, i to mimo że zgodnie z przedślubną intercyzą nie musiał dawać jej ani korony. Faye bardzo go za to podziwiała.

Na pytanie, czy na zegarku ma się znaleźć grawerunek, odpowiedziała przecząco. Zabrała się do podpisywania pliku papierów podsuniętych przez sprzedawcę, gdy telefon zaczął wibrować w torebce. Nieznany numer, w pierwszej chwili zamierzała nie odbierać. A nuż to Jack.

Ale zaraz się zezłościła na siebie, nie powinna się poddać lękowi. Odebrała i okazało się, że to dziennikarz z „Aftonbladet". Westchnęła. Regularnie zmieniała numer prywatnej komórki, żeby trzymać media na dystans, ale w końcu zawsze potrafili do niej dotrzeć. Dziennikarz przedstawił się, Peter Sjöberg, przypomniała sobie jego twarz ze stron internetowych gazety. Był jednym z reporterów rozpisujących się na temat rozwodu Alice i Henrika.

– Chodzi rzecz jasna o spektakularną ucieczkę pani męża – oznajmił jowialnie, jakby chodziło o sondaż na temat najsmaczniejszych truskawek.

Faye zmarszczyła brwi, zdawała sobie sprawę, że nie powinna z nim rozmawiać, ale była ciekawa, co powie. Dziennikarze miewają informacje, których nie publikują ze względów etycznych, co nie przeszkadza im podzielić się nimi w rozmowie telefonicznej.

– Kontaktował się z panią? – spytał ostrożnie Peter Sjöberg.

– Nie – odparła szczerze.

– Boi się pani? Zważywszy na... przeszłość?

– Nie odpowiem.

– Okej, rozumiem.

Chwilowe milczenie, Faye usłyszała, jak w tle ktoś szepcze do niego.

– Jeszcze coś? – spytała.

– Właściwie nie. Chociaż tak, czy mówi pani coś nazwisko...

W tym momencie zagłuszyła go paplanina nadskakującego sprzedawcy, który nie zauważył, że Faye rozmawia przez telefon. Kobieta pokazała palcem na ucho, sprzedawca przepraszającym gestem uniósł obie dłonie.

– Przepraszam, co pan powiedział?

– Czy mówi pani coś nazwisko Gösta Berg?

Jakby ktoś ugodził ją nożem. Zrobiło jej się zimno. W lustrze za kasą zobaczyła własne odbicie i malujący się na twarzy strach.

– Dlaczego pan pyta? – wydusiła z siebie, zapierając się o ladę.

– To nazwisko człowieka, który uciekł razem z pani mężem. Chodzi mi właśnie o to, czy znali się wcześniej. Ale domyślam się, że to przypadek, nadarzyła się okazja, więc uciekli razem.

Trzęsącymi się rękami Faye rozłączyła się.

Mechanicznie dokończyła procedurę zakupu zegarka. Kark lepił jej się od potu. Następnie wyszła na Biblioteksgatan i zsunęła okulary przeciwsłoneczne na czubek nosa. Na miękkich nogach, potykając się, szła pospiesznie do swojego mieszkania, skąd zamierzała zadzwonić do matki we Włoszech. Jak zareaguje na wiadomość, że jej mąż uciekł z więzienia, gdzie odbywał karę dożywocia za to, że ją zamordował?

Przed wejściem do swojej bramy Faye rozejrzała się niespokojnie. Czuła się obserwowana ze wszystkich stron. Szybko weszła do środka, mocno zaciągając za sobą drzwi.

Wcisnęła się do windy i nachyliła, przyglądając się swojemu odbiciu w lustrze. Odetchnęła głęboko. Puls już nie szalał. Serce biło spokojnie i równo. Winda zatrzymała się z szarpnięciem na piątym piętrze. Faye rozsunęła kratę, wysiadła i w następnej chwili zdała sobie sprawę, że nie jest sama.

Nie miałam pojęcia, co się wydarzy, kiedy siedząc na dziobie „Mariki", obejmowałam kolana ramionami i patrzyłam na morze. Sebastian obudził się i usiadł. Chłopcy palili. Pili piwo. Czasem spoglądali w moją stronę i coś mówili. Ciekawa byłam co.

Tomas podszedł i podał mi otwartą puszkę Pripps Blå. Opróżnioną w połowie i ciepłą.

– Dziękuję.

Wypiłam kilka dużych łyków, wstrzymując oddech, żeby nie czuć smaku.

– Zatrzymaj sobie – powiedział, kiedy chciałam ją oddać. – Jest tego więcej.

Zostawił mnie. Otworzyłam książkę, którą zabrałam ze sobą. *Moby Dick*, skoro mieliśmy być na morzu. Stary egzemplarz był kiedyś własnością mojego dziadka. Piłam ciepłe zwietrzałe piwo i czytałam.

Po godzinie, może więcej, chłopcy zawołali, że jesteśmy na miejscu. Podniosłam wzrok i zobaczyłam Yxön. Skalistą, porośniętą lasem zieloną oazę pośród błękitu morza. Przybiliśmy do brzegu przy jakichś skałkach i spuściliśmy na wodę gumowy ponton, na który załadowaliśmy plecaki i prowiant. Roger zapalił papierosa, wiosłując do brzegu.

Podniosłam rękę do piersi i wymacałam wisiorek, dotknęłam srebrnych skrzydeł, które wydały mi się takie kruche, chociaż według mamy potrafiły niejedno wytrzymać. Wyspa rosła przed moimi oczami, wzdrygnęłam się, kiedy wzdłuż krzyża przeszedł mi zimny dreszcz.

Faye zagapiła się na kobietę stojącą przed jej drzwiami. Była tak zaskoczona, że omal nie krzyknęła. Odetchnęła głębiej, Ylva Lehndorf podniosła rękę w geście powitania.

– Przestraszyłam cię?

– Trochę. – Faye zadzwoniła kluczami, włożyła je do zamka i otworzyła najpierw drzwi, potem kratę bezpieczeństwa. – Wejdź.

Jeszcze się trzęsła, zrzucając buty. Ylva weszła do mieszkania, a Faye szybko zamknęła za nią drzwi.

– Jak tu ładnie – odezwała się Ylva cicho.

– Dzięki, dobrze mi tutaj. Chodź dalej. Mam dziś naprawdę gówniany dzień, więc postanowiłam zrobić sobie prezent i mimo wczesnej godziny wypić kieliszek wina. Ty się też napijesz?

Ylva przytaknęła z uśmieszkiem.

– Fajnie. – Faye zaprowadziła ją do kuchni.

Wyjęła butelkę chardonnay, dwa kieliszki i korkociąg. Boże, jeszcze trochę, a zanim to się skończy, zostanie alkoholiczką. Ostatnio piła tak często, że przekraczała wszelkie granice rozsądku, jednak w tym momencie potrzebowała albo wina, albo valium, żeby przeżyć. A skoro tak, to wolała dobrze schłodzone chardonnay. Jak już będzie po wszystkim, przejdzie na soki albo pojedzie na porządny tygodniowy detoks do spa La Prairie w Szwajcarii. Otworzyła zamrażarkę i wyjęła torebkę z lodem, który wsypała do metalowego wiaderka i podała Ylvie.

– Usiądźmy na tarasie.

Faye nalała im wina do kieliszków, chwilę milczały i popijały, patrząc na dachy Östermalmu.

– Nie pytasz, dlaczego tu jestem? – odezwała się ostrożnie Ylva.

– Nie – odparła Faye, nie odrywając oczu od pięknego widoku. – Pewnie dlatego, że zrozumiałaś, że moja oferta jest zbyt dobra, by ją odrzucić.

Ylva kiwnęła głową.

– Jeśli wciąż chcesz mnie zatrudnić, to z przyjemnością przyjmę pracę na stanowisku szefa finansowego Revenge. I mam informacje, o które ci chodziło.

Faye poczuła przyjemny dreszczyk oczekiwania, ale najpierw musiała poruszyć sprawę, która była jeszcze pilniejsza. I przesłaniała wszystko inne.

– Jack się wciąż nie odzywał do ciebie? – spytała.

Ylva pokręciła głową.

– A do ciebie?

– Nie.

W tym momencie na tarasie rozdzwonił się telefon Faye, obie aż podskoczyły, a potem zażenowane uśmiechnęły się do siebie. Faye założyła, że to znowu dziennikarz, i odwróciła iPhone'a wyświetlaczem do dołu. Wtedy przyszedł esemes, że ma wiadomość w poczcie głosowej. Faye zadzwoniła na swoją skrzynkę.

Cześć, nazywam się Johanna Schiller, jestem żoną Davida.
Proszę, niech pani jak najszybciej oddzwoni do mnie na ten
numer. Chyba powinnyśmy porozmawiać.

Jej głos wydał się Faye pełen napięcia, wręcz neuro-
tyczny. Ylva patrzyła na nią pytająco.

– Wszystko w porządku? – spytała.

Faye zastanawiała się nad odpowiedzią. Chyba może
spokojnie opowiedzieć o romansie z Davidem, był rozwiedziony albo byłby już rozwiedziony, gdyby żona tego
nie odwlekała. Faye nie była dumna, że jest tą drugą, ale
Ylva – akurat ona – powinna to zrozumieć.

Streściła zwroty w sytuacji z ostatnich tygodni, a Ylva
słuchała w napięciu.

– Masz wyrzuty sumienia? – spytała na koniec.

Faye zastanowiła się, popijając wino.

– Zakochałam się w nim, a on we mnie. Jesteśmy oboje
dorośli. Oczywiście wolałabym, żeby było już po rozwodzie, ale ona najwyraźniej nie odpuszcza. Czyli co, powinniśmy z siebie zrezygnować? Nie, nie mam wyrzutów
sumienia.

Sięgnęła po butelkę i dolała do kieliszków.

– I co zrobisz? Zadzwonisz do niej?

Ylva skinęła głową w stronę telefonu.

– Nie. Rozwiązanie tego problemu nie należy do mnie,
tylko do Davida. Nie wiem, ile dokładnie jej mówił. Niestety dowiedziała się o nas, zanim jej zdążył powiedzieć, poza
tym myślałam, że ona nie wie, że chodzi o mnie. Zresztą
co by to dało, gdybym do niej zadzwoniła? Możliwe, że
tylko pogorszyłoby sprawę.

Spojrzała z zaciekawieniem na Ylvę.

– A ty miałaś wyrzuty sumienia?

Ylva upiła łyk. Faye podziwiała jej spokój i pewność siebie. Ton pytania bynajmniej nie był neutralny, Faye naprawdę chciała wiedzieć. Odsunęła od siebie zapamiętany obraz nagich ciał Ylvy i Jacka w jej sypialni. Fakt, że rozmawia z tą kobietą o chwili, która tak bardzo zmieniła jej życie, wydał jej się niemal surrealistyczny.

– I tak, i nie – odpowiedziała Ylva w zamyśleniu. – Chodzi o to, że Jack przedstawiał cię raz jak potwora, a raz jak niedojdę. W dodatku byłam zakochana. Kurde, i to jak! Zanim się spostrzegłam, przerobił mnie dokładnie tak samo jak wcześniej ciebie. Nawet się nie obejrzałam. Byłam w jego rękach jak cynowy, pusty w środku żołnierzyk, którego jedynym zadaniem jest zadowolenie chłopczyka Jacka Adelheima.

Faye powoli pokiwała głową.

Nad ich głowami przeleciał policyjny śmigłowiec, kierujący się na południe.

Wstała i podeszła do barierki. Ylva dołączyła do niej.

– Wiesz, Faye, wydaje mi się, że on cię nigdy nie przestał kochać. Nawet w najbardziej namiętnych chwilach naszego romansu. Nawet kiedy już mieszkaliśmy razem i zaszłam w ciążę. Gdzieś z tyłu głowy miałam tę świadomość i okropnie mnie męczyła. Byłam substytutem ciebie. Wydaje mi się, że w każdej kobiecie, z którą się zadawał, szukał ciebie. Tego, co was łączyło. Byłaś prawzorem tego, jak postrzegał miłość. Prawdziwa ironia losu w tym całym galimatiasie.

Faye wstrzymała oddech, słuchając Ylvy. Odchrząknęła, kiedy ścisnęło ją w gardle. Sama nie wiedziała, dlaczego tak bardzo ją poruszyły słowa Ylvy. Może dlatego, że też do tego doszła, chociaż nigdy nie odważyła się sformułować – ani przed sobą, ani przed żadną inną osobą. W tym wypadku była to osoba, która – po niej – znała Jacka najlepiej.

W tym momencie przypomniał jej się sen. O Jacku. O tym, jak z niej szydził. Z jej wagi, z jej słabości. Ale również o tym, jak potrafił uśmiechać się do niej i sprawić, że czuła się kochana. We śnie wciąż za nim tęskniła i to było w tym wszystkim najgorsze. Nienawidziła siebie za to. Jednak akurat teraz nie mogła sobie pozwolić na takie rozmyślania.

Znów usiadły, Faye zwróciła się do Ylvy.

– No i co myślisz? Da się jeszcze coś z tym zrobić czy już jest za późno?

Ylva oparła nogi o barierkę. Rozprostowała szyję, czemu towarzyszył nieprzyjemny odgłos, i Faye wzdrygnęła się.

– Przepraszam, to u nas rodzinne – zaśmiała się Ylva. Spuściła nogi i spojrzała na Faye. – Mam trochę przemyśleń. Na razie żadnych konkretów, muszę najpierw dowiedzieć się czegoś więcej. Wciąż brakuje mi niektórych elementów tej układanki. Na swój spory plus mogę zaliczyć to, że pracowałam z Henrikiem i wiem, jak on działa. Zresztą sama wiesz, to nie on był mózgiem Compare.

Faye prychnęła, a Ylva się uśmiechnęła.

– Tak, dziś wiem, że w gruncie rzeczy to ty. Wtedy nie wiedziałam. Myślałam, że Jack, bo na pewno nie Henrik. Dla mnie to coś na kształt cudu, że udało mu się stanąć znów na nogi, a nawet jeszcze bardziej. Zresztą wiele świetnych firm i majątków zostało stworzonych przez

niezbyt lotnych ludzi. Sieć wzajemnych powiązań i wstrze-
lenie się w odpowiedni moment to już dużo...

– Owszem – odezwała się Faye, popijając wino. Z zaciekawieniem słuchała, co ma do powiedzenia Ylva.

Uzmysłowiła sobie, że zaczyna ją lubić. Zresztą każdy
zasługuje na drugą szansę. No, może nie każdy. Ale Ylva
na pewno.

– Jeśli chodzi o Henrika, wiem na przykład, że jest nie-
porządny. Nie dba o detale, przez co nie ogarnia całości.
Umykają mu pewne rzeczy. Jack się często na niego o to
wściekał. Henrik tracił piłki, a myśmy mieli sporo roboty z naprawianiem szkód. Zrozum mnie dobrze, Henrik
nie jest głupi, co to, to nie. I nie należy go nie doceniać.
A w dążeniu do celu nie ma skrupułów. To niebezpieczna
cecha. Jednak jeśli mamy coś na niego znaleźć, będzie to
dotyczyć jego niedbałości. Przejrzałam umowy związane
z Revenge, ale chciałabym mieć dobę na dokładne prze-
czytanie. Chcę jeszcze sprawdzić parę rzeczy u mojego
wujka, który jest prawnikiem specjalizującym się w umowach i transakcjach handlowych. Jednym z najlepszych.
Pomoże mi tam, gdzie sama sobie nie poradzę.

– Kerstin i ja też przeczytałyśmy te umowy, zatrud-
niłam do tego również adwokatów. Co mogłabyś w nich
znaleźć, co by nam umknęło?

– Zobaczymy – odparła Ylva.

Wstała i przechadzała się po tarasie, nie przestając
mówić.

– Henrik na pewno coś przeoczył. Popsuć szyki mogą
mu tysiące różnych rzeczy, jakichś klauzul, o których nie
pomyślał. Albo będziemy musiały...

– Co? – spytała Faye z rozbawioną miną.

Ylva ożywiła się, perorując. Znikła jej dotychczasowa szarość i zniechęcenie, oczy jej zabłysły, przemawiała całym ciałem.

– Co masz na myśli? – dopytywała Faye.

Ylva zatrzymała się, oparła o barierkę. Wiatr pochwycił jej włosy, powiewały dookoła głowy. Uśmiechnęła się. Szeroko.

– Że jeśli nie, to będziemy musiały się postarać, żeby mu umknęło...

Faye odpowiedziała równie szerokim uśmiechem. Po raz pierwszy od dawna poczuła, że może się odprężyć. Nabrała głęboko powietrza i powoli je wypuściła. Zdała sobie sprawę, że wybaczyła Ylvie. Pora na nowy początek.

W restauracji Miss Voon było ciemnawo, ale w błękitnych oczach Davida i tak widziała błyski, kiedy się do niej uśmiechał. Minęło wiele dni, odkąd się ostatnio widzieli. Przeszkodziły im jej problemy z Revenge i jego z Johanną.

– Musisz mi opowiedzieć coś więcej o tym wejściu na rynek amerykański – odezwał się David. – Ledwo zdążyliśmy o tym pogadać.

Nabrał pałeczkami trochę tatara i podał jej.

– Ale najpierw spróbuj, to się roztapia w ustach.

Faye była zachwycona, że kruche mięso dawało się połknąć prawie bez gryzienia.

– O Boże, jakie dobre. A tu masz ode mnie.

Z niewielkiej metalowej podstawki obok talerza wzięła malutkie taco z homarem i włożyła mu do ust.

– Od samego początku miałyśmy w planach Stany – powiedziała. – Jednak chciałam, żeby następowało to stopniowo, krok za krokiem. Najpierw Szwecja, potem Norwegia i Europa. Wreszcie Stany, kiedy już mieliśmy tyle do zaoferowania, że była szansa na sukces. Mam pełną świadomość, że zagranicznej firmie trudno tam zaistnieć. Przeszkody są ogromne, bo ma rywalizować z wielkimi znanymi firmami, i to na rynku, na którym konkurencja należy do zdecydowanie największych. Jednak od samego początku właśnie to mnie pociągało. Wyzwanie. Czyli to jest tylko kolejny krok.

Wytarła serwetką usta.

– Nawiasem mówiąc, w weekend wyjadę na kilka spotkań do Amsterdamu i zabiorę ze sobą Ylvę i Alice.

– Okej. Nie znacie się chyba zbyt dobrze?

– No to będzie okazja, żeby się poznać, zresztą mówiłeś, że będziesz miał sporo zajęć z córkami w ten weekend.

– Rzeczywiście. Masz rację.

Odłożył pałeczki.

– Muszę przyznać, że jestem pod ogromnym wrażeniem, że tyle osiągnęłaś.

Zarumieniła się. Często to słyszała, ale teraz usłyszała to od niego, co wiele dla niej znaczyło.

Wzruszyła lekko ramionami.

– Trzeba mieć w pamięci, że takim ekstrakopem dla Revenge była spółka, którą Chris zapisała mi w testamencie. Będę jej za to wdzięczna po wsze czasy i zrobię wszystko, żeby dobrze zarządzać tym jej prezentem.

– Jestem o tym przekonany – powiedział David ciepło.

W tym momencie przerwała im obsługa, przynosząc następne półmiski.

– O Boże, jesteś prawdziwą karmicielką.

– Grubsi ludzie są trudniejsi dla porywaczy – odparła z uśmiechem Faye i pałeczkami nałożyła sobie kilka kawałków sashimi.

David spojrzał na nią z powagą.

– Kocham cię w każdym rozmiarze.

182

Faye zastygła z uniesionymi do góry rękami trzymającymi pałeczki. Wpatrzyła się w niego.

– Coś ty powiedział?

David przekrzywił głowę.

– Słyszałaś.

– To powiedz jeszcze raz.

Była absolutnie oczarowana jego niebieskimi oczami, gdy uśmiechnął się do niej tak jak jeszcze nigdy wcześniej.

– Kocham cię, Faye.

Kiedy już zeszliśmy na ląd, Tomas powiedział, że kawałek w głąb lasu jest polana, a na niej chatka. Dotarliśmy tam po krótkiej wędrówce. Przed chatką było miejsce na ognisko, Sebastian zabrał się do rozpalania. Wśród kolegów wydawał się szczęśliwszy i bardziej pewny siebie niż w domu. Zdecydowany i pełen werwy.

Mnie też zrobiło się lżej na sercu. Byłam zachwycona tym, że wreszcie jestem częścią jakiejś grupy. Była pora lunchu, więc upiekliśmy kiełbasę, którą zjedliśmy z apetytem. Chłopcy znów pili piwo, ja wolałam poprzestać na coca-coli.

Tomas podszedł i usiadł obok mnie. Czułam ciepło jego ciała i musiałam się powstrzymać, żeby się nie przysunąć bliżej.

– Pamiętasz to obrzydliwe ciasto, które piekliśmy do kiełbasek na wycieczkach w podstawówce?

– Oj tak, fuj, ciasto z mąki, soli i wody?

– Jak to się nazywało? Czarodziejskie ciasto?

– Chyba nie, to było takie ciasto do zabawy.

– Może to to samo?

– Fuj!

Zaśmiałam się. Całą sobą.

– Nie smakowało ci piwo? – spytał Tomas, wskazując na moją puszkę coli.

– Nie, dlaczego, tylko zaczęło mi się kręcić w głowie – odpowiedziałam zawstydzona i odsunęłam colę za siebie.

W tym momencie puszka się przewróciła. Zerwałam się na nogi.

Tomas również i zaczął się rozglądać, czym by mi wytrzeć mokre spodnie, ale nie znalazł żadnego papieru. Chwycił jakieś porosty i zaczął pocierać materiał z takim skutkiem, że plama była nie tylko mokra, ale i brudna.

– Musiałeś mieć kiepskie stopnie z wiedzy o gospodarstwie domowym, co? – zachichotałam, a Tomas z głupią miną wzruszył ramionami.

– To takie oczywiste? – odparł.

Znów ten błysk w oku.

Roger i Sebastian wpatrywali się w nas intensywnie. Mówili coś cicho, z głową przy głowie. Dreszcz mi przeszedł po krzyżu, ale pomyślałam, że od wiatru.

Kiedy już zjedliśmy, podeszliśmy do drzwi chaty. W zamku tkwił duży pordzewiały klucz. Przekręciłam go i weszliśmy. Nie było tam wiele do oglądania.

– Nie można powiedzieć, żeby miejsce było zbyt luksusowe – zauważył Tomas, na co Sebastian walnął go w plecy.

– Darmowe. A czego się spodziewałeś? Ty wprawdzie sypiasz w jedwabnej pościeli...

– No, uważaj! – Tomas machnął ręką w powietrzu w stronę Sebastiana, który zrobił unik.

Rozejrzałam się, kiedy oczy zaczęły przyzwyczajać się do ciemności. Na dworze świeciło ostre słońce, ale w środku było prawie zupełnie ciemno. Okna zostały zasłonięte ciężkimi drewnianymi płytami. Jedynym meblem było stojące w rogu łóżko z brudnym materacem. Zadzwoniła pusta puszka, kopnięta niechcący przez Rogera. Drgnęłam, serce zatrzepotało jak u kolibra, ale zaraz się uspokoiłam.

Ciekawa byłam, kto tu mieszkał. Chata wyglądała na co najmniej stuletnią. Mogli tu mieszkać ludzie? Na stałe? Pewnie tak. Wiedziałam, że sporo rodzin zamieszkiwało wyspy, może i ta chatka była pełna dzieci.

Czasem wyobrażałam sobie, że mieszkam sama na jednej z wysp smaganych wiatrem. Mając za jedyne towarzystwo mewy, malwy, wiciokrzew i kraby wdrapujące się po skałkach.

Przesunęłam ręką po drewnianej ścianie wzdłuż słojów, w głąb chatki. Były tam dwie malutkie izdebki. Weszłam do tej w głębi, ale zapach pleśni był tak silny, że od razu się wycofałam.

– Halo?

Nikt nie odpowiadał. Chłopcy wyszli. Podeszłam do drzwi wejściowych i nacisnęłam klamkę. Znów poczułam, jak mi dreszcz przeszedł po krzyżu – były zamknięte na klucz.

P o przywiezieniu z lotniska przez wynajętego kierow-
cę Faye, Alice i Ylva spędziły resztę dnia, chłodząc
się w basenie na dachu hotelu. Fala upałów, która
dopiero co przeszła nad Szwecją, była niczym w porów-
naniu z suchym i gorącym powietrzem w Amsterdamie.
Posapywały na leżakach, popijając margarity, i zastanawiały się, jak spędzić wieczór. Faye była zamyślona. Za-
wiadomiła swoją osobę kontaktową w policji, że weekend
spędzi w Amsterdamie. Nadal nie było żadnych wiadomości o Jacku.

– Nie powiedziałaś nam, co będziemy robić w ten
weekend – odezwała się do Ylvy. – Moment na wyjazd
jest właściwie nie najlepszy.

– Jesteśmy tu z powodu planu B. Koło ratunkowe. Pasek i szelki, no wiesz.

– Mam w nosie powód, dla którego tu przyjechałyśmy –
stwierdziła Alice, pociągając margaritę przez słomkę. –
Leżymy sobie na dachu w Amsterdamie. Nad basenem.
I popijamy mocne margarity. Na co komu powód?

– Dziś możemy się relaksować – odparła Ylva, zsu-
wając na oczy okulary słoneczne i wystawiając twarz do
słońca. – Jutro wam opowiem, po co tu jesteśmy. I żebyście wlały we mnie nie wiem ile wódki, to wcześniej

i tak wam nic nie zdradzę. Więc korzystajcie z okazji i się dzisiaj bawcie.

– Słuchajcie, słuchajcie. – Alice wypiła kolejny łyk. – Skoro według planu dziś mamy się relaksować i bawić: byłyście kiedyś w coffee shopie?

Faye pokręciła głową.

– To te miejsca, gdzie się pali trawkę?

Nie przestawała się zastanawiać, co zamierza Ylva. Jednak Ylva tak nalegała, kiedy mówiła o planie ratunkowym, że Faye się tym zadowoliła. Nie miała wielkiego wyboru poza tym, żeby zaufać swemu małemu zespołowi.

Alice uśmiechnęła się.

– Właśnie.

– A ty popalałaś? – spytała Faye z niedowierzaniem.

– W Djursholm wszyscy popalali – odparła Alice. – Nie byłam jakimś przestępcą, tylko nastolatką, jak wszyscy.

– Sama nie wiem... – Ylva miała wątpliwości. – Jutro powinnyśmy być uważne.

Alice zbyła ją machnięciem wolną ręką, bez margarity.

– Nie bądź taką trusią. Ile razy w ostatnich latach pozwoliłaś sobie na chwilę zabawy? Ile razy zostawiłaś małą z opiekunką?

– Jestem ci niesamowicie wdzięczna, że twoja opiekunka do dzieci...

– Nie o to chodzi. Faye, ty chyba jesteś za?

Faye pociągnęła drinka przez słomkę i pokiwała palcami u nóg.

– No nie wiem, czy ja...

– Boże, przyjechałyśmy razem do Amsterdamu, wszystkie świetne laski, i co? Będziemy siedzieć w pokoju, gapiąc się w telewizor? Nie, zrobimy tak: pobędziemy tutaj, opalimy się i lekko się ululamy, potem się wyszykujemy do jakiegoś klubu nocnego, a po drodze wstąpimy do coffee shopu. Okej?

Ylva i Faye mruknęły coś, co zabrzmiało jak akceptacja, ale Ylva wyglądała na tak samo zdenerwowaną jak Faye. Alice, nie tracąc czasu, skinęła na kelnera i spytała, czy mógłby polecić im jakiś coffee shop w sąsiedztwie hotelu. Powiedział, że najlepsze znajdują się w dzielnicy Czerwonych Latarni, i dodał, żeby piły dużo wody z uwagi na upał, ale również dlatego, że niedoświadczonym palaczom haszyszu grozi odwodnienie.

– It's cool. I've smoked a lot of ganja. I'm like the Bob Marley of Djursholm – zachichotała Alice.

Faye i Ylva roześmiały się. Kelner mrugnął do nich i odszedł ze swoją tacą.

Faye tęskniła za Davidem, jednak cieszyła się z wyjazdu. Wyprawa w towarzystwie dwóch fajnych, mądrych kobiet do tętniącego życiem miasta, jak Amsterdam, tego było jej trzeba.

Zaczął jej się podobać plan Alice. Musi się zebrać na odwagę i trochę pożyć, zapomnieć o problemach codzienności.

Kiedy kelner przyniósł kolejne margarity, dopiła duszkiem poprzednią i wzięła od niego nową szklankę. Znalazły się w oku cyklonu. Chwila odprężenia od chaosu i lęków związanych z tym, co się dzieje w Sztokholmie. Dokładnie, jak to ujęła Alice: potrzebowała czegoś takiego.

Pięć godzin później siedziały w coffee shopie i zjadły po prawie całym space cookie*, jednak kompletnie bez wrażenia. Nic. Poczuły się rozczarowane, znudzone i było im gorąco. A w związku z tym, że w coffee shopach nie podaje się alkoholu, popijały już trzecie dość paskudne cappuccino. Zaczął z nich schodzić popołudniowy rausz, Alice już trzeci raz złapała dziewczynę z obsługi, żeby spytać, ile jeszcze mają czekać.

Dziewczyna z dredami i ciałem pokrytym tatuażami powtórzyła to samo, co przy dwóch wcześniejszych okazjach:

– Zaczekajcie jeszcze chwilę.

Alice pokręciła głową.

– Cholera, nie mam zamiaru dłużej czekać – oznajmiła i wsunęła resztę swojego ciastka.

Dwie minuty później Faye poczuła mrowienie w palcach u rąk. Zamrugała i spojrzała na Ylvę, która otworzywszy usta, wpatrywała się w swoją rękę. Świat zadygotał. Wrażenie było takie, jakby została spuszczona do akwarium, w którym ryby pływają między dyskotekowymi kulami.

Zamrugała mocno i i spojrzała na Alice, która poruszała ustami, ale Faye nie mogła się zorientować, czy sama nagle straciła słuch, czy też Alice straciła zdolność mówienia. Rozejrzała się. Wszystko falowało i huśtało się. Chciała coś powiedzieć, ale już otwierając usta, straciła pewność, czy przypadkiem nie mówiła tego wcześniej. Zamyśliła się, aż zdała sobie sprawę, że nie pamięta, co to miało być.

---

* space cookie – ciasteczko z haszyszem.

Ylva chichotała, układała palce w różne figury, które według niej były zwierzętami, i podsuwała im do oglądania.

– Małpa, widzisz, Faye? Małpa.

Nagle wstała, Faye wyciągnęła rękę.

Próbowała powiedzieć: „Chyba powinnaś tu zostać", ale język odmówił posłuszeństwa i obie z Alice wybuchły śmiechem.

Alice położyła rękę na dłoni Faye.

– Przepraszam.

– Za co?

– Że byłam taką suką. Przepraszam za wszystko.

Padły sobie w ramiona.

– Nie szkodzi.

– Tak się cieszę, że znalazłaś tego Davida – bełkotała Alice.

Przesunęła palcami po przedramieniu Faye.

– Ja też.

Faye nigdy nie czuła się lepiej. Pierwsze obawy ustąpiły, wszystko było wspaniałe, ciepłe i przyjazne. Uśmiechnęła się i pomachała parze turystów z Azji.

Alice wydała z siebie długą tyradę, z której Faye rozumiała tylko co drugie słowo.

– Faye?

Alice puknęła ją w ramię.

– Faye?

Odwróciła wzrok od Azjatów.

– Gdzie Ylva? – spytała Alice.

– To ja jestem Ylva. I Alice. Wciąż spadam i spadam, a to jest kraina czarów. Jesteś małym, maluśkim króliczkiem.

Jej usta były suche jak pieprz, musiała sięgnąć po wodę.

Głowa Alice podrygiwała, jakby w takt jakiejś muzyki, której Faye, choć się starała, zupełnie nie słyszała.

– Chyba powinnyśmy poszukać Ylvy.

Alice wstała, złapawszy się stołu.

– Ylva! – zawołała. – Ylva!

Faye zerwała się i omal się nie przewróciła, ale Alice ją złapała. Przez moment obie były bliskie zwalenia się na podłogę, ale Alice udało się utrzymać je obie w pozycji stojącej.

– Zaraz ją znajdziemy. Udamy się na wyprawę w poszukiwaniu naszej przyjaciółki.

– Tak jest.

Zeszły powoli po schodach i na chwiejących się nogach dotarły do jakichś drzwi. Okazało się, że to tylne wyjście prowadzące na odludną, wąską uliczkę. Na ziemi koło kilku śmietników leżała na wznak Ylva. Zobaczywszy jej oczy, Faye doznała szoku, widać było tylko białka, w dodatku Ylva miała drgawki.

Faye w jednej chwili otrzeźwiała, ustąpiły zawroty głowy, rzuciła się na kolana koło Ylvy i próbowała ją cucić. Bez powodzenia.

Przerażona, zaczęła wołać:

– Ylva! Obudź się, Ylva!

Z tyłu za nią Alice wrzeszczała:

– *Call an ambulance! She's dying! Please call an ambulance!*

Faye ułożyła Ylvę w bezpiecznej pozycji bocznej i głaskała ją po czole, podczas gdy Alice pobiegła do coffee shopu po kogoś z personelu.

– Ylva, kochana, nie umieraj. Kochana, proszę, nie umieraj.

Faye mocno chwyciła drobną dłoń Ylvy z obgryzionymi paznokciami. Nagle opadły ją wspomnienia, jak siedziała przy szpitalnym łóżku Chris w ostatnich godzinach jej życia. Po co one tu przyjechały? Po co próbowały tych space cookies? Faye w gruncie rzeczy nie cierpiała wszelkich dragów, bo nie znosiła tracić kontroli nad sytuacją. Teraz ta przygoda mogła kosztować Ylvę życie. Nie mogła umrzeć z niezaspokojoną ciekawością? Jakie to cholernie, do cna idiotyczne! Miała takie poczucie winy, że o mało się nie zaczęła dusić.

– *There they are* – dobiegł z tyłu głos Alice. Spięty. Wysoki jak w falsecie. – *Help her. You've got to help her. She's dying!*

Faye odwróciła głowę. W ich stronę szedł bez pośpiechu potężnie zbudowany mężczyzna.

– *Hurry up* – krzyknęła ze złością.

Cholera, co za guzdrała! Wydawał się nie traktować poważnie tej sytuacji, wcale nie wyglądał na zaniepokojonego.

Stanął koło Faye i nachylił się.

– *Don't worry, ladies, this happens all the time. Her blood sugar level is low. I'll give you some sugar for her. Then get her in a cab back to your hotel and give her some food and water.*

Ylva nagle otworzyła oczy, Faye wydała z siebie szloch jak westchnienie ulgi.

– *Are you sure?* – Alice rzuciła się na szyję zdumionemu człowiekowi.

– *I'm sure, ladies. This happens about ten times every day* – zaśmiał się.

Wyłowił z kieszeni szortów papierową rurkę z cukrem i kazał Ylvie wysunąć język, co zrobiła mimo zamroczenia. Przez jej ciało wciąż przechodziły dziwne spazmy, mamrotała coś bez sensu.

– *Good girl* – powiedział, głaszcząc ją po głowie.

Faye poczuła taką ulgę, że chciało jej się płakać. Nie uśmierciły Ylvy.

Pół godziny później siedziały na łóżku Faye, wprawdzie wszystkie z czerwonymi przekrwionymi oczami, ale w dobrych humorach, bo zamówiły z karty w zasadzie wszystko, co obsługa mogła dostarczyć z kuchni. Rozległo się pukanie, Alice wygramoliła się z łóżka i otworzyła. Dwóch kelnerów w białych strojach wtoczyło jeden za drugim wózki z jedzeniem. Hamburgery, pasta, duże kawałki mięsa, ryba, kurczak smażony w głębokim tłuszczu, frytki. Duże dzbanki z wodą z kostkami lodu.

Kelnerzy nakryli do stołu w części salonowej apartamentu, następnie życzyli paniom smacznego, zachichotali – zapewne domyślili się, jak spędziły popołudnie – i zniknęli.

Faye, Alice i Ylva rzuciły się nakładać sobie na talerze, a potem usiadły na łóżku, żeby jeść. Faye nigdy nie jadła nic równie smacznego i z takim apetytem. I piły wodę szklanka po szklance.

Kiedy już się najadły, wyciągnęły się zadowolone na wielkim łóżku, kładąc sobie ręce na brzuchu.

– Muszę zdjąć spodnie – mruknęła Alice – bo się porzygam.

– Dobry pomysł – podchwyciła Faye.

Za przykładem Alice zrzuciły spodnie i zostały w majtkach.

– Wystraszyłaś nas tam w tej uliczce – powiedziała Faye.

– Co się właściwie stało? – spytała Alice.

Ylva wolno pokręciła głową.

– Naprawdę nie wiem. Pamiętam, że stałam i z kimś rozmawiałam, nagle upadłam i nie mogłam wstać. Przez dłuższą chwilę leżałam na plecach jak żuk, usiłując stanąć na nogi, ale się poddałam. Potem pamiętam, jak się nade mną pochylałyście.

Włączyły telewizor i zaczęły przerzucać kanały.

Pierwsza usnęła Ylva, po chwili również Alice opadły powieki. W końcu chrapały obie, jedna z jednej, druga z drugiej strony Faye, która wydostała się z łóżka, wzięła z torebki telefon i wyszła na balkon. Wieczorne powietrze było już chłodniejsze niż za dnia, powiewy wiatru chłodziły przyjemnie jej gołe nogi. W dole panował niewielki ruch. Usiadła przy stoliku i odkryła, że ma nieodebrane połączenie od Davida. Zaniepokoiła się i oddzwoniła.

– Cześć, kochanie, akurat miałem wolną chwilę, pomyślałem o Revenge i ekspansji na Stany – powiedział, a Faye oczami wyobraźni już widziała jego uśmiech. – Strasznie mnie to wciągnęło, jesteś dla mnie naprawdę wielką inspiracją. Mam sporo kapitału i muszę go zainwestować, więc nakreśliłem szkic dokumentu, który chciałbym ci przedstawić. Oczywiście jeśli zechcesz na niego spojrzeć?

Faye uśmiechała się coraz szerzej.

– Jasne.

– Nie uznasz, że niepotrzebnie się wtrącam?

– Oczywiście, że nie. Jak ci poszło z dziewczynkami i z żoną?

– Ona chce, żebyśmy jeszcze próbowali, ale powiedziałem jej, że chcę być z tobą.

– I jak to przyjęła?

– Nie najlepiej, ale może porozmawiamy o tym kiedy indziej? Nie chcę ci psuć weekendu z Alice i Ylvą.

– Tęsknię za tobą – powiedziała.

– A ja za tobą.

Rozłączyli się, teraz Faye zobaczyła, że ma esemesa od Kerstin. Otworzyła go i od razu straciła dobry humor. Yvonne Ingvarsson szukała kontaktu z nią i przyszła do jej mieszkania. Faye odłożyła telefon. Powinna zrobić coś z tą Yvonne. To igranie z ogniem, wkrótce któraś z nich musi się sparzyć, a Faye postanowiła, że nie będzie to ona.

O Boże, jak ja mogłam dać się na to namówić? – Ylva złapała się za głowę.

– Niemożliwe, żebyś jeszcze miała kaca – powiedziała sucho Alice i kiwnęła na kelnera, żeby przyniósł następnego drinka.

Do baru wpadało stopniowo coraz więcej osób, gwar się nasilał i Ylva musiała sobie masować skronie.

– Wczoraj leżałam na ziemi w amsterdamskim zaułku. Po zjedzeniu ciastka z haszyszem w coffee shopie. Wy d a j e   m i   s i ę, że mam prawo mieć dziś niewielkiego kaca.

– A ja nic nie czuję – oznajmiła pogodnie Alice, uśmiechając się do kelnera, który przyniósł jej następnego cosmopolitana.

– Bardzo mnie to cieszy ze względu na ciebie – mruknęła Ylva, łapiąc się za czoło. – Po prostu nieskończenie.

Faye przyjrzała jej się spod zmarszczonych brwi.

– To ty mówiłaś, że mamy robotę do wykonania – powiedziała. – Ja i Alice wciąż nie wiemy, o co chodzi. Dasz radę?

– Dajcie mi parę godzin, alka-seltzer i kilka paracetamoli, a wrócę na bieżnię. I tak, owszem, powiem wam. Tylko muszę się pozbyć... tego perkusisty, który mi wali w głowie.

– Nie potrzebujesz paracetamolu, tylko klina – zauważyła chłodno Alice i znów kiwnęła na kelnera, który podszedł z lekkim ukłonem.

– Proszę raz Long island ice tea. I shot tequili. Dla tej pani. – Wskazała na Ylvę, która jęknęła.

– Umrę przez ciebie.

– Serce moje, jestem luksusową żoną z Lidingö i wiem, jak się leczy kaca.

Po chwili przyniesiono drinki. Ylva, spojrzawszy na Alice z lekką desperacją, ale i nadzieją, wzięła szklankę i kieliszek.

– Tym razem ci zaufam.

– Powinnaś ufać zawsze – odparła Alice pobłażliwie.

Faye obserwowała z rozbawieniem, jak Ylva, krzywiąc się, wypiła duszkiem tequilę.

– Do dna. Ale teraz chciałabym się wreszcie dowiedzieć, po co nas zaciągnęłaś aż do Amsterdamu. W samym środku gigantycznego kryzysu.

– Urząd Patentowy – odparła Ylva.

Alice, która właśnie upiła spory łyk drinka, zakasłała, opryskując stół.

– Urząd Patentowy? – zdziwiła się, wycierając usta.

Faye również zagapiła się na Ylvę, która sięgnęła po swego drinka Long island ice tea. Jej policzki chyba zaczęły odzyskiwać kolory.

– W ten weekend mają tu konferencję. W tym hotelu. Wieczorem odbędzie się wielka impreza...

– I? – spytała zniesmaczona Alice.

– No nie, ja też nie nadążam – przyznała Faye, rozkładając ręce.

– Revenge. Prawa. Patent. Plan B? – podpowiedziała Ylva.

Faye pokręciła głową.

– Nie rozumiem nic a nic, a ty, Alice?

Alice również pokręciła głową, a potem puściła oko do mężczyzny przy sąsiednim stoliku.

– Skup się Alice, to wam wytłumaczę – powiedziała Ylva.

Ylvie najwyraźniej sprawiało przyjemność, że wyprzedza je o krok, a Faye jej tego nie żałowała.

– Ale poważnie, Ylva, co nam z tego, że są tutaj ludzie z Urzędu Patentowego?

Ylva uśmiechnęła się krzywo. Rozejrzała się i ściszając głos, przedstawiła w zarysie swój plan. Alice zaśmiała się głośno.

– Genialne! Ylva, jesteś fantastyczna.

– Ty też, Alice. Będziesz dziś naszym głównym atutem.

Faye uniosła brwi.

– Ylva, pewna jesteś, że wiesz, co robisz?

– Liczę, że tak – odparła Ylva, śmiejąc się.

Godzinę później wszystkie trzy były na lekkim rauszu, Ylva pokazała palcem na bar.

– Tam. Kent, Börje i Eyvind.

Spojrzała na Faye i Alice.

– Wiecie, co mamy robić?

– Wyjaśniłaś nam to bardzo dokładnie – odpowiedziała Faye, wypijając duszkiem shota.

– Jesteśmy ładne, fajne i bystre – stwierdziła Ylva, patrząc na trzech panów przy barze. – To będzie łatwe jak zabranie dziecku cukierka. Miejmy tylko nadzieję, że cię nie rozpoznają, Faye.

– Raczej nie, skoro pracują w Urzędzie Patentowym – wtrąciła żywo Alice.

Ylva ją uciszyła.

– Są tu nie tylko oni, ale i cały departament. Ale kolację mają dopiero za dwie godziny. Zdążymy.

Alice wstała i zachwiała się lekko.

– Musimy wziąć się w garść – zauważyła Ylva, podpierając ją.

Alice wyjęła z torebki ciemnoczerwoną szminkę i umalowała mocno usta.

– *Mes dames* – powiedziała Ylva i zrobiła gest, jakby zaganiała je w stronę baru.

Alice zdecydowanym krokiem podeszła do Kenta, Börjego i Eyvinda.

– Czyżbym dobrze słyszała? Mówiliście po szwedzku?

Spojrzeli na Alice z zachwytem, który jeszcze wzrósł, kiedy dołączyły do niej Ylva i Faye. Po trzech kolejnych drinkach na koszt Urzędu Patentowego poszli całą szóstką do wielkiego apartamentu Faye na koktajl przed kolacją.

Ylva wzięła się za Kenta, podczas gdy Faye czarowała Börjego, a Eyvind, wpatrzony w Alice jak psiak, nie odstępował jej na krok.

Po wejściu do apartamentu zastali przygotowany przez Ylvę barek pełen wszelkich alkoholi, jakich można by sobie zażyczyć.

Panowie wydali okrzyki pełne zachwytu.

– To dopiero chata, co! Börje, myśmy nie dostali takiego pięknego pokoju!

– Właśnie, kurde, Kent, to jest dopiero pokój hotelowy!
To chyba ten, no... *suiiiit*!

– Apartament – podpowiedziała Alice, rzuciła się na
kanapę i pociągnęła za sobą Eyvinda. – Faye, *darling*, mogłabyś zrobić gin z tonikiem dla mnie i dla tego skarba?

Faye stłumiła uśmiech. Alice zje biednego Eyvinda na
śniadanie.

Podała im drinki i odwróciła się do Börjego i Kenta.
Börje zerknął niespokojnie na zegarek.

– Kolacja zaczyna się chyba za godzinę?

– Bez obaw – odpowiedział Kent i z zadowoleniem
przyjął grog podany przez Ylvę. – Napijemy się tu z pa-
niami i zejdziemy akurat na początek kolacji. Eleganccy
goście przychodzą lekko spóźnieni!

Eyvid mruknął, że rzeczywiście, wzrok miał wbity
w dekolt Alice, która objęła go ramieniem i bawiła się jego
włosami na skroniach.

Ylva i Faye spojrzały na siebie porozumiewawczo. Do
drinków wlały sporo wódki. Zważywszy na to, ile wypili
wcześniej w barze, nie zorientują się, jakie są mocne.

Faye upewniła się dyskretnie, że ma w kieszeni komórkę. Zobaczyła, że Ylva robi to samo.

Wkrótce zarówno Börje, jak i Kent zgaśli na kanapie.
Alice przysunęła się do Eyvinda i lizała go w ucho. Faye
wyjęła telefon. Postarała się, żeby Alice ładnie wyszła na
zdjęciu. W takich sprawach zawsze się przykładała.

Waliłam w drzwi i krzyczałam, ale nie zwracali na mnie uwagi. Słyszałam ich głosy, które przenikały przez drewniane ściany tak samo jak zapach pieczonej kiełbasy. Byli w doskonałych humorach. Śmiali się. Opadłam na podłogę, oparta plecami o drzwi. Przed oczami miałam jeszcze twarz Tomasa, jego miły uśmiech, błyski w oczach. Czyżbym odczytała to opacznie?

I co na to Sebastian? Czy był to jego pomysł? Po co mnie ze sobą zabrali? Od początku mieli taki plan czy zrobiłam coś nie tak?

Czas płynął. Wprawdzie nie miałam zegarka, ale wydawało mi się, że musiały minąć co najmniej dwie, trzy godziny. Podniosłam się, podjęłam jeszcze jedną próbę. Znów waliłam w drzwi.

– Proszę, wypuśćcie mnie – błagałam. – Pić mi się chce.
Nie odpowiedzieli.

– Sebastian! Chcę wyjść. Chcę do domu.

Rozmowy przed domem trwały. Śmiali się. Domyślałam się, że ze mnie, że jestem taka durna. Fakt, że czułam się żałosna i głupia. Odrobina światła wpadała przez szparę pod drzwiami, jeszcze był dzień.

Zachowałam się jak pies. Głupi, potulny. Durny kundel spragniony miłości. Jeden miły gest i już przekręca się na grzbiet, wolny od wszelkiej podejrzliwości. To przez te błyski w oczach Tomasa i jego dołeczki w policzkach zapomniałam o wszystkim. O tym, że nikomu nie wolno ufać.

Z wolna budziła się we mnie wściekłość. Przede wszystkim na siebie, że byłam taka naiwna. Znów zaczęłam walić w drzwi. Czułam drzazgi wbijające mi się w skórę. Z ulgą przyjęłam ból i waliłam jeszcze mocniej. Wrzeszczałam tak, że aż ochrypłam. W końcu znów opadłam na ziemię, oparta o drzwi.

Minęła dłuższa chwila.

Teraz rozmawiali ciszej. Szeptali. Napawało mnie to lękiem.

Wstałam, przycisnęłam ucho do drzwi, żeby słyszeć. Przeraziłam się. A jeśli mnie tu zostawią? Umrę z pragnienia. Nikt mnie nie znajdzie. Ogarnęła mnie panika, znów waliłam w drzwi.

Ku mojemu zdziwieniu chyba podeszli do chaty. Odsunęłam się od drzwi, stałam, opuściwszy ręce. Klucz w drzwiach przekręcił się. Wszedł Sebastian.

Za nim Roger i Tomas.

Żaden się nie odezwał, patrzyli tylko wilgotnymi, pijanymi oczami. Cofnęłam się, dociskając do ściany, jakbym chciała stać się niewidzialna.

Jednak nie było ucieczki.

Ktoś próbował włamać się do mieszkania przy Östermalmstorg. Ślady włamania bieliły się na ciemnym
drewnie drzwi jak blizny. Faye odstawiła walizkę
i nachyliła się, żeby się przyjrzeć. Serce waliło jej w piersi. Jack. Najwidoczniej był tutaj i próbował dostać się do
środka, ale bez powodzenia. To było niemal jak ostrzeże-
nie, wiadomość, że ją ściga. Faye spojrzała za siebie, włożyła klucz do zamka, obróciła go, otworzyła czarną kratę
bezpieczeństwa, weszła do przedpokoju i ponownie zamknęła drzwi na klucz.

Oparła się o ścianę, zacisnęła powieki i zbierała myśli.
Lepiej, że ją ściga, niż gdyby miał szukać Julienne.

Tak, fakt, że Jack się tu pojawił, był dla niej korzystny.
Odsłonił karty, pokazując, że nie zamierza trzymać się
od niej z dala.

Wygrzebała telefon z torebki, wybrała numer do swojej
osoby kontaktowej w policji i opowiedziała, co się stało.
Dziesięć minut później przyjechali funkcjonariusze. Obej-
rzeli drzwi, zrobili notatki i zadali szereg pytań, na które
Faye starała się odpowiedzieć.

– Musicie go znaleźć – powiedziała, kiedy już skoń-
czyli. – Bo zrobi mi krzywdę. Wcześniej zabił moją córkę.

– Wiemy, o co chodzi – odparł spokojnie policjant. – Nie mamy możliwości, żeby dać pani całodobową ochronę, ale zapewniam, że robimy wszystko, by go złapać. Wiemy już, że jest w Sztokholmie. A pani ma u nas osobę kontaktową, która codziennie do pani dzwoni.

– Jak mam chodzić do pracy i żyć normalnie, kiedy on chce mnie dopaść?

– Czy ma pani jakieś inne miejsce, gdzie mogłaby pani zamieszkać na pewien czas? Dopóki go nie złapiemy?

Faye odwróciła się, słysząc jakiś ruch przy drzwiach. Na widok Davida podbiegła i objęła go.

– Widziałem drzwi. Jack tu był? – spytał, przytulając ją do piersi.

Faye przytaknęła, łzy napłynęły jej do oczu, kiedy poczuła jego zapach. David zwrócił się do policjanta.

– Co możecie zrobić?

– Niewiele. Mówiłem przed chwilą, że nie możemy pani dać całodobowej ochrony. Może mogliby państwo zamieszkać na kilka dni w hotelu?

Policjanci pożegnali się i zostawili ich samych. Po raz pierwszy, odkąd go poznała, David był silnie wzburzony. Chodził przy wyspie kuchennej tam i z powrotem, ze szklanką soku pomarańczowego w ręce.

– Nie pozwolę, żeby cię niszczył albo ograniczał. Znam właściciela pewnej firmy ochroniarskiej. Załatwimy ci ochronę. Musisz pracować jak zwykle, bez ciągłego oglądania się za siebie. Drań jeden. Co on sobie myśli, że kim on jest?

– Davidzie, nie mogę mieć ochroniarzy.

– Ja ich opłacę. Jack nie będzie cię blokować. Robił to wystarczająco długo. Kurwa, jak ja nienawidzę takich facetów.

Faye zrobiło się ciepło na sercu od jego troski.

– To nie kwestia pieniędzy. Jeśli potrzebuję ochrony, to oznacza, że udało mu się mnie nastraszyć. Poskromić. Kto wie, jak to długo potrwa? On się może ukrywać całymi miesiącami. Jeśli będziemy mieli szczęście, to go wkrótce złapią. Teraz policja wie przynajmniej, że Jack jest w Sztokholmie.

David zatrzymał się przed nią.

– Wiem, że dopiero co wróciłaś, ale chcę, żebyśmy wyjechali na kilka dni. Aż się sytuacja choć trochę uspokoi.

Faye pogłaskała go po policzku. Owszem, chętnie z nim wyjedzie.

– Co powiesz o Madrycie? – spytała. – I tak muszę tam pojechać, bo za kilka dni mam tam serię spotkań. Może byśmy tam spędzili Midsommar?

David chwycił ją za ręce i przyciągnął do siebie.

– Tak się składa, że jestem facetem, który uwielbia święto Midsommar. Wódeczka, śledzik, ser z Västerbotten, słup majowy. Ale dla ciebie, kochanie moje, jestem gotów na poświęcenie. *Yo amo Madrid.*

dąc wzdłuż Strandvägen, Faye wzięła Davida za rękę. Przypomniał jej się wieczór, kiedy włamali się na łódkę i potem kochali się tam po raz pierwszy. Jej więź z Davidem była pod wieloma względami tak prosta i oczywista, że dotąd czegoś takiego nie przeżyła.

Przy Jacku często czuła się niepewnie i dopasowywała się, żeby go zadowolić. Z lęku, że go straci, zachowywała się wbrew własnym instynktom. Przy Davidzie nigdy by jej nawet przez myśl nie przeszło, żeby się czegoś wyrzekać. David okazywał wyraźnie i z pełnym przekonaniem, że chce jej takiej, jaka jest. Może była to kwestia wieku? A może po prostu stanowiła z Davidem lepszą kombinację niż z Jackiem?

– O czym myślisz? – spytał, przyglądając jej się z rozbawieniem. – Uśmiechasz się...

– Tak się składa, że o nas.

– Jesteśmy fajni – odparł. – Podoba mi się, że o nas myślisz.

Słońce paliło, nadeszły upały, i to porządne.

Minęli Nybrokajen, gdzie w oczekiwaniu na turystów cumowały promy do Djurgården, na prawo rozpościerał się park Berzelii. Ludzie jedli lunch, półleżąc na trawnikach.

Dotarli do Grand Hotelu na Blasieholmen, David pojechał windą na górę do swojego pokoju, a Faye zatrzymała się w westybulu, gdzie panował przyjemny chłód.

Zamknęła oczy, towarzyszył jej miły szum rozmów odbijających się echem od kamiennych ścian.

Cieszyła się na wyjazd do Madrytu, ich pierwszy wspólny. Czekały ją tam spotkania biznesowe, ale miała zamiar dopilnować, żeby spędzić kilka fajnych dni z Davidem.

W torebce zawibrowała komórka, wyjęła ją.

– Henrik dopiero co był u nas w biurze – oznajmiła Kerstin.

– W Revenge? Żartujesz!

– Niestety nie. Nie było mnie wtedy, ale zadzwoniła Sandra z PR-u.

– Revenge jeszcze do niego nie należy, on nie ma prawa... Co ci powiedziała, że co tam robił?

Faye była tak wzburzona, że wstała z fotela.

– Obszedł cały lokal, przedstawiając się pracownikom. Oglądał biuro. Według Sandry zachowywał się, jakby był właścicielem. Powiedział wszystkim, żeby mu przesłali swoje CV, żeby, jak powiedział, „mógł zdecydować, kto będzie przydatny dla spółki".

– Bezczelny drań. Irene mówiła mi, jak traktuje kobiety w swojej obecnej spółce, to znaczy te nieliczne, które zatrudnił. Szowinistyczna świnia.

Faye omal się nie zderzyła z drobną siwowłosą panią w perłach i futrze z szynszyli.

– Przepraszam.

– Słucham? – zdziwiła się Kerstin.

– Nic, nic, to nie do ciebie. Co on sobie wyobraża? Zrobił to tylko po to, żeby mnie zdenerwować. Co mu się udało.

– A ty co zrobisz?

– Zamierzam zachować spokój, nie robić nic pochopnego, tylko zrealizować plan Ylvy.

– Innymi słowy, w Amsterdamie poszło dobrze?

Faye przypomniała sobie scenki z pobytu w Amsterdamie, ale postanowiła, że podzieli się nimi z Kerstin w możliwie okrojonej wersji.

– Nadspodziewanie dobrze.

– Aha, w takim razie ignorujemy Henrika i robimy, co do nas należy.

– Tak jest, ignorujemy go – powiedziała Faye i rozłączyła się, ale zazgrzytała zębami.

Usłyszała czyjś podniesiony głos i odwróciła się. Jakaś kobieta o długich czarnych włosach wykłócała się z recepcjonistami. Faye od razu ją rozpoznała, bo wcześniej szukała informacji o niej w Google'u i nawet wiedziała o jej upodobaniach do sukienek marki Chanel. Była to Johanna Schiller, żona Davida. Faye przyłożyła do ucha komórkę i lekko pochylona ruszyła szybko do wyjścia. Johanna na pewno zrobiłaby jej scenę. Najwyraźniej przyszła, chcąc spotkać się z Davidem. Wychodząc przez obrotowe drzwi, Faye słyszała, jak Johanna nie przestaje kłócić się z recepcjonistami.

– Jak to nie możecie mi dać klucza? Mieszka u was mój mąż. David Schiller. A ja jestem Johanna Schiller. To oczywiste, że powinnam dostać klucz do pokoju własnego męża.

Faye schodziła po schodach i skierowała się na wybrzeże, zaciskając pięści ze zdenerwowania. Jakie to żenujące, że Johanna nie potrafi zostawić w spokoju Davida. Nawet tu. I jeszcze szantażuje go własnymi dziećmi. Co za egoizm.

Zatrzymała się na nabrzeżu. Kiedyś zmierzy się z tym konfliktem, ale nie dziś. Niech David sam to załatwi. Znalazła wolną ławkę i usiadła. Nie powiedziała Davidowi, że Johanna próbowała się z nią kontaktować. Sama nie wiedziała dlaczego. Kiedy byli razem, wolała nie pamiętać o Johannie, tym bardziej rozmawiać o niej. Nie przeszkadzała mu, jeśli to on podejmował temat. Jednak wolałaby, żeby Johanna nie wciskała się do ich osobnej bańki.

Zadzwoniła komórka, którą wciąż trzymała w ręce. Ylva.

– Cześć, Ylva, doszłaś już do siebie po weekendzie?

W tym momencie zorientowała się, że coś jest nie tak.

– On tu był, Faye. Jack był tutaj – mówiła Ylva urywanie, szlochając.

Tomas i Roger chcieli zanieść mnie na łóżko, ale tak kopałam, krzyczałam i gryzłam, że upuścili mnie na ziemię. Wtedy złapali mnie za nogi i pociągnęli za sobą. Z dołu widziałam zaciętą twarz Sebastiana, kiedy mnie ciągnęli. Ich było trzech na mnie jedną. Nie miałam szans. Zdawałam sobie z tego sprawę. Położyli mnie na łóżku, zdarli spodnie i majtki.

– Nie – błagałam. – Ja nie chcę.

Ale nie broniłam się, bo to by tylko pogorszyło sprawę. Zresztą moje ciało było jak zesztywniałe i już mnie nie słuchało.

Wzrok mieli tępy, nie okazywali żadnych uczuć, kiedy prosiłam, żeby tego nie robili. Roger trzymał mnie mocno za ręce. Tomas wyjął członek i zdecydowanym ruchem rozłożył mi nogi. Znów miał ten błysk w oku, ale inny.

Wbił się we mnie.

Zapiekło, bardzo zabolało.

Poruszał biodrami coraz szybciej. Zacisnęłam zęby. Zamknęłam oczy. Cuchnął piwem i grillowaną kiełbasą. Po

213

minucie, dwóch poczułam, jak przez jego ciało przechodzi dreszcz, a potem ciepło i lepkość jego nasienia.

Przyszła kolej na Rogera.

Jechało od niego papierosami. Był brutalniejszy. Podobało mu się, że się boję, kiedy się we mnie wbija. Jęknęłam. Nie spuszczał ze mnie wzroku, cały czas się gapił, żeby obserwować moją reakcję. Czułam się bezbronna. Bezradna. Odwróciłam głowę, żeby przynajmniej nie mogli patrzeć mi w twarz. Wmawiałam sobie, że przywraca mi to chociaż odrobinę godności.

Sebastian zapalił papierosa i przyglądał się, oparty o ścianę. Nienawidziłam go. Jednak najbardziej nienawidziłam siebie samej za to, że byłam spragnioną miłości nastolatką, która się ucieszyła z zaproszenia starszego brata. Zorientował się, że na niego patrzę, odwrócił się i zaczął wyglądać przez okno. W tym miejscu i w tym momencie zdałam sobie sprawę, że jest podobny do taty. Wcześniej tego nie dostrzegałam.

Miałam pięć lat. Nie wiedziałam, że między mamą i tatą doszło do awantury, nie słyszałam krzyków. Obudziłam się, wzięłam misia i w półśnie poszłam do sypialni rodziców. Czasem tak robiłam, kładłam się skulona po stronie mamy, a ona obejmowała mnie, odwrócona plecami do taty.

Stanęłam w nogach ich łóżka i zorientowałam się, że nie śpią. Najpierw wyglądało to, jakby się siłowali. Tata trzymał mamę za ręce. Mama była naga. Nigdy przedtem nie widziałam jej nagiej. Nie rozumiałam, co się dzieje, ale widziałam, że mama płacze.

Kiedy teraz patrzyłam na Sebastiana przy oknie, zobaczyłam, że ma taką samą minę jak wtedy tata.

Przez ściany szarego czynszowego domu na przedmieściu Sztokholmu dochodziły gniewne głosy sąsiadów i dźwięki z włączonego telewizora. Ylva siedziała pochylona na kuchennym krześle, twarz ukryła w dłoniach.

Trzęsła się, płacząc bezgłośnie. Faye głaskała ją po plecach, starała się pocieszać.

Chwilę wcześniej wyszli policjanci. Wyrazili ubolewanie, przyjęli doniesienie i obiecali zrobić wszystko, by schwytać Jacka. Jack dał Ylvie numer swojej komórki, mówiąc, że będzie wiedziała, kiedy ma się do niego odezwać. Dodał, że to numer prepaidowy, a telefon włącza tylko raz lub dwa dziennie. „Niech mnie policja nawet nie próbuje namierzyć", powiedział przed wyjściem od Ylvy.

– Nic mi nie zrobił – powiedziała, ocierając uparte łzy. – Podał mi tylko ten numer komórki i uciekł. Nawet nie chciał widzieć Nory. Przypuszczam, że on... że chodziło mu tylko o to, żeby jakoś zwabić ciebie.

Faye wzdrygnęła się.

Z sypialni dobiegł krzyk dziecka. Nora, o dziwo, spała cały czas, zarówno gdy Jack próbował wtargnąć do mieszkania, jak i wtedy, kiedy już była policja. W końcu jednak się obudziła.

– Zajmę się nią – powiedziała miękko Faye.

Ylva nie odpowiedziała.

Obok porządnie zasłanego pojedynczego łóżka stało łóżeczko rosnące wraz z dzieckiem. Faye podeszła ostrożnie do Nory, którą widziała jedynie w telewizji i na zdjęciach w prasie. Córeczka Jacka.

Faye chciała mieć z nim więcej dzieci, ale kiedy zaszła w ciążę, Jack oznajmił jej, że wystarczy mu Julienne. Po czasie Faye zrozumiała, że już wtedy miał romans z Ylvą.

Zmusił wtedy Faye do aborcji. Przypomniało jej się wielogodzinne czekanie w szpitalu z Chris u boku, bo Jack nawet się nie pojawił. Czy był wtedy z Ylvą, czy z jeszcze inną kobietą?

Teraz to już nieważne.

Nora leżała na wznak, podniosła na nią wielkie niebieskie oczy. Córka Jacka, bez żadnych wątpliwości. I przyrodnia siostra Julienne. Była kopią ojca. Faye gapiła się na nią jak zaczarowana, wreszcie nachyliła się i wzięła ją na ręce. Przytuliła do piersi.

– No już, już – uspokajała.

Nora umilkła, pozwoliła się przytulić, jej płacz ucichł, a Faye przeszła przez mieszkanie i wróciła do kuchni.

Stanęła przed Ylvą, trzymając na ręku Norę. Ylva nie może tu zostać. W każdej chwili może się znów pojawić Jack i w końcu uda mu się wtargnąć do środka. Z mieszkania sąsiadów ponownie dobiegł krzyk. Na podwórku ktoś próbował uruchomić motorower.

– Zrobimy tak – zaczęła Faye. – Pożyczę ci, ile trzeba, żebyś kupiła sobie mieszkanie w centrum. Oddasz mi, kiedy będziesz mogła.

Ylva podniosła wzrok, spojrzała na córkę, potem na Faye, wreszcie otworzyła usta, by zaprotestować. Faye jej przerwała.

– Bez dyskusji, to propozycja czysto biznesowa. Jeśli tu zostaniesz, będziesz gorzej pracowała w ciągłym strachu, że on znów przyjdzie. A skoro twoim zadaniem jest między innymi sprawdzenie nowych inwestorów, odbije się to również na mnie. Już pokazałaś, na co cię stać. Dałaś mi to, czego potrzebuję, i jesteś lojalna.

Ylva uśmiechnęła się słabo.

– Dzięki.

– A dopóki sobie czegoś nie znajdziesz, Alice na pewno nie będzie miała nic przeciwko temu, że się do niej wprowadzisz razem z tą maleńką. W te tygodnie, kiedy dzieci nie są z nią, Alice czuje się samotnie w swoim wielkim domu na Lidingö. A Jack was tam nie znajdzie.

Ylva otarła ostatnie łzy.

– Brzmi to fajnie – powiedziała. – Będę mogła spokojnie kontynuować sprawdzanie inwestorów.

Faye drgnęła. Jeszcze nikomu nie mówiła, że David chce zainwestować w ekspansję Revenge na Stany. Ylva ostrzegała ją przed mieszaniem spraw biznesowych z życiem prywatnym, więc przypuszczalnie nie będzie między nimi zgody w sprawie przyjęcia Davida na ewentualnego inwestora. Jego oferta powinna zostać sprawdzona równie dokładnie jak pozostałe i na tych samych warunkach. Faye uważała, że to ważne. Pojawił się jako ostatni, czyli zostanie sprawdzony również jako ostatni. O ile do tego dojdzie. Wcześniej jest tyle problemów do rozwiązania.

– Spakuj walizkę z najpotrzebniejszymi rzeczami, to wezwiemy taksówkę i pojedziemy do Alice. Ja tymczasem do niej zadzwonię – powiedziała Faye, siadając przy stole z Norą na kolanach.

Zatęskniła do Madrytu. Tam sobie wszystko przewartościuje i do Sztokholmu wróci z gotowym planem zniszczenia Jacka. I zastopowania prób odebrania jej Revenge przez Henrika.

CZĘŚĆ 3

Mieszkańcy pewnej nieruchomości na Östermalmie wszczęli alarm we wtorek wieczorem w związku z tym, że z jednego z mieszkań dochodzą krzyki i awantury.

– Brzmi to tak, jakby kogoś mordowali – powiedziała dzwoniąca kobieta.

Patrol policji, który zjawił się na miejscu, nikogo tam nie zastał. Rzecznik policji odmówił dalszych informacji o tym wydarzeniu.

„AFTONBLADET" Z 26 CZERWCA

Odezwała się komórka Davida. Westchnął, bo na wyświetlaczu znów zobaczył „Johanna", i starając się robić dobrą minę do złej gry, odwrócił telefon wyświetlaczem do dołu.

Faye uśmiechnęła się do niego, odpowiedział tym samym.

Siedzieli w podającej tapas restauracji na pięknym brukowanym placu niedaleko Puerta del Sol.

Słońce zdążyło już zajść, ale wieczór był wciąż gorący. Między białymi fasadami domów odbijały się czarowne dźwięki muzyki grajków ulicznych. Faye miała na sobie cienką sukienkę w kolorze kości słoniowej, David był w błękitnej lnianej koszuli i cienkich bawełnianych spodniach.

Na stole między nimi stał przyniesiony przed chwilą półmisek krewetek smażonych z czosnkiem, a na prawo od Faye kusiła butelka chardonnay w srebrzystym wiaderku z lodem.

– Chcesz o tym porozmawiać? – spytała Faye, wskazując telefon.

Pokręcił głową.

– Właściwie nie. Nie mam ochoty rozmawiać o niczym, co nie ma związku z nami.

– No to nie rozmawiamy.

– I tak będziemy musieli się z tym skonfrontować po powrocie do domu. Nie moglibyśmy po prostu teraz pobyć razem w tym najpiękniejszym mieście Europy?

– Masz rację.

– Jestem niesamowicie zakochany w tobie, wiesz?

Mimo upartych usiłowań Johanny, żeby zepsuć im wyjazd, przeżyli w Madrycie dwa cudowne dni. Faye z każdą minutą była coraz bardziej zakochana. David był troskliwy i grzeczny. Przytrzymywał drzwi, odsuwał krzesło, nalegał, żeby płacić za wszystko, kupował jej kwiaty i czekoladki. A przy tym miał nowoczesne podejście do spraw równości, która była dla niego czymś oczywistym, i dostrzegał, że kobiety traktowane są inaczej niż mężczyźni. Na posiedzeniach zarządów, na ulicy, na uczelniach. Interesowało go, co Faye ma do powiedzenia, i dopytywał o szczegóły. Nie dlatego, że czuł się do tego zobowiązany, ale naprawdę go ciekawiły jej przemyślenia i poglądy. Kiedy mówiła, słuchał z błyskiem w oku. Czuła się doceniona i kochana jak nigdy dotąd.

Zdała sobie sprawę, że się uśmiecha, a David spojrzał pytająco, ale pokręciła głową i zbyła to machnięciem ręki. Nie dało się nazwać słowami jej wszystkich uczuć.

– Przepraszam na chwilę.

Wstał, żeby pójść do toalety. Restauracyjne łazienki znajdowały się w jednym z budynków wokół placu. Jego telefon został na stoliku. Przez moment miała ochotę sprawdzić esemesy wymieniane z Johanną, żeby wiedzieć, czego chce od niego żona i jak on do niej pisze. Pewnego razu zaobserwowała, jak wybierał kod bezpieczeństwa komórki. Jednak nic nie zrobiła, postanowiła okazać mu zaufanie.

Przejrzenie jego prywatnej korespondencji oznaczałoby wdzieranie się w jego prywatność. I nawet gdyby się o tym nie dowiedział, to s a m a wiedziałaby, co zrobiła. A więc skupiła się na obserwowaniu gości siedzących w pewnym rozproszeniu. Zauważyła, że wiele par ledwo ze sobą rozmawia. Zamiast tego patrzyły tępo na ekrany swoich telefonów. Było to marnowanie czasu i życia. Pod wielkim drzewem bawiło się kilkoro dzieci, goniły się, zaśmiewając się głośno. Uśmiechnęła się smutno. Chciałaby, żeby tu była Julienne i poznała Davida. Mógłby stać się dla niej ojcem, którego nie miała, odkąd Jack je porzucił.

Nagle uświadomiła sobie, co było wręcz szokujące, że wyobraża sobie przyszłość, w której pewnego dnia ma dziecko z Davidem.

Te myśli przerwał jej głos Davida.

– Faye...

Usiadł naprzeciw niej, na jego twarzy malował się pewien niepokój, od którego aż ją ścisnęło w żołądku. Najwyraźniej coś było nie tak. Złapała się blatu stołu i zesztywniała, czekając.

– Wiesz, Faye, pomyślałem...

Przełknęła. Postanowiła, że cokolwiek jej powie, przyjmie to z godnością. Nie okaże żadnej słabości.

– Myślałem o tym, jak nam dobrze ze sobą – ciągnął. – Zresztą mogę tylko mówić za siebie. Uwielbiam być z tobą. I mam nadzieję, że ty też.

Spojrzał pytająco, z miną wręcz bezbronną, co mu się nieczęsto zdarzało. Faye z ulgą sięgnęła przez stół i chwyciła jego rękę.

– Uwielbiam z tobą być – odparła.

Błękitne oczy Davida lśniły mocniej niż kiedykolwiek. Uścisnął jej rękę.

– Wiem, może za wcześnie na takie słowa, ale nie potrafię być z dala od ciebie. Bardzo bym chciał, żebyśmy poszukali sobie wspólnego miejsca do zamieszkania, domu, który moglibyśmy razem stworzyć. Żeby był to jakiś nowy początek. I mam nadzieję, że nie uważasz tego za bezczelność z mojej strony.

Zawstydził się lekko i odwrócił wzrok.

W tym momencie kelner przyniósł więcej dań i rozstawił przed nimi pimientos de Padrón, tortille, jamón, croquetas i albóndigas.

Faye zdała sobie sprawę, że się śmieje. Jej śmiech rozszedł się w aksamitnej ciemności hiszpańskiej nocy, odbijając się od bruku i ceglanych ścian. Gdzieś dalej, zapewne w innej restauracji spośród wielu w tej okolicy, ktoś zaczął grać na skrzypcach. Ciepły, melodyjny dźwięk instrumentu rozchodził się po wąskich uliczkach.

– Bardzo bym chciała mieć z tobą wspólny dom. Nie mógłbyś wprowadzić się do mieszkania, które teraz wynajmuję? Do momentu, kiedy kupimy coś własnego. Dostałam już zapytanie, czy zamierzam przedłużyć umowę najmu, a ty dałeś mi powód, by spędzać więcej czasu w Szwecji.

– Na pewno?

Znów ścisnął jej dłoń.

– To będzie dla nas test – powiedziała z uśmiechem. – Możesz się wprowadzić, kiedy już będę na dobrej drodze do wejścia na rynek w Stanach.

David wyjął z kieszeni ładną paczuszkę z jedwabną białą wstążeczką.

– Nie bój się – powiedział, uśmiechając się krzywo. – To nie pierścionek.

Mrugnął.

– A raczej jeszcze nie pierścionek.

Faye zacisnęła dłoń na paczuszce, starając się zgadnąć, co jest w środku. Powoli rozwiązała kokardkę i zdjęła wieczko. W środku znajdował się łańcuszek z pięknym ozdobnym medalionem ze srebra.

Wyjęła go ostrożnie.

– Przepiękny. Jestem zachwycona.

– Przy jakiejś okazji wspomniałaś, że Kate Gabor fotografowała ciebie i... twoją rodzinę, zanim to wszystko się zdarzyło. No więc skontaktowałem się z nią, przedstawiłem i wyjaśniłem powód, dla którego się do niej zwracam. Otwórz medalion, Faye.

Faye spojrzała na medalion i drżącymi palcami otworzyła. Ujrzała ulubioną fotografię, na której czule głaskała główkę Julienne, biła od nich wzajemna miłość. Wpatrzyła się w ten portret. Potem w Davida. I musiała szybko zamrugać.

Skrzypek grał teraz *Kalinkę*. Dookoła była noc, Faye uzmysłowiła sobie, że dawno nie czuła się tak szczęśliwa. A potem przypomniała sobie o prezencie dla Davida.

Otarła łzy i wyjęła go ze swojej torebki Birkin. Podczas gdy David otwierał pudełko z zegarkiem Patek Philippe, Faye zapięła na szyi medalion. Przesunęła po nim dłonią. Może... może rzeczywiście jest gotowa na założenie nowej rodziny.

Żadne z nich nie chciało, by wieczór już się skończył, więc kiedy zjedli wszystkie tapas i zapłacili, wzięli się za ręce i ruszyli na spacer ulicami Madrytu. Miasto było jak zaczarowane, wydawało się żywsze od wszystkich innych znanych jej miejsc. Na każdym rogu uliczni muzycy wygrywali piękne wibrujące melodie. Dzieci kopały piłkę albo bawiły się głośno. Zakochane pary siedziały na parkowych ławkach. Młodzi ludzie popalali marihuanę i popijali wino na trawnikach.

Wszystko to skąpane w żółtym nasyconym świetle ulicznych latarni.

Nie mówili dużo, słowa wydawały się zbędne, a jednocześnie niewystarczające, co pewien czas tylko przystawali, żeby na siebie spojrzeć i uśmiechnąć się ze szczęścia.

W końcu David zaproponował, żeby się jeszcze napić czegoś przed pójściem spać. Usiedli przy rozchybotanym stoliku, obok siebie, twarzą do ulicy, i zamówili butelkę wina.

Faye spojrzała na Davida.

– Przy tobie niczego się nie wstydzę, nigdy – odezwała się. – Nawet chcę opowiedzieć ci o moich słabościach i głupstwach, które popełniłam, żeby samej dojść z nimi do ładu. Poza Chris nie miałam w swoim życiu nikogo, przy kim bym się tak czuła.

– Ze mną jest tak samo. Pewnie dlatego, że wiemy, że żadne z nas nie ma jakichś ukrytych zamiarów. I nie używamy przeciwko sobie naszych słabości i porażek.

Kelner w czarnej kamizelce i białej koszuli z czarną muszką otworzył butelkę i nalał Faye do spróbowania. Skinęła głową, wtedy rozlał wino do kieliszków, butelkę umieścił w wiaderku, skłonił się i zniknął.

Faye bardzo chciała opowiedzieć Davidowi o swoim życiu, chociaż wiedziała, że to niemożliwe. Jednak pewnego dnia będzie musiała wyjawić mu prawdę o Julienne, w przeciwnym razie wspólne życie stanie się niemożliwe. Wiele dałoby się zamieść pod dywan, ale nie własną córkę.

– Jakiś tydzień przed tym, jak się poznaliśmy, byłam w Rzymie – odezwała się. – Spacerowałam samotnie po mieście. Trafiłam do pewnego baru. Była tam para młodych ludzi. Chwilę porozmawialiśmy, potem poszłam z nimi do ich mieszkania.

David uniósł brwi, podnosząc kieliszek do ust. Ulicą przejechał szybko motorower. Zapachniało benzyną. Gdzieś zaszczekał pies.

– Fascynująca była bliskość z tą dwójką zakochanych, jak i to, że w jakimś sensie byłam częścią ich miłości. To było moje najbardziej intymne przeżycie. Kochać się z mężczyzną innej kobiety, która jest tego świadkiem. Rozumiesz?

David spojrzał na nią bardzo poważnie.

– Wydaje mi się, że tak.

Minęła ich jakaś para, szli, trzymając się za ręce, oboje ubrani w dresy.

– Oni to robili dla siebie, ja byłam narzędziem dla ich rozkoszy i sposobem, żeby ją sobie dawali. To było dla mnie nowe i bardzo szczególne doznanie. Przeżycie niemal pozacielesne.

Westchnęła. Zegarek błysnął na przegubie Davida, który co chwila rzucał na niego spojrzenia pełne zachwytu. A ją nagle ogarnął dziwny smutek, chociaż zdawała sobie sprawę, że powinna czuć się szczęśliwa.

– My, kobiety, jesteśmy wychowywane w takim lęku, że ktoś nam zabierze męża czy partnera, że same się ograniczamy. Czujne na zdradę. Postanowiłam, że już nigdy nie będę taka. Jack mnie zdradził, ale tobie postanowiłam zaufać. Tak wybrałam. Bo w przeciwnym razie sama zadałabym sobie gwałt. Ograniczając się. Mam nadzieję, że mnie nie zawiedziesz, ale to leży w twoich rękach, nie moich.

Przesunął ręką po stole i nakrył nią jej dłoń.

– Nie zawiodę cię, Faye.

Blask świeczki odbił się w zegarku na jego ręce. Faye ścisnęła ją. Chciałaby znaleźć w nim swój port, azyl, gdzie nie będzie musiała myśleć o wszystkich dręczących ją sprawach. Ale jeśli rzeczywiście ma wpuścić go do swego życia, David powinien dowiedzieć się więcej o tym, co się dzieje.

Zaczerpnęła tchu. Już czas.

– Ktoś próbuje dokonać wrogiego przejęcia Revenge. I jest zatrważająco bliski tego, żeby mu się udało.

Zostawiłam buty w chacie. Kiedy mnie w końcu puścili, chciałam tylko stamtąd wyjść. Dlatego szłam boso, potykając się na skałkach w zapadającym zmierzchu.

Roger, Tomas i Sebastian taszczyli plecak, teraz już znacznie lżejszy, bo przedtem najcięższe w nim było piwo, które już wypili. Ja szłam na końcu. Przed sobą miałam ich szerokie opalone plecy. Początkowy zamiar był taki, że wrócimy wcześniej, za dnia. Jednak uparli się, by zostać dłużej. Moje zdanie nie miało znaczenia, skoro siedziałam zamknięta w chacie.

Przez dwa dni wchodzili do mnie, kiedy chcieli. Zawsze we trzech, nigdy pojedynczo. Po trzecim razie już się nie broniłam, leżałam i pozwalałam im robić, co chcą.

Moje ciało było obolałe, zakrwawione, śmierdzące od spermy, potu i piwa. Cały czas musiałam powstrzymywać odruch wymiotny.

– Fajniej było, kiedy się opierała – zauważył Roger, kiedy rozsunęłam nogi.

Nigdy nie zwracali się do mnie wprost. Ani wtedy, kiedy mnie gwałcili, ani przedtem, ani potem. Rozmawiali o mnie tak, jakbym była potulnym zwierzęciem domowym.

Kiedy mnie w końcu wypuścili i powiedzieli, że pora wracać do domu, nie umiałam się nawet cieszyć.

Już byli spakowani, wystarczyło poczłapać za nimi.

Ponton był tam, gdzie go zostawiliśmy, załadowali go. Nastrój był teraz inny. Nerwowy. Zapalny. Milczałam, żeby ich nie rozgniewać, nie ściągnąć na siebie ich złości.

Po dwóch dniach oddychania stęchłym powietrzem chaty świeża morska bryza była dla mnie jak tchnienie życia.

Z miejsca na rufie pontonu obejrzałam się na skałki i drzewa. Wyglądały inaczej, niż kiedy tam przypłynęliśmy, i była to nie tylko kwestia światła, ale tego, że byłam teraz inną osobą.

Dostaliśmy się na żaglówkę, Tomas uruchomił silnik. Kiwnął na mnie. Wstałam i podeszłam owinięta jakimś kocem.

Czekałam cierpliwie, obejmując się ramionami, bo wiał zimny wiatr.

– Masz nikomu o tym nie mówić. Rozumiesz?

Nie odpowiedziałam.

Tomas puścił koło sterowe, złapał mnie za ramię i wbił we mnie wzrok.

– Rozumiesz, głupia dziwko? Uduszę cię, jeśli komuś powiesz.

A potem uśmiechnął się i znów miał ten błysk w oku.

– Zresztą po co miałabyś mówić? Przecież ci się podobało, to było widać.

Objął mnie ramieniem, pozwoliłam mu na to, chociaż brzydził mnie jego dotyk. Miałam wrażenie, jakby minęła cała wieczność od tamtej chwili, kiedy siedziałam na dziobie i czułam na sobie jego wzrok. Kiedy pozwoliłam sobie poczuć coś na kształt nadziei.

– Nic nie powie – odezwał się Sebastian. – Już ja tego dopilnuję. W końcu sam ją przyuczyłem.

Wpatrzona w horyzont, podniosłam rękę do piersi i zesztywniałam. Nie było wisiorka od mamy. Śliczny aniołek ze srebrnymi skrzydłami został w chacie. Obejrzałam się. Yxön była już niewidoczna.

Wisiorek był stracony na zawsze.

– Ale będę mógł czasem wpadać? – spytał Tomas. – Sebastian, podzielisz się nią?

Ścisnął mnie za ramię. A potem polizał mój policzek. Niespiesznie, na mokro.

– Prawda, że mogę wpaść, Matildo? Przecież mnie lubisz.

Powoli kiwnęłam głową. Czułam jego piwny oddech, ból w ściskanym ramieniu i w tym momencie coś się we mnie obudziło. Pierwszy raz w życiu zrozumiałam, że czasem trzeba zabić.

S łyszałem, że dogadałaś się z Giovannim...
– Dobre wiadomości szybko się rozchodzą – odparła Faye, uśmiechając się szeroko do Jaime da Rosy, szefa i właściciela hiszpańskiej firmy kosmetycznej.

Nie należała do największych w Hiszpanii, ale podobnie jak firma Giovanniego we Włoszech, miała kluczowe znaczenie, gdy przed szturmem Revenge na rynek amerykański należało uzupełnić kilka istniejących luk w dziedzinie produkcji, dystrybucji i logistyki. Chwilę pogawędzili, pojadając przepyszne tapas, a teraz przy espresso przyszła pora na poważną rozmowę.

– Niedobre też.

Jaime mówił po angielsku z silnym hiszpańskim akcentem, ale perfekcyjnie pod względem gramatycznym i miał bogate słownictwo, więc nie było problemów z porozumiewaniem się. Faye nauczyła się mówić zupełnie dobrze po włosku, więc gdyby rozmowa toczyła się po hiszpańsku, rozumiałaby większość, ale trudno by jej było wyrazić się wystarczająco precyzyjnie. Stąd ten angielski.

– Co masz na myśli? – spytała, sięgając do salaterki po kawałek czekolady.

– Mam przyjaciół w Szwecji. Krążą słuchy na temat Revenge. Mówi się o wrogim przejęciu.

Faye poczuła, jak czekolada rośnie jej w ustach. Właśnie tego się obawiała. Do tej pory udawało jej się powstrzymać prasę przed pisaniem na ten temat i domyślała się, że również Henrik nie chciał dopuszczać do przecieków, aby zdetonować tę bombę w mediach, kiedy już wszystko będzie miał zapięte na ostatni guzik. Jednak Sztokholm był mały, a sztokholmski świat biznesu jeszcze mniejszy, więc nie zdziwiła się, że pogłoski rozeszły się, docierając nawet za granicę.

Sposób, w jaki teraz pokieruje tą rozmową, przesądzi o wszystkim. Jeśli nie będzie nadal pracować nad ekspansją w Stanach, z którą wiązała tyle nadziei, poświęcając na to czas i mnóstwo energii, równie dobrze może rzucić ręcznik na ring. A w takim razie nie zasługuje na swoją firmę.

– Słuchy zawsze krążą, Jaime. Wiesz o tym równie dobrze jak ja. Domyślam się, że w Hiszpanii jest tak samo. I w Madrycie. Gdybym zaczęła rozpytywać, ile plotek usłyszę na twój temat albo twojej firmy? Taki przystojny facet jak ty, Jaime – ileż to opowieści musiało krążyć na twój temat? Ile kochanek przypisali ci plotkarze?

Uśmiechnęła się i poruszyła głową, błyski w jej oczach walczyły o lepsze z brylantami w pierścionkach. Zaśmiał się głośno, pochlebiła mu.

– Masz rację. Opowiadali wiele nieprawdziwych rzeczy.

Nachylił się i mrugnął do niej.

– Chociaż niektóre, obawiam się, były prawdziwe...

– Domyśliłam się. Musi być z ciebie niezły gagatek – odparła, chichocząc, chociaż w duchu westchnęła.

Mężczyźni. Czasem dziwiła się, jak im się udało utrzymywać panowanie nad światem.

– Cieszę się, że to tylko złe języki – odezwał się znów Jaime. – Bardzo liczę na przeprowadzenie naszej transakcji. Z tego, co rozumiem, zostały do ustalenia same drobiazgi techniczne i moi adwokaci twierdzą, że w ciągu najbliższego tygodnia będziemy mogli podpisać umowę.

– Moi mówią to samo.

Jaime dopił espresso i oparłszy łokcie na stole, zerknął na nią. Wiedziała, co teraz nastąpi. Odbyła wiele spotkań tego rodzaju, z różnymi mężczyznami, ale ciągle miała podobne przeprawy, bo zawsze chcieli tego samego. Najpierw biznes. Potem cipka. Jakby to była część dealu.

Uśmiechnęła się szeroko. Nauczyła się radzić sobie w takich sytuacjach i robiła to z chirurgiczną precyzją.

– Pomyślałem sobie... – Ściszył głos i spojrzał jej w oczy. – Jeśli nie masz planów na dzisiejszy wieczór, może pokazałbym ci kilka ulubionych miejsc. Znam najlepsze restauracje, a najlepszych szefów kuchni osobiście. I mam w centrum małe mieszkanko. Dużo pracuję i czasem robi się za późno na powrót do mojego pięknego domu w górach. Może tam zakończylibyśmy wieczór? Kawą i... tak dalej.

Kiwnął ręką na kelnera i poprosił o rachunek.

Faye westchnęła w duchu. Żaden się nawet nie wysili na oryginalność. Kawa i tak dalej w garsonierze.

– Byłoby wspaniale – odparła. – Ale zabrałam na weekend moją serdeczną przyjaciółkę z córeczką. Ma pięć lat i może jest trochę za energiczna, ale naprawdę rozkoszna, a ja nie mogę zostawić ich w hotelu, więc może...?

Uśmiechnęła się słodko, widząc przerażenie na twarzy Jaimego.

– Przepraszam cię, właśnie sobie uzmysłowiłem, że obiecałem żonie wrócić dziś na kolację. Strasznie cię przepraszam. Ale polecę wam kilka restauracji. Przyjaznych rodzinom z dziećmi...

– Jaka szkoda, ale rzeczywiście, bądź tak miły i poleć nam te restauracje.

Jaime położył pieniądze na stole, wstał i skinął głową, wyciągając do niej rękę.

– Czyli słyszymy się w przyszłym tygodniu.

– Tak jest. – Faye podała mu swoją.

Patrzyła za nim, gdy pospieszył w stronę swojego biura.

Śmiejąc się pod nosem, spojrzała na zegarek, chwyciła torebkę i wróciła spacerem do hotelu. Po drodze znajdował się sklep, który wygooglowała jeszcze w Szwecji. Zrobi Davidowi jeszcze jedną niespodziankę.

David prowadził właśnie jakąś rozmowę biznesową, kiedy weszła do pokoju, niosąc dwie duże torby. Rozpromienił się i pokazał gestem, że za pięć minut skończy, w odpowiedzi posłała mu całusa. Miała dzięki temu czas, żeby przygotować swoją niespodziankę.

Pogwizdując, wypakowała zakupy na tarasie. Przed sobą miała widok na dachy Madrytu, a więc odsunęła wszelkie inne myśli poza tą jedną, że znajduje się w mieście, do którego miłość dzieli z ukochanym mężczyzną. A przecież nie wierzyła, że potrafi jeszcze zaufać jakiemuś facetowi. David najwyraźniej kończył rozmowę, więc i ona dokończyła pośpiesznie swoje przygotowania. Kiedy wyszedł na taras, odwróciła się do niego i rozłożyła ramiona, wskazując stół.

– Tadaaa!

– A co to takiego? – David zrobił wielkie oczy.

– Skoro pozbawiłam cię nocy świętojańskiej w kraju, postanowiłam zwrócić ci ją tutaj. Przed wyjazdem wygooglowałam położony tu niedaleko sklep, który sprzedaje szwedzkie artykuły. A więc masz: śledzie, chrupki chleb, ser z Västerbotten, wódeczka, kwaśna śmietana, szczypiorek – wszystko, co trzeba. Tylko jednego nie mogłam zorganizować, czyli słupa majowego, ale może z tym się jakoś uporamy... I spójrz! Uplotłam wianki!

Śmiejąc się, wyciągnęła dwa wianki, które szybko uplotła w kwiaciarni. Jeden włożyła na głowę sobie, drugi jemu. Wyglądał śmiesznie, ale jednocześnie seksownie, połączenie było wręcz zniewalające. David wziął ją w ramiona i ucałował.

– Ach, ty wariatko. Proponuję, żebyśmy zgodnie z tradycją zaczęli od tańców wokół słupa majowego.

– Nie ma na co czekać – odparła, ciągnąc go w stronę łóżka i nucąc przy tym *Małe żabki*.

David zaproponował, żeby skorzystali z lotniskowej poczekalni dla VIP-ów, ale Faye wolała usiąść w małej kawiarence obok sklepiku Realu Madryt, żeby przyglądać się innym podróżnym.

Uwielbiała lotniska, a madryckie Barajas nie stanowiło wyjątku. Mijał ich wartki strumień ludzi z różnych stron świata. Co pewien czas docierało do niej słowo w jakimś nieznanym języku. Rodzice wołali dzieci, nieśli je, zwracali im uwagę i strofowali. Wokół panowała atmosfera oczekiwania. Jedni mieli znów ujrzeć swoich najbliższych, inni po wielomiesięcznej harówce wreszcie wzięli kilkudniowy urlop.

Może ta fascynacja lotniskami wynikała z tego, że aż do dwudziestego piątego roku życia nigdy nie latała.

Na wyświetlaczu telefonu pojawił się numer Yvonne Ingvarsson.

Kiedy rano rozmawiała z Kerstin, ta powiedziała jej, że Yvonne była u nich poprzedniego dnia, akurat w wigilię nocy świętojańskiej. Faye westchnęła. Miała serdecznie dość martwienia się śledztwem policjantki, w dodatku prowadzonym chyba na własną rękę. Po procesie Jacka nikt z policji poza Yvonne Ingvarsson nie kontaktował się z nią w sprawie Julienne.

Yvonne nie będzie jej dłużej nękać. Zajmie się nią zaraz po powrocie. I to na dobre. Faye zamieszka z Davidem, a Jack zostanie wkrótce złapany przez policję. Była o tym przekonana, jak również o tym, że uda jej się doprowadzić do tego, by Henrik zabrał swoje brudne łapy od Revenge.

David pracował w skupieniu przy laptopie. Co pewien czas prowadził rozmowy przez telefon, zawsze wtedy wstawał i przechadzał się, gestykulując. Uwielbiała patrzeć na niego, kiedy pracował. Na jego pełną koncentrację i pasję, którą wkładał w to, co robił. Od czasu do czasu rzucał jej jakieś pytanie, nie tłumacząc kontekstu. Na przykład o biznesowy potencjał zastosowania technologii DNA w dziedzinie produkcji prozdrowotnej. Albo jak według niej brexit wpłynie na euro. Czasem znała odpowiedź, a czasem nie. Ogromnie jej imponował swoją wiedzą, kompetencją i zaangażowaniem. Miał podstawy, których brakowało Jackowi.

W ogóle miał wiele cech, których brakowało Jackowi.

W końcu zamknął laptopa.

– O czym myślisz? – spytał. – O próbie wrogiego przejęcia?

– Nie, o czymś innym. Myślę... właściwie to nic takiego.

Odgryzł kawałek croissanta. Okruchy spadły mu na kolana. Uśmiechnęła się. Znów uderzyła ją myśl, jakie to wspaniałe, że na siebie trafili.

– Kochanie, zdążyłaś już spojrzeć na moją propozycję finansowania udziałów? – spytał, ścierając okruch z kącika ust.

Pokręciła głową.

– Jeszcze nie.

– Okej, byłem tylko ciekaw, co o tym sądzisz.

– Ylva przegląda propozycje wszystkich inwestorów i powinna niedługo skończyć. Nie chcę, żeby one myślały, że daję ci jakieś fory, nieładnie by to wyglądało. Wiesz, jak jest. A po tym, co ci mówiłam wczoraj, wiesz również, że najpierw muszę rozwiązać znacznie pilniejszy problem.

Kiwnął głową.

– To zrozumiałe. Masz słuszność. Ta sprawa ma pierwszeństwo. Byłem po prostu ciekaw, jak ci się to podoba.

Umknął wzrokiem, ale widziała, że jest dotknięty. Zresztą co za różnica, że Ylva sprawdzi jego ofertę wcześniej? David robi dla niej wszystko. Dlaczego miałaby się upierać przy tych zasadach, jeśli może sprawić radość mężczyźnie, który tak wiele dla niej znaczy? Przecież mu ufa. I nawet jeśli przyszłość Revenge jest teraz niepewna, to nie zaszkodzi pomyśleć perspektywicznie.

Położyła mu dłoń na udzie.

– Poproszę, żeby Ylva zabrała się do sprawdzenia twojej oferty.

– Nie trzeba – odparł. – Masz rację, nie powinniśmy mieszać tych porządków, zresztą teraz masz ważniejsze sprawy.

Faye nachyliła się, zmuszając go, żeby popatrzył jej w oczy.

– Jesteś błyskotliwym biznesmenem i cieszę się, że chcesz mi pomóc z Revenge. Łatwiej mi się robi interesy z kimś, o kim wiem, że jest lojalny i stoi po mojej stronie. Zwłaszcza w obecnej sytuacji. Jeszcze nigdy nie było mi to tak potrzebne jak teraz.

Uśmiechnął się, zmarszczka na czole zniknęła. Czyżby się bał odrzucenia? Przez nią? Może, pomyślała, David ma w sobie męskie ego, którego dotąd nie dostrzegła. Albo nie chciała dostrzec. Z drugiej strony był biznesmenem. Przyzwyczajonym do wygrywania. Każde niepowodzenie, zarówno w interesach, jak i w życiu prywatnym, traktował jak porażkę.

– Pewna jesteś? – spytał, teraz już równie obojętnie jak kilka minut wcześniej, i pogłaskał ją po ręce.

– Absolutnie.

Chwycił mocniej jej rękę i przesunął wyżej, w stronę pachwiny. Wymacała jego członek, objęła go.

– Mam się tym zająć? – spytała.

Skinął głową.

Przeszli lotnisko w poszukiwaniu jakiegoś ustronnego miejsca, aż znaleźli toaletę dla niepełnosprawnych, rozejrzeli się i chichocząc, wślizgnęli się do środka.

Gdy tylko zamknęli drzwi, David przejął dowodzenie.

– Na kolana – powiedział, wskazując palcem.

Rozpiął rozporek. Przyjęła go ustami.

– Patrz mi w oczy – powiedział. Przytaknęła i zaczęła ssać.

Podłoga była twarda, kolana bolały, ale nawet jej się to podobało. Kiedy David szczytował, przełknęła jego nasienie, zadzierając głowę.

Yvonne Ingvarsson zdębiała na widok Faye, jej przekrwione oczy patrzyły wrogo. Przez otwarte okno z sąsiedniego mieszkania dochodził krzyk dziecka. Na podwórku szczekał pies.

Faye z satysfakcją obserwowała zdumienie tamtej. Czekała na reakcję, ale gdy policjantka milczała, postanowiła przejąć inicjatywę.

– Mogę wejść?

– Co pani tu robi? Skąd pani wie, gdzie mieszkam?

Faye nie odpowiedziała. Patrzyły na siebie w milczeniu, wreszcie Yvonne zrobiła jej przejście, a potem stanęła nieruchomo z ramionami opuszczonymi po bokach. Przedpokój był ciemny, wzdłuż ścian obok stert gazet i pudełek stały butelki. Cuchnęło papierosami i brudem. Faye nie zdjęła butów, minęła ten bałagan i zdecydowanym krokiem przemierzyła ciasny korytarzyk – po drodze mignęła jej mała sypialnia i łazienka – by dojść do ciemnego pokoju dziennego. Żaluzje były opuszczone, telewizor migotał bezgłośnie. Spróbowała włączyć światło, ale bez skutku, więc podeszła do okna i podniosła żaluzje. Wpadające światło obnażyło panujący bałagan.

Ściany były udekorowane zdjęciami z Grecji. Turkusowe morze i lśniące w słońcu białe domy. Na głównym miejscu, nad kanapą, wisiał oprawiony afisz z filmu *Mamma Mia*.

Faye poczuła, że serce jej wali, wiedziała, że najbliższe sekundy będą decydujące.

Musi skłonić tamtą, żeby przestała węszyć. Niech już więcej nie psuje. Faye nie może sobie na to pozwolić, nie w tym momencie.

– Co pani tu robi? – powtórzyła Yvonne Ingvarsson.

– Dziwi się pani? – Faye uśmiechnęła się zimno. – Tyle razy mnie pani odwiedziła, teraz ja odwiedzam panią.

– To co innego. Jestem policjantką, prowadzę dochodzenie w sprawie morderstwa. To moja praca – odparła głucho.

– Nic podobnego. Nie prowadzi pani żadnego śledztwa. Mój były mąż został skazany za zbrodnię, którą pani najwyraźniej przypisuje mnie. W dodatku działa pani na własną rękę, bo nie toczy się żadne dochodzenie. Chyba że w pani głowie, bo nikt inny nie uważa, żeby była jakaś sprawa wymagająca dochodzenia. To solówka, prawda?

Bez odpowiedzi.

– Czyli tak.

Yvonne przełknęła ślinę. Wargi jej drżały. U siebie w domu wydawała się zupełnie inną osobą, niż kiedy przychodziła do Faye. Niespodziewana wizyta zachwiała jej pewnością siebie.

– Ile masz lat? Z pięćdziesiąt pięć, co?

– Pięćdziesiąt dziewięć.

Znów zapadło milczenie. Faye zaczynała się denerwować. Wprawdzie Yvonne wydawała się bardziej ustępliwa niż dotąd, jednak wciąż nie udawało się do niej dotrzeć. Tak do końca. Zachowywała postawę wyczekującą.

– O czym marzysz tak naprawdę?

Yvonne przestąpiła z nogi na nogę, ale nadal milczała.

– Harujesz od lat. Za marną pensję. I w okropnych godzinach pracy. Nikt ci nawet nie podziękuje za to, że dbasz o bezpieczeństwo w mieście. Nie masz rodziny. Po dyżurze wracasz do tej nory i gapisz się w telewizor. Lubisz Grecję. Do emerytury zostało ci sześć lat, jeśli wcześniej nie wyrzucą tak upierdliwej zołzy, a potem pozostanie ciche dogasanie.

Faye cmoknęła i zamyśliła się.

– Lubię upierdliwe zołzy – powiedziała pod nosem.

Potoczyła wzrokiem po ścianach i zatrzymała go na afiszu z *Mamma Mia*. Biały piasek. Turkusowa woda. Pomost. W oddali żaglówka. Szczęśliwi uśmiechnięci ludzie. I wtedy wpadła na to, jak wpłynąć na Yvonne Ingvarsson. Każdy ma jakąś cenę. Do Faye dotarło właśnie, jaka jest cena policjantki.

Wiatr się wzmógł. Siedziałam na dziobie, wpatrując się w światło zapadającego zmierzchu i trzymając się relingu, żeby nie wpaść do wody. Bo wtedy bym zginęła. Porwały- by mnie, wciągnęły prądy morskie. Nigdy by nie znaleźli mojego ciała. Byłby koniec z sennymi koszmarami i stra- chem. Kusząca myśl. Jednak rozumiałam, co by to oznacza- ło dla mamy, poza oczywistą żałobą, i wiedziałam, że nie mogę jej tego zrobić. Świat może być okrutny i mroczny, ale może być również piękny i jasny. Jak mama. Ona była moim światłem. Musimy uciekać.

Wszędzie byli szczęśliwi ludzie. W gazetach, w telewizji, w radiu. Widziałam ich twarze, słyszałam śmiech, ich hi- storie. Powieści, które czytałam, były pełne takich postaci. Nawet niektórzy spośród naszych sąsiadów wydawali się szczęśliwi, choćby obok, za ich płotem trwało piekło. Nasz mrok nie rozlewał się na inne posesje. Chociaż kto wie, ja widziałam tylko to, co byli gotowi pokazać na zewnątrz. A oni widzieli tylko to, co dało się dostrzec z ich kuchen- nego okna i wywnioskować z konwencjonalnych rozmów na temat trawnika albo żywopłotu na granicy działek.

Miałam pecha, że przyszłam na świat w niewłaściwej rodzinie, ułomnej od samego początku. Będę musiała się z niej wyrwać, ale najpierw coś poprawić, coś naprawić. Mama już nie miała siły. Zależało to tylko ode mnie.

Byłam pewna, że Roger i Tomas nie będą milczeć. Bali się, że na nich doniosę. A ja wiedziałam, że będą się chwalić. Wszystkim, o czym ja milczałam. Że wyjdzie na jaw, co dzieje się za zamkniętymi drzwiami naszego domu. Nasze rodzinne tajemnice. Wszystko się wyda. To się nie może stać. Mama by tego nie przeżyła. To również jej tajemnice.

Przypomniałam sobie chwilę, kiedy Sebastian stał przy oknie. Po gwałcie. Podczas gwałtu. Miał wtedy taką samą twarz jak tata. To będzie trwało. Wszystko. Nagle ujrzałam to bardzo jasno i uświadomiłam sobie, że muszę działać.

Sebastian? Czułam do niego wyłącznie nienawiść, ale mama go kochała. Oszczędzę go ze względu na nią. W każdym razie spróbuję. Nie mogłam niczego obiecać. Już nie. Co innego tamci. Muszą umrzeć.

Faye wyjęła telefon i zadzwoniła do swojego brytyj-skiego adwokata George'a Westwooda. Serce jej wa-liło, gdy słuchała sygnałów i czekała. Sporo ryzykuje. Yvonne obserwowała ją ze zmarszczonym czołem.

Adwokat odebrał po czwartym sygnale, Faye przywi-tała się krótko i przeszła do rzeczy.

– Chcę kupić dom w Grecji. Na wyspie. Jak w filmie *Mamma Mia*. Po dokonaniu kupna własność ma być od razu przepisana na moją przyjaciółkę.

Yvonne zrobiła wielkie oczy i aż otworzyła usta, ale zaraz je zamknęła. Faye zrozumiała, że już ją ma, i od-prężyła się.

– Chciałabym, żebyś załatwił to jak najszybciej, chodzi o moją bardzo bliską przyjaciółkę, George.

– *Of course.*

Yvonne zaczęła chodzić tam i z powrotem po pokoju. Wyglądało to, jakby przekonywała samą siebie, ale Faye dostrzegła jej spojrzenie i wyczuła zmianę nastroju, wie-działa, że już wygrała.

– I żebyś miał świadomość, jak bliska jest mi ta przy-jaciółka, proszę cię jeszcze o przelanie trzech milionów koron na konto przypisane do tej transakcji. Na nieprze-widziane wydatki.

Yvonne stanęła i wpatrzyła się w Faye. Wrogość w jej spojrzeniu zniknęła. Był tylko szok.

– Z konta na Kajmanach? – spytał George, który mimo dziwnego charakteru rozmowy był spokojny i pozbierany. Niemal ubawiony.

– Tak, tak będzie dobrze. Szczegóły podam ci później. Dziękuję, George. Odezwij się, kiedy sprawa będzie załatwiona.

Faye wstała i włożyła telefon do torebki.

– Próbujesz mnie przekupić? – odezwała się Yvonne.

– Nie, ja tylko kupiłam dom w Grecji dla kogoś, kto według mnie zasługuje na fajną przerwę w życiu. Przyjmij to jako podziękowanie za długą i wierną służbę ze strony wdzięcznej obywatelki.

Yvonne nie przestawała gapić się na nią. Faye się uśmiechnęła. Jeden kryzys zażegnany. Teraz trzeba się zająć kryzysem w Revenge.

Faye wróciła do domu, gdzie zastała czekającą na nią Kerstin. Wprawdzie każda miała klucze do mieszkania tej drugiej, ale nieczęsto z tego korzystały, chyba żeby czegoś dopilnować podczas wyjazdów którejś z nich.

Rozmawiała już z Davidem o tym, że wspólny dom będą dzielić tylko przez pół roku, a on nie potrafił zrozumieć, dlaczego Faye musi spędzać tak dużo czasu we Włoszech. Powiedziała mu to samo co mediom, że potrzebuje mieć drugą bazę, dom w kraju, gdzie nic jej nie przypomina o Julienne. Nie do końca uwierzył w to wyjaśnienie i próbował przekonywać, żeby stworzyła dom tutaj, w Szwecji, z nim i z nowymi wspomnieniami. Zdawała sobie sprawę, że w niezbyt odległej przyszłości będzie musiała powiedzieć mu całą prawdę. David na pewno zrozumie. Jednak wciąż zwlekała. Ufała mu, nie o to chodzi, ale bała się, jak on spojrzy na nią, kiedy dowie się, kim Faye jest naprawdę.

– Hej! Co ty tu robisz?

Kerstin otworzyła butelkę białego wina i wystawiła dwa kieliszki. Klepnęła miejsce na sofie obok siebie.

– Mam bilet na poranny lot do Mumbaju, ale wolałam się upewnić, czy go nie przebukować. Tyle się teraz dzieje, martwię się o ciebie. Mam poczucie, jakbym cię opuszczała w momencie, kiedy ci jestem najbardziej potrzebna.

Faye usiadła i podstawiła jej kieliszek. Wypiła łyk wina i wydała z siebie długie westchnienie.

– Rzeczywiście dużo się dzieje, ale nie na tyle, żebym nie dała rady. Zrobiłaś wszystko, co było możliwe, doprowadziłaś nas do tego punktu. Teraz kolej, żeby pałeczkę przejęły Ylva i Alice. Ylva będzie w czasie twojego wyjazdu do Indii czuwać nad akcjami. A David dodaje mi energii i sił. Staje się dla mnie coraz ważniejszy.

Kerstin zmarszczyła brwi.

– Rzeczywiście, w krótkim czasie bardzo się do siebie zbliżyliście. Co wiesz o nim tak naprawdę? Poza tym, co ustaliłam?

Faye położyła rękę na dłoni Kerstin.

– Wiem, że miałaś złe doświadczenia z mężczyznami. Czy też z jednym mężczyzną. I Bóg jeden wie, że ja też. Ale teraz wydaje mi się, że to jest to. Czuję się przy nim bezpiecznie.

– Mhm.

Kerstin sączyła wino z wyrazem lekkiego niedowierzania, unikając spojrzenia Faye.

Faye pokręciła głową i zmieniła temat. Najpierw rozmawiały o Julienne, potem opowiedziała jej o śliskim Jaime. Śmiały się niby jak zawsze, ale nie udało się wrócić tak do końca do nastroju pełnego zaufania.

Ylva i Faye siedziały w gabinecie Faye. Wielkie okna wychodziły na centrum miasta, prezentujące się w pełnej krasie. Niebo pokrywała cienka warstwa chmur, którą chwilami przecinały promienie słońca, zdradzające, które miejsca na szybach zostały pominięte przez czyściciela okien.

– Czujesz się bezpiecznie u Alice? – spytała Faye.

– Tak. I wydaje mi się, tak jak mówiłaś, że Alice cieszy się z mojego towarzystwa.

– To dobrze. Musimy trzymać się razem. Jack się odzywał?

Ylva drgnęła, jak zawsze, kiedy go ktoś wspomniał.

– Nie, w ogóle – odparła po chwili.

– Oby go wkrótce złapali.

Ylva kiwnęła głową. Odwróciła ekran laptopa tak, by Faye mogła obejrzeć zestawienie.

– Zrobiłam wszystko, co się da, żeby zastopować wykup akcji. Mimo to dużo osób wciąż sprzedaje. Jesteśmy bardzo blisko przejęcia. Chyba trzeba uruchomić operację Amsterdam.

Faye pokręciła głową, robiąc zatroskaną minę.

– Nie wiem, naprawdę nie wiem. Pierwszy raz od wielu lat odczuwam zniechęcenie. Myślałam, że to koniec walki, a ona wybuchła na nowo. Jak ta zabawa w Gröna Lund z figurkami, które wciąż wyskakują z nowych dziur. Zbiję jedną, a pojawia się nowa. Nie wiem, na jak długo mi wystarczy woli walki. Czy to w ogóle jest tego warte?

Odsunęła od siebie laptopa.

– Pieniądze mam, więc dam sobie radę. Mało powiedziane. Po prawdzie mogłabym do końca życia nie pracować i poświęcić więcej czasu na inne sprawy zamiast na biznes. Choćby na Davida. Kto wie, do czego nas to doprowadzi? A Amsterdam... Amsterdam to ryzyko. Ta bomba może nam wybuchnąć prosto w twarz.

Ylva spojrzała na nią i ściągnęła usta.

– Nie poznaję cię. Możemy jeszcze podziałać. Sama mogłabyś skupować akcje. Przecież masz kapitał. Możesz się bić. Wydaje się, jakbyś chciała się poddać, chociaż jeszcze jest czas. Nie znałam takiej Faye. Naprawdę pozwolisz Henrikowi wygrać? W najgorszym razie jesteśmy skrajnie blisko przejęcia.

Westchnęła.

– Oczywiście postąpię zgodnie z twoimi instrukcjami, bo ty jesteś szefem. Ale moim zdaniem będziesz żałowała, jeśli nie będziesz działać bardziej zdecydowanie.

Faye nie odpowiedziała. Wodziła palcem po stole. Zawibrowała jej komórka. Esemes od Davida. Nie mogła powstrzymać uśmiechu.

Ylva nachyliła się w jej stronę.

– Wyglądasz na szczęśliwą.

Faye przytaknęła.

– Chyba z żadnym facetem nie byłam tak szczęśliwa. Jestem zakochana i zachowuję się jak nastolatka. Oboje się tak zachowujemy.

– Fajnie. Zasługujesz na to jak mało kto. Mam nadzieję, że niedługo go poznam.

– Zorganizujemy to. On ma teraz sporo na głowie, chodzi o jego prawie już byłą żonę.

Faye zaczęła się wiercić. Poczuła się niezręcznie na myśl o swojej prośbie do Ylvy. Zwłaszcza po rozmowie, którą właśnie odbyły. Znała swoją eksrywalkę na tyle dobrze, by wiedzieć, że uzna za nieprofesjonalne priorytetowe traktowanie osoby bliskiej. Z drugiej strony firma należała do Faye. Ylva była tu tylko zatrudniona. Faye może robić, co chce. Mimo to coś ją uwierało.

Dopominać się o coś takiego to jakby się obnażyć, ujawnić jakieś pęknięcie. Spojrzała na biuro przez szklane drzwi. Podczas urządzania lokalu nalegała, żeby je zainstalować. Chodziło o to, żeby pracownice mogły ją widzieć, kiedy była na miejscu. W czasach, kiedy była dyrektorem zarządzającym, osobiście zatrudniła większość z nich. Zainwestowała w nie czas i pieniądze, chciała, żeby się rozwijały i chwyciły wiatr w żagle. Nie może ich zawieść.

Fuck it, pomyślała.

– À propos Davida, chce zostać jednym z naszych inwestorów – powiedziała możliwie obojętnie.

Ylva skinęła głową, zacisnęła wargi i nie patrzyła na Faye.

– Fajnie. – W jej głosie słychać było rezerwę.

– Chciałabym, żebyś przejrzała jak najprędzej jego ofertę i jego sytuację finansową.

– Mam go potraktować priorytetowo?

Faye przytaknęła.

– Okej. Nie ma problemu. Jak już powiedziałam, ty decydujesz.

Zapadło chwilowe milczenie. Faye odchyliła się na fotelu i spojrzała na Ylvę, która uparcie wpatrywała się w swojego laptopa.

Nabrała tchu.

– Myślisz, że przyjmę ofertę Davida niezależnie od tego, czy będzie dobra?

Ylva podniosła na nią wzrok.

– Nie, na to jesteś zbyt profesjonalna. Podziwiam cię i wierzę, że wiesz, co jest najlepsze dla firmy. Ja tu jestem od zaledwie kilku tygodni. Jakie znaczenie ma to, co ja uważam?

– Dla mnie ma.

Ylva westchnęła i zamknęła laptopa. Przesunęła dłonią po czole.

– Spotykacie się od jak dawna? Od miesiąca? Jesteś zakochana. Chcecie zamieszkać razem. No i dobrze. Ale przyjąć go do Revenge? Nie wiem, boję się, że to spowoduje problemy. Nie popełnij tego samego błędu, co kiedyś. W dodatku nie wydajesz się zainteresowana, żeby jeszcze było w co zainwestować. Czyli twoje pytanie jest dość retoryczne. Jutro być może już nie będziesz trzymać steru tej firmy.

Faye poczuła narastającą irytację.

– David ma być inwestorem pasywnym. Ma kupę pieniędzy i tak się składa, że wierzy, że Revenge zdobędzie Stany szturmem. On w i e r z y we mnie. I jest najwspanialszym facetem, jakiego znam. Kompletnie innym od reszty.

Ylva podniosła obie dłonie.

– Jak już mówiłam, zrobisz, co uważasz.

– Ale?

– Nic.

– Przecież widzę.

Faye była wściekła. Na siebie, że się uniosła i nie mogła się powstrzymać, prosząc Ylvę o zdanie. I na Ylvę, że się wtrąca, chociaż sama nalegała, żeby tamta wyraziła swój pogląd.

– Nie powiem, że znam Johannę Schiller – odezwała się Ylva. – Ale spotykałam ją na wielu przyjęciach. Wydaje się dość rozsądną osobą. Wcale nie szaloną i agresywną, jak ją przedstawiłaś. Może powinnaś poznać również jej zdanie, jako drugiej strony. Przynajmniej jeśli rzeczywiście chcecie z Davidem zamieszkać ze sobą.

Faye prychnęła i pokręciła głową. Nachyliła się do Ylvy, która patrzyła jej spokojnie w oczy.

– Ludzie się zmieniają. Dawno temu Jack też był dość rozsądnym człowiekiem. A jednak obie doświadczyłyśmy boleśnie, że się zmienił. Johanna Schiller próbuje na wszelkie sposoby zatrzymać przy sobie Davida. Używa do gry przeciwko niemu dzieci. Ni stąd, ni zowąd zmienia ustalenia i zabiera je za granicę. Odmawia podpisania papierów rozwodowych.

– Skąd wiesz?

– Skąd wiem... – Faye urwała.

Ylva, dla której tyle zrobiła, mimo wszystko, mimo zdrady, oskarża Davida o kłamstwo. Musiała odetchnąć głęboko, żeby się uspokoić i żeby głos jej nie drżał.

– Stąd, że mi powiedział. Bo widzę, jak go niszczy ta sytuacja. Ona próbuje go złamać, wykorzystując do tego dzieci.

Ylva rozłożyła ręce.

– Na pewno masz rację – odparła cicho.

Faye nie przestawała wpatrywać się w Ylvę, która wbiła wzrok w stół. Chciała dokończyć myśl, chociaż pożałowała swoich słów, zanim jeszcze je wypowiedziała.

– Sama coś o tym wiem. Faktem jest, że nie jest to zbyt odległe od twoich prób złamania mnie, kiedy chciałaś zostać najlepszą przyjaciółką Julienne. Bo tak było, prawda? Bawiłaś się w dom z Jackiem, podczas gdy ja wszystko straciłam. Po to, żeby mnie zniszczyć.

– To niesprawiedliwe, co mówisz – powiedziała cicho Ylva. – I wiesz o tym.

Faye aż się trzęsła.

– Zamknij się i rób, co do ciebie należy. I informuj mnie o wszelkich ruchach w udziałach.

Złapała torebkę i wstała tak gwałtownie, że przewróciła fotel na podłogę. Rzuciła Ylvie ostatnie lodowate spojrzenie, odwróciła się i wyszła. Trzasnąwszy drzwiami. Pracownicy podnieśli wzrok i zaraz spojrzeli z powrotem na ekrany swoich komputerów.

aye krążyła autem bez celu po bocznych drogach Lidingö. Za szybami przesuwały się malownicze osiedla willowe, tereny leśne i kawiarenki. Idealne. Uporządkowane i bezosobowe.

Nie mogłaby tak mieszkać.

Żałowała, że napadła na Ylvę. Przecież sama ją prosiła o zdanie. Wręcz się domagała. Stawiając ją w sytuacji bez wyjścia. Jednak Ylva posunęła się za daleko. Oskarżyła Davida, że kłamie. Po co miałby to robić? Przecież Faye widziała, jaki był zdruzgotany po każdej rozmowie z żoną, która robi wszystko, by go zniszczyć. Może popełniła błąd, zatrudniając Ylvę w Revenge? Czyżby się pomyliła w jej ocenie? A może Ylva jest zazdrosna? Może w rzeczywistości nadal zrzuca na Faye odpowiedzialność za własne porażki, za rozpad małżeństwa z Jackiem, za to, że musiała odejść z branży?

Faye wyciągnęła Ylvę z rynsztoka, mimo że po ranach, które jej tamta zadała, wciąż miała w duszy blizny biegnące wzdłuż i wszerz jak szwy w patchworku ze straconych marzeń. A teraz, kiedy Faye wreszcie zaczęła dochodzić do pełni zdrowia i znalazła miłość, Ylva jej tego zazdrości. Nie zdaje sobie sprawy, ile jej zawdzięcza. Dzięki Faye mieszka u Alice i ma dobrą pracę. I co najważniejsze: może być z córką. Nie to co Faye, która skręca się z tęsknoty za Julienne, bo jest daleko od niej.

Minęła centrum Lidingö, ledwo uniknęła rozjechania rudego kota, który przesadzał drogę. Sięgnęła po telefon i zadzwoniła do Davida. Musi usłyszeć jego głos. W słuchawce rozległo się kilka sygnałów, ale nie odebrał.

– Cholera jasna.

Przyspieszyła, jadąc zygzakiem między innymi samochodami. Na szybkościomierzu miała sto dwadzieścia. Szybkość upajała. Zamiast pojechać nowym tunelem do centrum, skręciła w stronę Gärdet. Wkrótce zdjęła nogę z gazu i powoli minęła miejsce, gdzie pierwszy raz, prawie dwadzieścia lat temu, pocałowała się z Jackiem. Krótki, szybki pocałunek. Potem on się odwrócił na pięcie i poszedł. Zostawił ją. Tamten pocałunek, tamta noc zmieniły jej życie. Dzięki temu miała Julienne.

Ścisnęło ją w gardle, łzy zapiekły pod powiekami.

– Weź się w garść – mruknęła.

Teraz pojechała w stronę Djurgården. Już była spokojniejsza.

Skręciła w wąską leśną drogę w pobliżu wieży telewizyjnej Kaknäs. Wyłączyła silnik. Przez chwilę rozkoszowała się ciszą. Potem sięgnęła po smartfona. Po chwili zastanowienia wymyśliła sobie imię i nazwisko, ukradła kilka zdjęć z facebookowego konta jakiejś Amerykanki i utworzyła fałszywy profil na Instagramie.

Z nowego konta zaczęła obserwować kilka przypadkowych osób, a potem do okienka „szukaj" wpisała Johannę Schiller. Profil zamknięty. 1489 obserwujących. Oby „Petra Karlsson" stała się numerem 1490.

Mijane wyspy i skałki wyglądały o zmierzchu jak mroczne bezkształtne cienie. Rejon Tjurpannan, czyli mokradła, skaliste wybrzeże i wrzosowiska. Zdradliwy, bo niczym nieosłonięty.

Marynarze od wieków obawiali się tego miejsca, szczególnie niebezpiecznego ze względu na zupełny brak osłony od strony morza.

Tomas wyszedł z kajuty i potarł zaspane oczy. Zamienił kilka słów z Rogerem, pewnie o mnie. Może się bali, że jednak po powrocie wszystko powiem. Sebastiana nie było. Gdyby postanowili mnie zepchnąć do morza, czyby się przeciwstawił? Nie, znałam mojego brata. Bał się bicia, respekt czuł tylko przed przemocą.

Ponton wisiał na rufie. Poszłam tam. Wiatr targał mi ubranie, przy łopatach wirnika w silniku kłębiły się bąble powietrza. Wyciągnięte wiosła leżały wzdłuż burt łodzi.

Roger z Tomasem przyglądali mi się podejrzliwie, kiedy tam poszłam i usiadłam z dala od nich.

– Uważaj – odezwał się Tomas. – Wieje dość mocno, a sama wiesz, co mówią o Tjurpannan.

– Nie wiem – odparłam, chociaż bardzo dobrze wiedziałam. Zdziwiłam się, że nagle się o mnie martwi.

– Jak człowiek raz wpadnie, to go nigdy nie znajdą. Wiesz, prądy podwodne.

Odwrócił się znów do Rogera, wziął od niego piwo i otworzył.

Powoli, niepostrzeżenie wyciągnęłam rękę w stronę jednego wiosła. Łodzią zarzuciło na fali i musiałam zaprzeć się o reling. Kilka sekund później podjęłam nową próbę.

W oddali płynął oświetlony statek towarowy, wyglądał jak leżący wieżowiec.

Wymacałam szorstką powierzchnię drewna, przyciągnęłam do siebie wiosło i położyłam ostrożnie u moich stóp, potem rzuciłam spojrzenie na Tomasa i Rogera, którzy studiowali mapę morską.

Kilka razy odetchnęłam głęboko. Spadły pierwsze krople deszczu. Zwilżyły mi czoło. Otworzyłam usta, wystawiłam język i zamknęłam oczy. Zbierałam siły.

Wstałam, trzymając się wciąż relingu. W następnej chwili nabrałam tlenu w płuca i wydałam z siebie taki wrzask jak nigdy. Możliwe, że znalazł w końcu ujście strach z tych paru dni, gdy byłam zamknięta w chacie. Tomas i Roger rzucili się w moją stronę.

Pokazałam palcem na wodę.

– Tam – wysapałam, nabrałam powietrza i znów wrzasnęłam.

Przecisnęli się koło mnie i wpatrzyli w morze, ja tymczasem zrobiłam krok w tył i złapałam wiosło. Podniosłam i zamachnęłam się. Wiedziałam, że muszę trafić w plecy obu jednocześnie. W tym momencie Tomas odwrócił się, ale nie zdążył zareagować. Wiosło walnęło ich na wysokości piersi i wyrzuciło nad relingiem. Usłyszałam krzyk i zaraz potem plusk.

Puściłam wiosło i rzuciłam się w przód, żeby patrzeć, jak giną.

Tomasowi udało się jakoś złapać relingu i trzymał się go kurczowo. Nasze spojrzenia się spotkały, miał strach w oczach. Patrzyłam na niego w milczeniu.

– Proszę cię, pomóż mi – krzyknął.

Knykcie mu zbielały od kurczowego trzymania się relingu. Spróbował złapać się również drugą ręką, żeby się podciągnąć. Wtedy nachyliłam się, otworzyłam usta i wgryzłam mu się w palce.

Zawył z bólu.

Nie puściłam, gryzłam aż do kości, w końcu puścił się i odpadł z krzykiem. Uderzył w powierzchnię wody, zniknął pod nią, a potem wszystko się uspokoiło.

David zadzwonił, kiedy Faye właśnie zaparkowała samochód w garażu i jechała windą na górę. Powiedział, że się spóźni. Komplikacje z żoną. Znowu. Domaga się od niego pieniędzy i grozi, że będzie wydzwaniać do jego kolegów ze świata finansów, żeby go przed nimi obsmarowywać.

– Parę dni temu chciała złożyć na policję doniesienie o przemocy. Wytrzymuję to tylko ze względu na córki. Marzę o tym, żeby to się skończyło, żebyśmy byli tylko we dwoje.

– Ja też.

W jego głosie brzmiała rezygnacja. Gdyby Ylva słyszała ich rozmowę, przemyślałaby swój pogląd nie raz i nie dwa.

Oczywiście, spotykała Johannę podczas przyjęć, gdzie ludzie prezentują się od najlepszej strony. Woleliby oddać nerkę, niż ujawnić pęknięcie w pięknej fasadzie. Człowiek jest zwierzęciem stadnym, dla którego największym koszmarem jest wykluczenie ze wspólnoty. To jasne, że taka Johanna Schiller może przez kilka godzin pokazywać swoje ludzkie oblicze. Zresztą kto mówi, że zawsze była taka, jak ją opisuje David. Ludzie, jak wiadomo, się zmieniają. Któż wie o tym lepiej niż ona.

Kiedy Jack ją rzucił, wpadła w spiralę szaleństwa i kompletnie zapomniała, kim jest. I dlaczego taka jest.

Pożegnała się z Davidem – obiecał, że będzie około dziewiątej wieczorem – akurat gdy winda dojechała na piętro. Otworzyła, spojrzała w prawo, w lewo, upewniając się, że nie czeka na nią Jack, i szybko otworzyła kluczem drzwi wejściowe, a potem kratę bezpieczeństwa.

Mieszkanie wydało jej się puste i ponure. Piękne, jednak nie był to dom, bo dom potrzebuje życia, innych ludzi, własnej historii.

Faye odstawiła walizkę, otworzyła drzwi na taras, żeby wpuścić świeże powietrze, i osunęła się na jedną z białych sof w salonie. Zatęskniła za Julienne i za mamą. Wyjęła skoroszyt z dokumentami dotyczącymi Revenge, powinna zatwierdzić rysunki produktów, które miały być sprzedawane w Stanach, ale tylko przejrzała je bez entuzjazmu. Westchnęła i odłożyła je na stolik przed kanapą.

Nie miała siły. Nie dziś. Po co marnować na to czas, jeśli i tak ma stracić firmę?

Sięgnęła po telefon. Napisała esemesa do Alice.

Muszę dziś wyjść z domu. Spotkajmy się przy Strandbryggan, a ja dopilnuję, żeby David do nas dołączył.

Przy Strandbryggan zabawa trwała w najlepsze. Didżej grał Avicii, od nabrzeża odbijał właśnie jacht z logo restauracji, a na jego pokładzie podskakiwała grupka radosnych dwudziestolatków.

– Czuję się przy nich stara – mruknęła Faye, stając w kolejce do restauracji.

– A ja nie. Wręcz przeciwnie. Zasysam ich młodość – odparła Alice. – Nawiasem mówiąc, spotykamy się po raz pierwszy, odkąd postanowiliście z Davidem zamieszkać razem. Moje gratulacje.

Uściskały się, Faye poczuła od przyjaciółki ciepły zapach wanilii.

Alice wyglądała piękniej niż kiedykolwiek. Ubrana w krótką białą sukienkę i pantofle na wysokich obcasach, przyciągała spojrzenia młodych facetów. Faye nie mogła powstrzymać uśmiechu. Jeszcze parę lat temu czułaby się poirytowana i zazdrosna.

Alice uśmiechnęła się do dwóch facetów z tatuażami na twarzy. Jej wyjątkowość polegała na tym, że wszędzie była na swoim miejscu. Olśniewała mężczyzn, i to z najróżniejszych klas społecznych, środowisk i w każdym wieku.

Zatrudnienie jej w Revenge było genialnym posunięciem, pomyślała Faye.

Kierownik sali, młody, o brązowych lśniących włosach, ubrany w białą koszulkę polo i szorty, spojrzał na Faye jak na znajomą klientkę.

– Właściwie mamy dziś komplet, ale czego się nie robi dla tak wyjątkowych piękności – powiedział, prowadząc je do stolika.

Alice zachichotała radośnie, a Faye przewróciła oczami.

– Bubek – mruknęła.

Tymczasem bubek zatrzymał się przy stoliku, podsunął im krzesła, a potem kiwnął na kelnera.

– Podaj paniom coś do picia, kiedy będą się zastanawiały, co zamówić do jedzenia.

Już po chwili otrzymały po kieliszku bąbelków.

– Jak się udał wyjazd do Madrytu? – spytała Alice.

Faye się uśmiechnęła.

– Czyli aż tak? – Alice podniosła swój kieliszek.

Stuknęły się głośno i wykrzyknęły jednocześnie afektowanym głosem:

– Prostactwo!

Zaśmiały się i wypiły kilka dużych łyków.

– Gdzie David? – spytała Alice. – Chciałabym go poznać, spytać, jak mu się udało doprowadzić cię do upadku.

– Przyjdzie trochę później. Wtedy go poznasz.

– Nareszcie.

Irytacja, którą Faye czuła zaledwie godzinę, dwie wcześniej, ustąpiła w towarzystwie Alice. Życie znów wydawało się proste. Fajne. Ciekawe.

Zamówiły krewetki zapiekane pod parmezanem, do tego chleb na zakwasie i butelkę białego wina. Mogły się już rozsiąść wygodnie. Obok przepłynął powoli stateczek wiozący turystów, którzy patrzyli na nie wielkimi oczami, fale zabujały przyjemnie pomostem, na którym siedziały.

Wcześniejsze myśli o Davidzie i Johannie odpłynęły. Alice opowiedziała jej, że Henrik rozpoczął ofensywę, żeby ją odzyskać. Obiecał, że się zmieni, pójdzie na terapię dla par i będzie mniej pracował.

Wyrecytowała te obietnice, kręcąc przy tym głową z irytacją.

– I co z tym zrobisz? – spytała Faye.

– Nic. Kobieta potrafi dużo wytrzymać, ale jej wyrozumiałość się kiedyś kończy. Zresztą życie jest teraz fajniejsze. Uwielbiałam być mamą i zajmować się domem, dziećmi, bo to przyjemne i bezpieczne życie. Ale już nigdy nie chcę być zależna od żadnego mężczyzny. Nie chcę być statystką we własnym życiu. I nie będę akceptować kombinacji: mały siurek, kiepska technika.

Faye parsknęła śmiechem.

– Alice, muszę cię spytać...

– Zaczekaj chwilę – przerwała jej Alice, unosząc palec. – Muszę iść do ubikacji. Alkohol wprost przelatuje przeze mnie.

Odsunęła krzesło i wstała.

Faye obejrzała się, w tym momencie usłyszała sygnał esemesa z torebki. Zawiadomienie z Instagrama. Johanna Schiller przyjęła ją do grona obserwujących. Już miała wejść na jej profil, kiedy zobaczyła Davida, który stał na pomoście i rozglądał się za nią. Ponownie schowała telefon, uniosła się lekko na krześle i pomachała mu.

David pocałował Faye i usiadł obok niej. Kiedy po chwili wróciła Alice, ona i David prawie od razu nawiązali nić porozumienia. Faye odnotowała, że Alice zrobiła na nim wrażenie, jak na wszystkich mężczyznach.

Alice odrzuciła głowę do tyłu i roześmiała się, kiedy coś powiedział. David, gestykulując, nachylił się nad stołem, wtedy zaśmiała się jeszcze bardziej.

Widać było, że jest między nimi chemia. Może zbyt silna? Faye poczuła dłoń Davida na swoim udzie, słyszała ich śmiechy jak przez mgłę. Jak dobrze zna Davida? Czy powinna podejść poważniej do tego, co mówiła Ylva? Spotkać się z jego żoną, wysłuchać, co ma do powiedzenia?

– Faye?

Rozmowa umilkła. Faye spojrzała na nich zdezorientowana.

– Co ty na to? Czy to nie byłoby wspaniałe?

Alice aż promieniała.

– Przepraszam, musiałam za dużo wypić. Co ja na co?

David patrzył z troską.

– Na pewno wszystko w porządku?

Zbagatelizowała jego niepokój.

– Trochę mi się kręci w głowie. Przez to wino. Sama jestem sobie winna.

Położyła dłoń na jego ręce i w poczuciu, że tak trzeba, włączyła się do rozmowy, chociaż myślami była gdzie indziej.

To, że się jest z kimś, nie oznacza, że nie mogą nam się podobać inni. To jasne, że David uznał Alice za atrakcyjną. Przecież nie zamienił się w aseksualnego robota tylko dlatego, że postanowili zamieszkać razem. Tak jak ona mógł uważać inne osoby za seksowne, fantazjować o nich i nawet się podniecić, spojrzeć na jakąś kobietę i jej pożądać.

To całkiem naturalne. Niezależnie od tego, co się często sądzi. Bo świadomość, że partner jest atrakcyjny, sprawia, że się staramy, inwestujemy w związek i w siebie. Gdyby nie bała się stracić Davida, czy byłby dla niej równie pociągający jak teraz? Tak mniej więcej przedstawia się ludzki pęd do poszukiwania partnera. I dlatego niektóre osoby uchodzą za bardziej atrakcyjne od innych.

Czy pragnęłaby Davida, gdyby wiedziała, że jest jedyną kobietą, którą on może mieć?

Czy przypadkiem nie było tak, że właśnie ta świadomość – że Faye nie ma innych możliwości – sprawiła, że Jack ją zdradzał? Nie miała wtedy gdzie się podziać. Nie potrafiła się zdobyć na to, żeby go zostawić. Utkwiła w swojej klatce. Finansowo. Emocjonalnie. Jack był dla niej bogiem. Ale ona była dla niego zabawką, której – wiedział to – nikt nie może mu zabrać.

Zabroń komuś, stłam jego myśli, a rozlegną się tym głośniejszym echem, będą się tłukły coraz mocniej, by się wydostać na powierzchnię. Przejść od zamysłu do urzeczywistnienia. Jeśli David teraz fantazjuje o pójściu do łóżka z Alice, czy jest to takie niebezpieczne? Po co ma się zastanawiać? Dlaczego miałaby im nie powiedzieć: słuchajcie, idźcie sobie we dwoje do domu, do zobaczenia jutro.

W teorii mogłoby to zadziałać. Faye uważała, że w ciągu dwóch ostatnich lat dowiedziała się na temat uczuć i seksu dostatecznie wiele, aby nie być zazdrosna. By zrozumieć, że rżnięcie to rżnięcie i tyle. Kiedy to pomyślała, zdała sobie sprawę, że chce być z nimi.

I jeszcze, że ona też pożąda Alice.

Nie jako partnerki, z którą by dzieliła życie, ale na tę chwilę. Pragnęła Alice, jej ciała i jej duszy. Chciała przejrzeć się w jej pięknie. Bo Alice była atrakcyjna, bo była boginią.

Niezdobytą.

Zerknęła na Alice. Potem na Davida.

Ścisnęła mocniej jego rękę.

Poczuła, jak ta myśl zakorzenia się w niej, jak łechce i rośnie coraz mocniej.

– Nie jest tu trochę za głośno? – odezwała się. – Może byśmy pojechali do domu?

rwa w kominku żarzyły się na pomarańczowo i czerwono, Alice i Faye wyglądały na tle białych ścian jak tańczące cienie. Drzwi na taras były otwarte, piosenka *Dancing Queen* Abby wylewała się na zewnątrz, zaślubiając jasną letnią noc.

Wyciągnęły ręce do góry, zacisnęły pięści udające mikrofon i wywrzeszczały refren.

David siedział na fotelu z koszulą rozpiętą pod szyją i popijał whisky. Oczy miał mętne, pijane, na ustach uśmiech. Faye kochała ten uśmiech, pobudzał ją, podniecał.

– Zatańcz z nami – zawołała, machając ręką.

Kiedy wstał i ruszył do nich, poczuła swoją władzę, bo uczestniczył w tym na ich warunkach, jej i Alice. To one poprosiły go do tańca, nie odwrotnie. One podawały takt i rytm. One prowadziły w tym tańcu.

Faye uzmysłowiła sobie, że nigdy nie widziała go tańczącego, tymczasem David wyluzował, zrobił kilka kroków w bok i dołączył do nich.

– Nie byłem tak pijany od mojego balu maturalnego – powiedział.

– Ja też nie. I na pewno tyle nie tańczyłam – zawołała Alice.

Kombinacja tańca i alkoholu sprawiła, że z Faye zeszło całe napięcie i niepokój. Wszystko, co ważne, było tu i teraz, w tym pokoju. Dwoje ludzi, którzy dużo dla niej znaczyli, i jasna letnia noc sztokholmska.

Reszta mogła zaczekać. Świat mógł zaczekać.

Piosenka Abby wybrzmiała, zastąpiła ją *Fireworks* duetu First Aid Kid.

Faye i Alice wygięły się do tyłu, wyciągnęły ramiona w górę i dołączyły do śpiewu.

Jasne włosy Alice były rozpuszczone, jej ciało poruszało się rytmicznie, zmysłowo, ale bez wdzięczenia się, chociaż na pewno miała świadomość, że jest piękna. Po chwili Faye przyciągnęła ją do siebie i zaczęła całować.

Jej wargi były miękkie i wilgotne. Język miał smak mięty i alkoholu. Przylgnęły do siebie, a kiedy Alice złapała ją zębami za dolną wargę, Faye poczuła, jakby przeszedł ją prąd.

Odwróciła głowę. David wrócił na fotel i obserwował je jak zaczarowany. Przez materiał sukienki czuła twarde sutki Alice na swoich. Obejmowały się i patrzyły na niego zaczepnie.

Domyśliła się, że Alice też tego chce. W ich pocałunkach, których figlarny charakter przeszedł w namiętny, było coś, czego nie dało się interpretować inaczej, jak tylko w jeden sposób.

Obie ruszyły w jego stronę i zatrzymały się tuż przed nim. Faye stanęła za Alice, delikatnie ściągnęła ramiączka sukienki, która zsunęła się na podłogę, układając się w kupkę. Alice stała teraz naga między nimi. David otworzył usta, ale się nie poruszył. Siedział, trzymając szklankę z whisky na udzie, wzrok miał utkwiony w Alice.

– Podoba ci się? – spytała Faye, pieszcząc sutki Alice.

Alice wydała jęk, odchylając głowę w stronę ramienia Faye, której ręce powędrowały powoli w dół, między nogi Alice. Odnalazły wilgoć i pieściły tak, jak sama lubiła się pieścić.

– Podoba ci się? – powtórzyła.

Alice zaczęła dyszeć, zwilgotniała jeszcze bardziej pod palcami Faye.

David skinął głową. Rozpiął spodnie, wyjął fiuta i zaczął przesuwać dłonią w górę i w dół.

Alice podeszła do Davida, usiadła na nim okrakiem i ocierała kroczem po jego udzie tam i z powrotem w takt muzyki. Nie zwracała uwagi na jego fiuta i odpychała jego ręce. Potem zaczęła się o niego ocierać, ale nie wkładając go sobie. Faye obeszła fotel od tyłu i rozpięła Davidowi koszulę. Krążyła palcami wokół jego sutków i szczypała je delikatnie. Potem zaczęła pieścić sutki Alice. Nachyliła się nad Davidem, usta jej i Alice spotkały się mokrymi językami, podczas gdy Alice nadal poruszała się w górę i w dół, trąc o jego penisa.

David siedział jak sparaliżowany, znajdował się w ich władzy.

– Dotknij jej – szepnęła Faye, chwyciła jego rękę i położyła na piersi Alice.

Faye wstała i rozebrała się, przyciągnęła Alice, pocałowała ją i skierowała jej głowę między swoje nogi. Jęknęła i zaparła się o ścianę.

David spojrzał na nią pytająco, kiwnęła głową. Zerwał z siebie ubranie i stanął obok niej, przed Alice. Faye skinęła w odpowiedzi na niezadane pytanie Alice. Nie była zazdrosna. Dzieliła się. Davidem. I Alice. Właśnie tu i teraz nikt nie posiadał nikogo na własność.

Alice klęczała, zaspokajała to Faye, to Davida. Ich spojrzenia spotkały się, Faye uśmiechnęła się lekko, przygryzła wargę i chwyciła mocniej za włosy Alice.

– Teraz nasza kolej. Możesz popatrzeć. Chodź.

Faye wzięła za rękę Alice i pociągnęła ją na sofę. Alice położyła się na wznak, Faye na niej w drugą stronę, mając język Alice między nogami. I zaczęła pieścić Alice swoim językiem. Kątem oka widziała siedzącego obok Davida, jego dłoń poruszała się powoli w górę i w dół.

Pociemniało jej w oczach z rozkoszy. Kiedy poczuła falę orgazmu, pozwoliła mu eksplodować i krzyknęła głośno. Przestała pieścić Alice, przetoczyła się na bok na sofie i spojrzała zaczepnie na Davida.

– Chcę patrzeć na ciebie z nią – powiedziała.

Alice uklękła i wypięła się do Davida, który od razu w nią wszedł. Faye czuła falę coraz większego podniecenia, gdy David szturchał coraz mocniej. Zaczęła pieścić łechtaczkę Alice, jednocześnie czuła uderzenia jego fiuta o dłoń. Drugą ręką pieściła jego ciężką i ciepłą mosznę.

– Podoba ci się to? – spytała ochryple, chociaż widziała odpowiedź na jego twarzy.

Po chwili Faye już nie mogła wytrzymać, pragnęła go, całe jej podbrzusze tęskniło za wilgocią i ciepłem. Uklękła obok Alice, przyjmując tę samą pozycję, i zastąpiła ją. Stan upojenia sprawił, że widziała wszystko jak przez mgłę: światła, ich nagie ciała, płonący ogień.

Głosy i jęki.

Wszystko to odbierała jak sen.

W głowie jej się kręciło.

Wargi Alice przy jej sztywnych sutkach. Palce Alice, które pieściły ją, podczas gdy David szturchał ją do momentu rozkosznego bólu, przenikającego całe ciało aż po wszystkie zakończenia nerwowe.

Faye mówiła słowa, których nigdy dotąd nie wypowiedziała, myślała rzeczy nigdy dotąd niepomyślane.

Już po wszystkim wyciągnęli się na sofie wszyscy troje. Śmiali się i sapali. Obolali, spoceni, lepcy, ich ciała wciąż odczuwały pożądanie, gotowe na więcej.

W niektórych chwilach zapomina się, że jest się człowiekiem, i to jest sama esencja życia, pomyślała Faye, zamykając oczy. A potem poczuła przesuwające się po jej ciele wargi Alice. Kochała Alice. Kochała Davida.

Ciała Tomasa i Rogera zostały pochłonięte przez spienione fale. Dopiero co istnieli, a już byli tylko wspomnieniem i pożywieniem dla ryb. Prądy morskie w tym miejscu były dzikie i nieprzewidywalne – oby ich nigdy nie znaleźli.

Chwyciłam za ster, trzymając ten sam kurs co przedtem Roger.

Sebastian wyszedł z kajuty, gdzie odsypiał pijaństwo. Rozejrzał się nieprzytomnym wzrokiem.

– A gdzie Roger i Tomas? – odezwał się ze zdziwieniem.

Podszedł bliżej, mrużąc oczy.

– Co się stało? – spytał. – Masz krew wokół ust.

Świadomie odpuściłam sobie mycie, chciałam zastraszyć Sebastiana, żeby milczał.

Zawołał Tomasa i Rogera. Patrzyłam na niego obojętnie.

– Wpadli do wody – odparłam cicho.

– Coś ty powiedziała?

Utkwiłam w nim wzrok, musiał dostrzec we mnie coś nowego i przerażającego, bo drgnął.

– Walnęłam ich wiosłem, więc wpadli do wody – powiedziałam i skinęłam głową, wskazując wiosło, które leżało w miejscu, gdzie ich zaatakowałam. – Roger od razu, ale Tomas złapał się łodzi, więc go tak ugryzłam, że puścił. Dlatego mam krew wokół ust.

Sebastian wybałuszył oczy i zrobił krok w moją stronę.

– Oboje wiemy, że kiedy jesteś sam, nie ośmielisz się zrobić mi cokolwiek – stwierdziłam spokojnie. – To już przeszłość.

Zatrzymał się w odległości pół metra ode mnie. Oblizałam usta, poczułam metaliczny smak krwi Tomasa.

– Słuchaj, jeśli mnie jeszcze kiedykolwiek dotkniesz, to cię zabiję, rozumiesz? Nie będziesz więcej robił ze mną, co ci się podoba. A jeśli kiedykolwiek zdradzisz, co tu się stało, powiem, że to ty ich zepchnąłeś do morza, i dodam swoje. Mam dowody, że mnie gwałciłeś.

To ostatnie było kłamstwem.

Sebastian mruknął coś.

– Żyjesz tylko dlatego, że mama cię kocha.

Zastanawiałam się, czy czuję coś po tym, co zrobiłam. Zabiłam dwie osoby. Jednak z zadowoleniem stwierdziłam tylko, że zrobiłam jedynie to, co musiałam. Żeby przeżyć. Może właśnie w tym momencie dorosłam?

Sebastian gapił się wciąż na mnie, ale wyraźna dotąd wściekłość znikła. Wydawał się zrezygnowany. Pokonany.

– A teraz ci powiem, co masz mówić, kiedy dopłyniemy na miejsce – odezwałam się. – Masz mówić, że wpadli do wody. Że zawróciliśmy, żeby ich szukać, ale była za wysoka fala. Rozumiesz? Masz to powtarzać za każdym razem, kiedy cię spytają, aż do końca życia.

Wszystko w porządku, kochanie? Żadnego żalu po wczorajszym?

David głaskał palcami jej rękę i patrzył badawczo. Faye doceniła jego troskliwość. Byłoby dziwne, gdyby jej nie okazał. Ale szczerze odpowiedziała:

– Żadnego. Spotkało się troje dorosłych ludzi o wolnej woli, kocham zarówno ciebie, jak i Alice. No, z pewną różnicą... – Zaśmiała się. – Jednak. Było fajnie. Była w tym miłość. I wzajemny szacunek.

– Jesteś cudowna – powiedział David. Widziała po jego spojrzeniu, że naprawdę tak uważa.

– E, tak tylko mówisz – odparła, ewidentnie prosząc o więcej.

– Przecież wiesz, że dla mnie jesteś najpiękniejszą kobietą na świecie. A może powinienem ci to okazać jeszcze wyraźniej?

– Chyba powinieneś – powiedziała, nachylając się i całując go.

David miał w sobie coś takiego, że łaknęła jego komplementów. Było cudownie, kiedy ją zasypywał czułymi słówkami. I pocałunkami. Nie odczuwała żadnej niepewności po tej nocy, David kochał się z nimi obiema, ale Faye czuła cały czas jego miłość.

– Wiesz... – zawahał się. – Mieliśmy zjeść razem lunch, ale muszę polecieć na jeden dzień do Frankfurtu. W nudnych biznesowych sprawach. Wolałbym się spotkać z tobą, ale... muszę też pracować.

– Oczywiście. – Faye pogładziła go po ręce. – Kto jak kto, ale ja akurat świetnie to rozumiem. Też będę musiała wyjeżdżać, więc byłoby dziwne, gdybym nie rozumiała, że ty musisz.

– Na pewno? – spytał, zerkając na nią. Faye kochała go za tę delikatność. W młodości wierzyła naiwnie, że Jack jest jej wymarzonym mężczyzną. Z Davidem było inaczej. Przede wszystkim jednak nie był Jackiem.

Ucałował jej rękę.

– Nie ma takiej drugiej jak ty, wiesz? Wieczorem, jak już wrócę, zabiorę cię na kolację. Do Frantzéna, okej?

Przytaknęła, pocałował ją tak, że jej dech zaparło. Boże, jakże ona kocha tego mężczyznę.

Wchodząc do sypialni, Faye mocniej potarła włosy ręcznikiem. Zaciągnęła pasek szlafroka. Skoro dziś nie będzie miłego lunchu z Davidem, pozwoli sobie cieszyć się porankiem.

W tym momencie rozświetlił się jej telefon leżący na łóżku. Esemes od Ylvy. Otworzyła go.

Przyjdź do biura. Jest Henrik. Odkupił wiele akcji, o czym poinformował dopiero teraz. Ma większość.

Faye zachwiała się, o mało nie wypuściła komórki z ręki. To nie może być prawda. Jak, do diabła, mogło do tego dojść?

Ubrała się prędko, umalowała jeszcze prędzej i rzuciła się do taksówki. Kiedy zjawiła się w biurze, nikt nie miał odwagi patrzeć jej w oczy. Alice spotkała ją w recepcji, sytuacja była poważna, wymieniły jedynie szybkie uśmiechy.

– On jest w twoim gabinecie – powiedziała Alice. – Nie pójdę tam z tobą. Z oczywistych względów. Ale Ylva jest na górze. Przed gabinetem. Czeka na ciebie.

Faye kiwnęła głową, mocno chwyciła swoją torebkę Chanel i nabrała głęboko powietrza w płuca, zanim wjechała windą na ostatnie piętro. Ylva czekała na nią przed drzwiami windy.

– Niezły ma tupet, żeby przyjść natychmiast po uzyskaniu większości – odezwała się Faye. – W głowie się nie mieści.

– Nie pokazuj nic po sobie – powiedziała Ylva. – Spróbuję ratować, co się da. I pamiętaj: mamy jeszcze plan B.

– Okej – odparła Faye, zaciskając zęby, i poklepała ją po ramieniu.

Ylva kiwnęła głową, jakby chciała podtrzymać ją na duchu, a potem poszła do swojego pokoju. Faye kątem oka zobaczyła jeszcze, jak zabiera się do sterty papierów leżących na jej biurku.

Powoli, niespiesznie, noga za nogą Faye poszła do swojego gabinetu znajdującego się w najbardziej oddalonym kącie biura. Widziała Henrika przez szybę, widziała też, że i on ją widzi. Z wysoko uniesioną głową zmusiła się do spokojnego oddechu. Nie da się wytrącić z równowagi. Nie stać jej teraz na emocje, chociaż najchętniej by podeszła i zmazała jego pełen samozadowolenia uśmieszek jednym grzmotnięciem ciężką skórzaną torebką. Z nitami.

Zamiast tego weszła spokojna i opanowana do swojego dużego gabinetu.

– Cześć, Henrik – odezwała się i skinęła głową. – Chyba czujesz się już u siebie.

Nie odpowiedział skinieniem, ale uśmiechnął się szeroko.

– W pierwszej kolejności wywalę całe to umeblowanie. Boże, kto ci to urządzał? Biała Czarownica z Narnii? Biel, biel i jeszcze raz biel. Sterylna i zimna. Zupełnie jak ty.

Faye usiadła na jednym z krzeseł dla gości, torebkę powiesiła na oparciu, wygładziła jedwabną spódnicę z Dolce&Gabbana i splotła ręce na kolanach.

– Cóż, muszę przyznać, że nie ma tu tego ciepła, które ty preferujesz. Co by to było? Barek w rogu? Proporczyki klubów piłkarskich na ścianach i wielki łeb łosia, co to niby sam go upolowałeś, a w rzeczywistości kupiłeś na aukcji w Bukowskis? Wiesz, trudno będzie go tu umieścić, zważywszy na to, że wszystkie ściany są szklane, ale może udałoby się go przymocować za pomocą wielgachnej przyssawki?

Uśmiechnęła się szeroko, widząc, że udało jej się rozwścieczyć Henrika. W ciągu zaledwie dwóch lat, odkąd go widziała ostatnio, nasada jego włosów mocno się cofnęła.

– Wiesz, to światło padające pod tym kątem nie jest dla ciebie zbyt korzystne. Ale znam wielu facetów, którzy są bardzo zadowoleni z usług kliniki Poseidon. Golą im włosy, wybierają fragment skóry na karku, pobierają stamtąd mieszki włosowe i wszczepiają w przerzedzonych miejscach. Mają naprawdę dobre wyniki.

Tu podniosła oba kciuki. Henrik musiał chwycić się blatu biurka. Przez moment wyglądał, jakby miał wybuchnąć.

Faye siedziała w miejscu, z którego nie widziała biura za jej plecami, ale domyślała się, że pracownicy raczej udają pracę, w rzeczywistości zaś próbują zgadnąć, co się dzieje w jej gabinecie. Wkrótce ten gabinet będzie jego, pomyślała i zrobiło jej się niedobrze.

– Wiem, o co ci chodzi – odezwał się Henrik z grymasem na twarzy. – Chcesz mnie doprowadzić do szału, tak jak robiłaś z Jackiem. Zniszczyłaś mu życie, Faye. Wszystko mu odebrałaś. Owszem, słyszałem twoje kłamstwa na jego temat i nie wierzę w ani jedno słowo. Jack nie był taki. Jack był... wiem, że kłamiesz.

Syczał przez zęby, Faye przełknęła ślinę. Musiała się powstrzymywać, żeby nie odpowiedzieć gorzko, że Henrik nie ma pojęcia, do czego Jack był zdolny albo niezdolny. Zwłaszcza jeśli chodzi o to, co zrobił własnej córce. Jednak wiedziała, że to na nic, Henrik nie po to przyszedł, żeby jej słuchać.

– Nie tylko Jackowi, mnie też zabrałaś wszystko.

– Jakoś nieźle sobie poradziłeś – zauważyła kwaśno, patrząc na jego szyty na zamówienie garnitur od Armaniego i zegarek Patek Philippe Nautilus.

– Ale nie dzięki tobie – odparł.

Wzruszyła ramionami.

– Zawsze lubiłeś robić z siebie ofiarę. Już w czasach studiów na Handels. I zawsze zrzucałeś winę na kogoś innego.

– Naprawdę sądzisz, że możesz się odnosić do mnie w ten sposób, Faye?

– A jakie to ma znaczenie? Czy moje podejście do ciebie zmieni cokolwiek?

Uśmiechnął się, rozparł w fotelu i oparł nogi na biurku. Spojrzał na nią z rozbawieniem.

– Nie, właściwie to ani trochę. Robię to, co sobie zamierzyłem. Zrobiłem to. Mam większość udziałów i zaproponuję jak najszybsze powołanie nowego zarządu – bez ciebie.

Faye rozłożyła ręce.

– Gratuluję. Wkrótce będziesz miał Revenge. Przejmij ten gabinet, jest twój. Ale czy masz wizję? Wiesz, jak się prowadzi taką firmę?

Henrik poprawił się na fotelu.

– Faye, twoim problemem jest to, że jesteś jak pusta skorupa. Sama skorupa, a w środku nic wartościowego. Jack wiedział o tym. Ja wiedziałem. A przy bliższym poznaniu każdy zauważy. Potrafisz nabierać ludzi, ale na krótko, bo prędzej czy później zdają sobie sprawę, kim jesteś. Nikt nie może cię pokochać.

Zarechotał. Oczy mu błyszczały, a Faye znów wyobraziła sobie, jak nity na jej torebce rozrywają jego zaczerwienioną twarz.

Ale zamiast tego podniosła się powoli i przysiadła na brzegu biurka. Widziała, że zrobiło mu się nieprzyjemnie, cofnął się kilka centymetrów razem z fotelem.

– Domyślam się, skąd się u ciebie bierze ta potrzeba podkreślania własnej ważności. Alice mi mówiła. Ale wiesz, to też da się zoperować. A w każdym razie dodać centymetr, dwa. Może powinieneś to rozważyć. Bo mojej firmy nigdy nie użyjesz jako przedłużacza do penisa...

Uśmiechnęła się złośliwie, wstała, zabrała torebkę i majestatycznym krokiem wyszła ze swojego dawnego gabinetu.

Usłyszała za sobą huk. Henrik cisnął czymś o szklaną ścianę. Uśmiechnęła się. Jeden do zera dla niej. Nie straciła równowagi, a on tak. Oby tylko zwycięstwo nie okazało się pyrrusowe.

Upał nie zelżał. Faye opuściła biuro na Birger Jarls-gatan i poszła w stronę Stureplan, żeby zjeść lunch w samotności. Potrzebowała zebrać myśli, uporząd-kować je po tym, co się stało. Revenge było stracone, oby tymczasowo, Ylva najwyraźniej wiąże wszystkie swoje nadzieje z planem B.

Faye nie potrafiła myśleć, siedząc, z widokiem na pustą ścianę. Potrzebowała podniety z zewnątrz, chciała patrzeć na ludzi, słyszeć ich.

Sezon turystyczny rozkręcił się na dobre. Gromadki azjatyckich turystów wędrowały po śródmieściu. Poza-zdrościła im. Sztokholm był piękny, kochała to miasto, ale nie umiała się nim cieszyć tak jak zaraz po przyjeździe z Fjällbacki. Oczy się przyzwyczaiły, już tak nie reagowały na piękno.

Doszła do Stureplan i przystanęła pod Svampen*, za-stanawiając się, dokąd pójść.

W ogródku restauracji Sturehof było pełno, w zasadzie nie miała nic przeciwko temu, żeby usiąść w środku, ale wolała nie natknąć się na żadnych znajomych. Nie teraz,

---

* Svampen – zadaszenie w kształcie grzyba na środku placu Stu-replan.

kiedy wiadomość o utracie Revenge na pewno rozchodziła się lotem błyskawicy. Poszła dalej w stronę Strandvägen, mijała luksusowe sklepy, nie patrząc na wystawy, i w pewnym momencie poczuła, że spacer pobudził mózg. Wody Nybroviken lśniły w słońcu. Na nabrzeżach było mnóstwo ludzi. Zatrzymała się przy przejściu przez ulicę.

Miała pustkę w środku. Minęła jej euforia, którą poczuła, kiedy z Henrika spadła maska. Teraz nie było w niej żadnej emocji. Szukała w sobie złości. Mrocznej furii. Mętnej wody. A znajdowała samą pustkę. Zdumiało ją to. Zaskoczyło. Umiała posługiwać się własną furią, ale nie wiedziała, jak posłużyć się pustką.

Faye była przyzwyczajona do walki. Walczyła od dzieciństwa. Przekroczyła wszystkie granice wyznaczone przez ludzi, wymiar sprawiedliwości i logikę. Prawo i moralność. Złamała je i nawet nie mrugnęła. A teraz czuła się zagubiona. Nie poznawała samej siebie, nie wiedziała co zrobić z taką Faye, która nie płonie.

W kieszeni zabrzęczał telefon, pewnie Ylva. Nie czuła się jeszcze na siłach, żeby rozmawiać. Gryzło ją coś, co powiedział Henrik, chociaż sama nie wiedziała, co to było. Leżało sobie gdzieś poza zasięgiem, w mętnej wodzie. Coś, na co powinna była zwrócić uwagę.

Światło zmieniło się na zielone. Przechodząc przez jezdnię, rzuciła spojrzenie na stojące samochody. Taksówka. Przez boczne okno za kierowcą ujrzała dwie znajome twarze. David i Johanna. Odwróciła wzrok i pospiesznie weszła na chodnik po drugiej stronie ulicy, gdzie przystanęła. Zapaliło się zielone światło dla samochodów i taksówka odjechała. Serce waliło jej w piersi.

Widział ją?

Przed wyjściem z biura wysłała mu esemesa z pytaniem, czy mógłby wrócić wcześniej ze swojego wyjazdu służbowego. Chciała mu opowiedzieć o przejęciu firmy, o Henriku, prosić go o radę, co powinna teraz zrobić. Pragnęła oprzeć się na nim, położyć mu głowę na ramieniu i usłyszeć od niego jakieś uspokajające słowa.

Odpowiedział jej, że niestety nie może, że musi dokończyć kilka spraw, że spotkają się po jego powrocie późnym wieczorem. Nie było ani słowa o żonie. Czyżby coś przeoczyła?

Trzęsącymi się rękami wyjęła telefon i szybko przejrzała esemesy. Nie, wyraźnie napisał, że wróci do Sztokholmu dopiero późnym wieczorem. Może to jakaś nagła sprawa? Któreś z dzieci zachorowało albo miało wypadek i musiał pilnie wrócić. Może dlatego siedzieli razem w taksówce.

Przypomniała jej się twarz Ylvy i jej wątpliwości.

Niech ją diabli wezmą. I Davida. I Henrika.

Zacisnęła pięść tak mocno, że paznokcie wbiły się w dłoń.

Mogło się zdarzyć cokolwiek. Nie powinna się gorączkować, zanim pozna fakty. Kochała Davida. Przy nim wszystko wydawało się proste. Zamierzali cieszyć się życiem we dwoje, bez wzajemnego ograniczania się. Czyżby ją to zaślepiło? Odebrało rozum?

Szła jak w transie, dotarła do wolnej ławki w Berzelii park. Widziała stąd rozbawionych gości w restauracji Berns.

Sygnał esemesa. Wyjęła telefon. Wiadomość od Davida. Co za ulga, zaraz się wszystko wyjaśni. Jasne, że to jakaś nagła sprawa.

Jednak kiedy przeczytała wiadomość, poczuła się, jakby ktoś wbił jej nóż w żołądek.

Tęsknię za tobą i marzę o dzisiejszym wieczorze, ciężko, kiedy jestem tak daleko od ciebie, brak mi zarówno Sztokholmu, jak i ciebie.

Tylko tyle. Znajome słowa, w które zawsze wierzyła.

Wokół niej chodzili ludzie, spieszyli się gdzieś, z kimś. Nagle zapragnęła być jedną z tych osób. Byle nie być Faye.

Ręce jej drżały, kiedy weszła na Instagram, wpisała imię i nazwisko Johanny Schiller i przejrzała wpisy. Obok na ławce przysiadł jakiś pijaczyna, otworzył puszkę piwa i upił łyk.

– Ładny dzień – zauważył.

– Tak pan uważa? – odpowiedziała szorstko.

Zarechotał.

Przejrzała zdjęcia, przesuwając się w dół aż do tygodnia, gdy się poznali z Davidem. Trochę jej to zajęło. Johanna często aktualizowała konto. W niektóre dni były trzy, cztery zdjęcia. Na wielu był David. Na pomoście, przy kolacji, w restauracji, przy grillu. Uśmiechał się, śmiał, ściskał swoje córki, całował żonę w policzek. Radosne dzieci. Zachody słońca. Pięknie skomponowane dania.

Faye rozdziawiła usta. Przeczytała podpisy pod zdjęciami.

Kolacja z moimi ukochanymi.

Mąż zaskoczył nas własnoręcznie zrobioną lazanią.

Rodzinnie przy grillu.

Miniurlop na zachodnim wybrzeżu.

Pod każdym co najmniej pięć, sześć emotikonów.

Faye wyjęła laptopa, włączyła i otworzyła kalendarz, żeby porównać daty. David nie mówił jej, że był na zachodnim wybrzeżu. Wtedy miał być w podróży służbowej. A z konta Johanny na Instagramie bynajmniej nie wynikało, że znajdują się w trakcie trudnego rozwodu, ale przeciwnie, ich związek wydawał się idylliczny. Media społecznościowe mogą oczywiście kłamać, stwarzając nieprawdziwy obraz, podkolorować go, upiększać – ale to?

Serce waliło, tłukło jej się w piersi. A kiedy przypomniała sobie ostatni okres małżeństwa z Jackiem, poczuła ucisk w brzuchu.

Wybrała numer Davida, żeby porozmawiać, usłyszeć jego głos, uzyskać wyjaśnienie. To musi być jakiś błąd.

Odezwała się skrzynka głosowa.

Napisała esemesa z prośbą, żeby jak najprędzej oddzwonił.

Była ślepa?

Dlaczego nie odebrała telefonu od Johanny ani nie posłuchała Ylvy? Nie sprawdziła wcześniej konta na Instagramie? Jak mogła być taka ślepa i głucha? Znów?

Wstała z ławki. Wiedziała, gdzie znajduje się biuro Davida, a przynajmniej gdzie twierdził, że się znajduje. Czy ono w ogóle istnieje? Przeszła szybko przez park Berzelii, okrążyła Berns i ruszyła w stronę Blasieholmen, gdzie swoje siedziby miały liczne sztokholmskie spółki finansowe. Niemal podskoczyła, gdy zadzwoniła jej komórka, Faye wyszarpnęła ją w nadziei, że to David, ale nie. Była to Ylva.

– Tak? – odebrała rozdrażniona.

– Muszę z tobą porozmawiać.

– Nie mam teraz siły rozmawiać o Revenge, daj mi parę godzin, żebym to przetrawiła.

– W sprawie Revenge powinnyśmy się spotkać i przygotować plan, sprawdzić, co można zrobić, żeby nie stracić kontroli nad spółką. Ale nie o tym chcę teraz rozmawiać.

– Ylva, kochana, teraz jest zły moment.

– Chodzi o Davida. Na pewno chcesz to zobaczyć. Mnie możesz nie wierzyć, ale prosiłaś mnie, żebym sprawdziła jego ofertę i jego sytuację finansową, wszystko. Zajmowałam się tym przez ostatnie dni. Wszystko jest na papierze. Papier nie kłamie. I nie osądza.

Faye zatrzymała się. Spojrzała na zatokę, na przepiękne dziewiętnastowieczne fasady domów. Jakie piękne. Jak to wszystko może być tak piękne, kiedy ona przeżywa jakiś koszmar?

– Gdzie teraz jesteś? – spytała.

– Nie mogłam zostać w biurze po tym, jak pojawił się tam Henrik, kto wie, ile czasu potrwa, zanim nas stamtąd wyrzuci, więc pojechałam do domu Alice.

– Przyjadę – odparła Faye.

– Dobrze się czujesz?

– Nie wiem – wyszeptała. – Sama nie wiem.

– A gdzie jesteś?

– W parku Berzelii.

– Zostań tam. Przyjadę po ciebie.

Na biurku w gabinecie Alice, udostępnionym Ylvie po jej wprowadzeniu się do willi, leżały sterty dokumentów. Ylva wysunęła krzesło i posadziła Faye, po czym usiadła obok.

W taksówce nie wypowiedziały ani słowa.

– Dzięki – wymamrotała Faye.

Ylva spojrzała jej w oczy.

– Nie ma za co. Zrobiłabyś dla mnie to samo. Co się stało? Oczywiście poza poranną masakrą w biurze. Widzę, że jest jeszcze coś. Chcesz o tym porozmawiać?

Faye westchnęła.

– Możesz otworzyć okno? Potrzebuję świeżego powietrza...

Ylva kiwnęła głową i podeszła do okna. Faye powiedziała z ociąganiem:

– Zaczynam wierzyć, że miałaś rację. Nie wiem... cholera, nic już nie wiem.

Ylva patrzyła na nią, marszcząc brwi.

– Co masz na myśli?

Faye przeciągnęła paznokciem środkowego palca po blacie biurka. Nie wiedziała, od czego zacząć. Palił ją wstyd.

Chrząknęła.

– David, jakby nic się nie stało, przez cały czas spotykał się z Johanną. Prawdę mówiąc, nawet nie wiem, czy w ogóle miał zamiar się z nią rozwieść. Wszystkie te historie, że niby walczył o nas, żebyśmy mogli być razem, to chyba kłamstwa. Byli razem w Marstrand, kiedy mnie powiedział, że byli w domu w Saltis i się cały dzień kłócili. Innym razem byli z dziewczynkami w Lisebergu*, a mnie powiedział, że był w podróży służbowej do Tallina.

Faye nie mogła powstrzymać łez.

– Kochana, przepraszam za to, jak cię potraktowałam, kiedy chciałaś mi powiedzieć. Wiem, że chodziło ci tylko o moje dobro, że chciałaś mnie chronić.

Ylva przysunęła się i przytuliła do siebie głowę Faye.

– Nikt nie chce słuchać takich rzeczy o osobie, którą kocha – powiedziała. – Zresztą nic nie wiedziałam. Nie miałam bladego pojęcia. Tylko jednego byłam pewna, to znaczy, że David przesadza, kiedy twierdzi, że Johanna jest szalona.

– Nie rozumiem, jak mogłam być taka ślepa. I głupia.

Faye rozszlochała się. Ylva głaskała ją po głowie i tuliła.

W końcu Faye mogła już otrzeć łzy. Westchnęła, kładąc rękę na leżącej przed nią kupce dokumentów.

– Co z nich wynika? Domyślam się, że złe wiadomości.

Ylva chrząknęła. Widać było, że boi się ją zranić.

– Gadaj – powiedziała Faye. – Dam radę.

---

* Liseberg – park rozrywki w Göteborgu.

– David Schiller jest na najlepszej drodze do bankructwa. Ty i twoja firma miałyście być jego ostatnią deską
ratunku. Ale jest jeszcze gorzej. To wszystko wiąże się
ze sobą.

W porcie była budka telefoniczna. Rzuciłam się tam, gdy Sebastian cumował, złapałam słuchawkę i wybrałam numer alarmowy 90 000. Pół godziny później na pomoście roiło się od ludzi. Ktoś dał znać miejscowej gazecie, więc reporter i fotograf z „Bohusläningen" chodzili tam i z powrotem, czekając na chwilę, kiedy już będą mogli porozmawiać ze mną i Sebastianem.

Krążyli jak rekiny wokół zdobyczy, ale policjanci kazali im czekać, aż złożymy zeznania. Musiałam wyglądać na wystraszoną i niepozorną, ale w środku czułam dumę. Sebastian był blady jak trup. Przez cały czas trzymałam się blisko niego. Policjanci i inni ludzie myśleli pewnie, że się boję, a ja chciałam dopilnować, żeby mówił zgodnie z wersją, którą wymyśliłam.

– A więc wpadli do morza? – spytał jeden z policjantów.

Sebastian przytaknął.

– Nawet zawróciliśmy łódź, ale nie było po nich ani śladu – wymamrotał.

Funkcjonariusze wymienili spojrzenia. Nie było w nich podejrzliwości, jedynie żal i rezygnacja.

– Nie trzeba było wypływać w taką pogodę – powiedział jeden z nich, odwracając się.

– Przepraszamy – wyszeptałam. – Ale chcieliśmy do domu. Tomas postanowił, że płyniemy.

W końcu przyszła kolej na reportera. Wolał rozmawiać ze mną niż z Sebastianem, pewnie wyglądałam bardziej niewinnie i przez to budziłam większą sympatię u czytelników. Fotograf robił mi zdjęcia podczas wywiadu.

– Nie potrafię uwierzyć w to, że oni nie żyją. Mam nadzieję, że ich znajdą – powiedziałam, robiąc nieszczęśliwą minę.

aye szła powoli Humlegårdsgatan, okulary słoneczne służyły jej za parawan oddzielający ją od otoczenia. Od ludzi, śmiechu, radości. Co za surrealizm. Jak oni mogą być tacy beztroscy? Jej świat właśnie rozpadł się na tysiące kawałków, a przyszłość stanęła pod znakiem zapytania.

David współpracował z Henrikiem, co skrzętnie ukryli. Jednak nie dość skrzętnie, bo Ylva odkryła to dzięki swemu uporowi i dokładności. W pewnym sensie byli też nieostrożni. Jak już wcześniej zauważyła, słabością Henrika była niedbałość. Wiedziały też, że zaplanował zgłoszenie wielu zakupów akcji naraz, by zaskoczyć tym, że posiada pakiet większościowy, i móc jak najszybciej zaproponować nowy zarząd.

Wcześniej jednak Ylvie udało się wyśledzić, że jednym z inwestorów stojących za Henrikiem jest David. Tu również nie dochowali staranności, wykorzystując spółkę na Malcie, bo po wpadkach sprzed kilku lat Malta przestała już być oazą dla tych, którzy pragnęli uciec przed podatkami albo ukryć coś przed swoimi władzami.

Ale to bez znaczenia. Dzięki ich błędowi udało się jedynie odkryć powiązania między Davidem a Henrikiem, ale nic takiego, co mogłoby zapobiec utracie Revenge.

Teraz do Faye już dotarło, co ją tak uwierało od kłótni z Henrikiem w biurze. Powiedział tam, że nie da się jej kochać.

Nie musiała się specjalnie zastanawiać, czym się obaj kierowali. Henrik chciał odbudować urażoną męską dumę, co w tym wypadku oznaczało odebranie jej czegoś, czego nigdy nie posiadał. A David? To proste: chodziło mu o pieniądze i władzę. Faye miała być tylko środkiem do tego celu. Teraz to zrozumiała. Do wielu osób, które w ostatnim czasie sprzedały swoje udziały Henrikowi, musieli dotrzeć dzięki informacjom, które David zdobył z jej komputera. Faye poczuła się kompletnie sparaliżowana.

Wyjęła telefon i napisała mu esemesa.

Możesz do mnie zadzwonić? Musimy porozmawiać.

Wszystko się zawaliło. Utraciła kontrolę nad firmą. I straciła Davida, a raczej swoje wyobrażenie o nim. Nie powinna tego żałować, bo przecież taki mężczyzna nie istniał. A mimo to dla niej był kimś rzeczywistym.

Telefon w jej dłoni zawibrował.

Trochę mi się tutaj zacięło. Muszę zostać kilka dni we Frankfurcie. Tęsknię za tobą.

Przełknęła ślinę. I jeszcze raz. A potem podjęła decyzję. Sprzeda wszystko i wyjedzie ze Szwecji na zawsze. Wycofa się. Julienne jest we Włoszech, a więc tam jest jej miejsce. Revenge wkrótce wyślizgnie jej się z rąk, więc nie ma sensu tego ciągnąć, do tego jeszcze zdrada ze strony Davida.

Pójdzie do mieszkania, zabierze swoje rzeczy i pojedzie do domu, do Julienne. Zleci adwokatom sprzedaż swoich udziałów w Revenge. Sprawy związane z ekspansją firmy na Stany to już nie jej zmartwienie. Wkrótce będzie to zależeć od Henrika. A Faye już nigdy nie postawi swojej stopy w Szwecji. Nie miała nawet ochoty iść do mieszkania, jednak zdjęcie Julienne z babcią leżało w plastikowej koszulce za wanną. Jedyny dowód, że obie żyją. Nie mogła wyjechać ze Szwecji, nie zabierając go ze sobą.

W mieszkaniu było sporo rzeczy Davida, ale nie miała siły palić ich w kominku.

A Ylva i Alice? Będą nią rozczarowane, ale gdyby została, mogłyby też utonąć w tym bagnie. Lepiej im będzie bez niej.

Wybrała cyfry kodu wejściowego i otworzyła drzwi na klatkę. Na windę musiała chwilę zaczekać.

Wsiadła i zaciągnęła kratę. Potem patrzyła na mijane piętra. Zebrała się w sobie. Jeszcze tylko parę minut i wsiądzie do taksówki na Arlandę.

Winda stanęła.

Faye, stukając obcasami, poszła prosto do drzwi mieszkania. Włożyła klucz do zamka, przekręciła. W tym samym momencie usłyszała jakieś szuranie i poczuła zimny dotyk stali na karku.

Odwróciła się powoli. Domyśliła się, że to Jack, zanim go jeszcze zobaczyła. Jak zawsze.

CZĘŚĆ 4

Co najmniej jedna osoba zginęła w pożarze letniego domku pod Köpingiem, do którego doszło w środę wieczorem. Straż pożarna dotarła na miejsce, gdy ogień zdążył już ogarnąć cały dom.

– W starszych domach tego typu często stosowano wadliwe rozwiązania przy podłączaniu instalacji elektrycznej. A zwarcia nierzadko prowadzą do właśnie takich wypadków, mówi Anton Östberg ze służby ratowniczej Zachodniej Doliny Melar.

Nie ustalono tożsamości zmarłego ani tego, czy był jedyną ofiarą pożaru.

– Wszczęliśmy już dochodzenie, ale wszystko wskazuje na tragiczny wypadek – powiedziała Gun-Britt Sohlberg z policji w Köpingu.

„AFTONBLADET” Z 27 CZERWCA

C zubek noża skierował teraz na jej pierś. Wykrzywił twarz w uśmieszku jednocześnie triumfalnym i pogardliwym.

– Otwieraj, bo ci poderżnę gardło.

Serce jej waliło, kiedy posłusznie otwierała najpierw zamek w drzwiach, potem kratę bezpieczeństwa. Jack wepchnął ją do środka i zamknął drzwi. Nie miała żadnej drogi ucieczki.

Popchnął ją przed sobą do kanapy, gdzie ją posadził, wyrwał jej torebkę i przejrzał zawartość, wykładając ją na stolik.

– Oszukałaś mnie, wszystkich oszukałaś. Zniszczyłaś mi życie. Ja wiem, że nie zabiłem Julienne. Wprawdzie nie mam pojęcia, jak to przeprowadziłaś, ale ona na pewno żyje, na pewno. Trzymasz ją gdzieś.

Faye nie była w stanie odpowiedzieć ani słowa, czuła się niezdolna do jakiegokolwiek działania i prawie obojętna na to, co się działo. Jack zjawił się tak nagle, że wciąż do niej nie docierało, że to prawda.

– Znajdę Julienne i udowodnię, że mnie wrobiłaś. A jak już skończę z tobą, wszyscy się przekonają, co z ciebie za fałszywa dziwka.

Mówił szybko, w sposób nienaturalny, histeryczny, jednocześnie chodząc tam i z powrotem po pokoju. Miał tłuste włosy, a ubranie brudne.

Znikła elegancja, którą tak jej kiedyś imponował.

Jack wziął jej komórkę i zaczął przeglądać zdjęcia. Faye spokojnie czekała, wiedząc że nie ma tam ani śladu Julienne.

– Możesz szukać, ile chcesz – powiedziała. – Niczego przed tobą nie ukrywam.

Nie znalazłszy niczego, odrzucił komórkę i przybliżył do niej twarz.

– Doprowadziłaś do tego, że zostałem skazany za zabójstwo własnej córki! – krzyknął. – Cała Szwecja, moja rodzina i przyjaciele uważają mnie za potwora. Za mordercę dzieci.

Opryskał jej podbródek śliną.

– Wiesz, co w więzieniu spotyka takich skazanych jak ja? Znajdę ją i udowodnię, co zrobiłaś! I odbiorę ci wszystko, tak jak ty mnie odebrałaś!

Faye zaczynała powoli odzyskiwać pewność siebie, mimo świadomości śmiertelnego zagrożenia. Jej słowa nadal działały na Jacka, a przynajmniej taką miała nadzieję. Dopóki uda jej się wpływać na niego, dopóty ma szansę ujść z życiem.

W tym momencie Jack przygniótł ją do kanapy, uniósł nóż, a potem powoli opuścił, zbliżając do jej twarzy. Faye zacisnęła wargi i zmusiła się do patrzenia mu w oczy.

– Powinienem pociąć ci twarz – syknął. – Za dużo mnie kosztowałaś.

Serce wciąż waliło, ale nawet nie mrugnęła.

– Tęskniłam za tobą – szepnęła.

Zabrzmiało to tak wiarygodnie, że przez chwilę sama się zastanawiała, czy to kłamstwo. Już myślała, że Jack się cofnie.

– Jack, to ja, Faye. Przecież mnie kochasz. Nigdy bym tego wszystkiego nie zrobiła, gdybyś mnie nie zostawił, nie upokorzył.

Patrzył na nią uważnie, prawie czule.

Ale w następnej chwili podniósł lewą rękę i zaciśniętą pięścią uderzył ją w policzek.

– Ty nawet nie jesteś Faye. Masz na imię Matilda. Obiecałem twojemu ojcu, że jak już z tobą skończę, zrobię mu tę przyjemność, żeby sam mógł cię zabić za to, co mu zrobiłaś.

– O czym ty mówisz?

Trąc policzek, zwinęła się w kłębek, udając, że spotulniała. Serce biło jej jak oszalałe.

– Wiesz o czym. Byliśmy w jednym więzieniu. Wiem, co się stało we Fjällbace. Wszystko mu odebrałaś, tak jak mnie. A potem uciekłaś do Sztokholmu. Myślałaś, że zaczniesz wszystko od nowa.

– To nieprawda – powiedziała, próbując uporządkować myśli. – Mylisz się.

Kolejny cios, tym razem trafił ją w brzuch. Dech jej zaparło, przetoczyła się na bok.

– Proszę cię – wysapała. – Nie wiem, o kim mówisz, ktoś cię oszukał. To nie tak, jak myślisz.

Wstał i znów zaczął chodzić po pokoju. Faye zerknęła na niego. Uwierzył?

– Myślisz, że to przypadek, że razem uciekliśmy? Dogadaliśmy się z Göstą w więzieniu. Obiecałem mu, że jeśli wymyślę sposób, żeby się stamtąd wydostać, to zabiorę go ze sobą. Wygląda na to, że też ma z tobą na pieńku...

Wyszczerzył zęby.

– Kiedy się dowiedzieliśmy, że będziemy w tym samym transporcie, zrozumiałem, że to nasza szansa. Strażnik musiał się wysikać w lesie i już byliśmy na wolności.

Zamknęła oczy na kilka sekund, potem zmusiła się, żeby spojrzeć na Jacka.

– Wyjedź – powiedziała. – Pogarszasz tylko swoją sytuację. Nie powiem policji, że tu byłeś. Dam ci pieniądze, żebyś mógł wyjechać za granicę i zacząć wszystko od nowa. Kocham cię. Zawsze cię kochałam. Żaden mężczyzna nie może ci dorównać, nikt nie potrafił mi ciebie zastąpić.

Oboje drgnęli, gdy zadzwonił jej telefon. Jack podniósł go z podłogi i spojrzał. Znajomy numer.

– Policja – wyjaśniła Faye. – Dzwonią mniej więcej raz dziennie, żeby sprawdzić, czy wszystko w porządku.

Jack podał jej telefon.

– Odbierz. Powiedz, że w porządku. Jeśli spróbujesz dać im do zrozumienia, że tu jestem, rozpłatam ci brzuch tym nożem – powiedział, przesuwając ostrze pod jej biustem.

Faye odebrała i włączyła tryb głośnomówiący. Ukucnął przed nią, trzymając nóż w gotowości.

– Halo – odezwała się.

– Tu Oscar Veslander z policji sztokholmskiej.

Faye zaczerpnęła tchu.

– Jak co dzień sprawdzamy, czy wszystko w porządku.

Jej wzrok spotkał się ze wzrokiem Jacka, nie poznawała tego mężczyzny, z którym kiedyś dzieliła życie. Kim on jest?

– Tak – odparła. Jack kiwnął głową. Jego dłonie przesunęły się w dół, w stronę jej pachwin. – Wszystko w porządku.

Jednym ruchem rozciął jej koszulkę. Faye zadygotała.

– Gdzie pani jest?

Zacisnęła szczęki i cofnęła się, uchylając się przed ostrzem.

– Halo?

Spojrzała na Jacka, nawet nie mrugnął.

– W domu, pracuję – odpowiedziała bezbarwnym głosem.

– Niestety nie mamy żadnych nowych wiadomości o pani byłym mężu, ale robimy wszystko, żeby go znaleźć.

– Dobrze. Wiem, że się staracie.

Głos jej zadrżał.

Gdyby wcześniej tego nie wiedziała, to teraz stałoby się jasne: Jack był szalony. Kompletnie nieprzewidywalny i zdecydowany zabić ją. Faye musi się stąd wydostać.

– No to miłego dnia. Proszę dzwonić, gdyby pani miała jakieś pytania.

– Wzajemnie. Dziękuję.

Rozłączyła się.

Jack wstał powoli, nie spuszczając z niej wzroku. Nagle znów ją uderzył. Faye padła na kanapę. Wyrwał jej telefon.

– Jack, musisz stąd iść – odezwała się. – Uciekaj, bo policja cię złapie. Nic nie powiem. Ani że tu byłeś, ani co zrobiłeś.

Nie odpowiadał.

Słychać było tylko jego ciężki oddech. Usiadł naprzeciw niej, wziął do ręki kosmyk jej włosów i powąchał.

– Brakowało mi twojego zapachu. Mimo wszystko. Jesteś miłością mojego życia. Inne nic dla mnie nie znaczyły, rozumiesz? Robiłem to, bo mogłem, rozumiesz? Bo kobiety się na mnie rzucały. Byłem słaby. Ale tak naprawdę liczyłaś się tylko ty.

Dreszcz ją przeszedł. Zabrzmiało to, jakby się z nią żegnał.

– Zabijesz mnie?

– Sam nie wiem. Chyba tak.

Tak jej przyspieszył puls, że miała zawroty głowy i zrobiło jej się ciemno przed oczami.

– Nie, Jack. Nie jesteś mordercą, ty nie jesteś taki. Słuchaj, to ja, Faye.

Wzięła jego twarz w dłonie, zmuszając, by na nią spojrzał.

– Jack, przecież masz jeszcze jedną córkę. Co się z nią stanie, jeśli zostaniesz skazany za kolejne morderstwo? Prędzej czy później policja cię złapie. A Julienne... masz rację, ona żyje. Jest bezpieczna. Jeśli zapomnimy o tym wszystkim, jeśli potrafisz mi wybaczyć, będzie przeszczęśliwa. Ona wciąż o tobie mówi. Jesteś jej bohaterem, Jack. Mimo wszystko.

Przełknęła ślinę, przyglądając się, czy jej słowa działają na niego. Dawniej umiała czytać w jego najskrytszych myślach, wystarczyło, że wszedł do pokoju. Ale teraz jego twarz niczego nie zdradzała. Zamienił się w obcego człowieka.

– Tak bardzo mi ciebie brakuje. – Pozwoliła sobie na łzy. – Bo wbrew temu, co ci zrobiłam, kocham cię i zawsze kochałam. Upokorzyłeś mnie. Złamałeś. Chciałam tylko jednego, życia z tobą i z Julienne, a ty mnie oszukałeś. Najpierw nie doceniłeś tego, co zrobiłam dla firmy. A potem odrzuciłeś naszą rodzinę. Wymieniłeś mnie na inną.

Jack poruszał szczękami, jakby żuł. Twarz mu złagodniała. Faye poczuła falę triumfu. Może Jack po prostu sobie pójdzie?

– Julienne – odezwał się. – Masz jej zdjęcie? Nie ma dnia, nie ma sekundy, żebym o niej nie myślał.

W tym momencie przypomniały jej się zdjęcia, które znalazła w jego laptopie. Straszne, obrzydliwe. Puste spojrzenie Julienne. W życiu! A jednak – czy ma jakiś wybór, jeśli chce ujść cało i żyć dla swojej córki?

Powoli kiwnęła głową.

– Moglibyśmy do niej zadzwonić. Ale by się ucieszyła!

Jack zmrużył podejrzliwie oczy. Pokręcił głową i położył jej komórkę na stoliku.

– Nie. Żadnych telefonów, żadnej techniki.

Faye nabrała tchu.

– Mam jej zdjęcie. Chcesz zobaczyć?

– Gdzie?

– Odsuń się, to przyniosę.

Jack podniósł się powoli.

Kiedy Faye również stanęła na nogi, zamierzył się na nią nożem.

– Jeśli spróbujesz mnie oszukać, zginiesz. Nie zapominaj o tym.

– Wiem.

Poszła do łazienki, Jack krok w krok za nią. Musiała odchylić lekko wannę, co nie było łatwe, wsunęła ramię i wyciągnęła plastikową koszulkę, w której znajdowało się zdjęcie Julienne i matki Faye. Wyprostowała się i podała Jackowi. Wziął je i przyglądał mu się bez słowa. Ale w oczach miał błysk, który ją przeraził. Patrzył na zdjęcie Julienne, jakby patrzył na zdobycz, z którą może zrobić, co zechce, a potem włożył je do kieszeni kurtki.

W tym momencie Faye domyśliła się, że popełniła błąd, dała mu się oszukać. A on ją teraz zabije. Jack podniósł rękę trzymającą nóż. Faye krzyknęła, a potem pociemniało jej w oczach.

Ciała Rogera i Tomasa nie zostały odnalezione, ale we Fjällbace odbyły się uroczystości żałobne.

Byłam w kościele, słyszałam każde słowo, jacy to niby byli wspaniali, życzliwi chłopcy. Parafianie płakali w ławkach. Ksiądz tylko z największym trudem opanował wzruszenie. A mnie chciało się rzygać na wspomnienie tego, co mi zrobili i co musiałam wycierpieć.

Ich zdjęcia portretowe uśmiechały się do mnie szyderczo od strony ołtarza. Moja ręka powędrowała do piersi, gdzie kiedyś miałam wisiorek od mamy, sam jego ciężar dawał mi poczucie bezpieczeństwa. Odebrali mi to, co jeszcze zostało z tego poczucia.

Przypominałam sobie, jak mnie trzymali, wdzierali się we mnie i śmiali, kiedy błagałam, żeby przestali. Jak w roziskrzonych oczach Tomasa pojawiało się coś zimnego i twardego.

Nienawidziłam ich za to, co zrobili, i cieszyłam się, że ich już nie ma.

Nawet nie współczułam ich rodzicom ani babci Rogera, bo przecież wychowali ich na takich ludzi. Oni również byli winni.

Jednak cała okolica uczciła ich pamięć i była w żałobie. Co jeszcze powiększyło przepaść między mną a nimi, byłam tym bardziej zdeterminowana, żeby się stamtąd wyrwać, uciec od hipokryzji, od ciszy, od milczenia.

Faye otworzyła oczy. Leżała na zimnej posadzce łazienki. Głowę rozsadzał pulsujący ból. Podniosła rękę do czoła, lepiło się. Spojrzała na palce, świeża krew. Mimo bólu cieszyła się, że żyje. Musiała zemdleć po tym, jak Jack uderzył ją w głowę trzonkiem noża. Ból przychodził falami, ale żyła i to było najważniejsze.

– Powinieneś był mnie zabić – wymamrotała.

Dziwne, że tego nie zrobił.

Podniosła się, stanęła na chwiejnych nogach, oparła się o umywalkę i oglądała w lustrze swoją pokaleczoną i spuchniętą twarz.

Jack.

I David.

Obaj dostaną za swoje. Fatalnie, że Jack zabrał fotografię, która była dowodem, że Julienne żyje. Odbierze mu to zdjęcie, bo Jack raczej nie pobiegnie z nim do najbliższego komisariatu. Jeszcze jest czas. Przeszło jej chwilowe załamanie, kiedy chciała się poddać i uciec. Nie ona. Faye się nie poddaje. Oddaje wet za wet.

Zacisnęła powieki, bo znów jej się przypomniały zdjęcia Julienne z laptopa Jacka. Zdjęcia nagiej i zalęknionej dziewczynki, zranionej przez najbardziej ukochaną osobę. One uruchomiły całą akcję Faye i sprawiły, że zrobiła to, co zawsze wychodziło jej najlepiej. Zaopiekowała się swoimi najbliższymi. I obroniła samą siebie. Gotowa zapłacić za to każdą cenę.

Pozwoliła sobie uwierzyć, że jest bezpieczna, a Jack został na zawsze wykreślony z jej życia. Była to naiwność. Łatwowierność. Nie popełni więcej tego błędu. Powstrzyma Jacka. Na zawsze. Ze względu na siebie, ale przede wszystkim ze względu na Julienne. Jack nie zbliży się już nigdy do córki i nigdy więcej jej nie skrzywdzi.

Było zaraz po północy, w pustych biurach Revenge panowały ciemności. Świeciło się tylko w jej dawnym gabinecie, Faye podniosła wzrok i wydawało jej się, że widzi siedzącego tam Henrika. Pracującego nad Revenge. Jej Revenge. Szybko minęła budynek, żeby nie patrzeć, i pojechała w stronę Lidingö. Asfalt lśnił czernią w cichym wieczornym deszczu, który ustał już po dziesięciu minutach. Musiała pojechać do Alice, żeby porozmawiać z Ylvą.

Dużo zależało od Ylvy. Od Alice też.

Jeśli Ylva odmówi jej pomocy, Faye nie zdoła powstrzymać Jacka. W najlepszym razie wyląduje w więzieniu, w najgorszym – zdąży ją zamordować ojciec. Który jest gdzieś w pobliżu. Podobnie jak Jack. A Ylva i Alice są jej potrzebne do odzyskania firmy.

Zadzwoniła do drzwi, otworzyła Ylva. Spojrzała na twarz Faye, zrobiła wielkie oczy i aż otworzyła usta.

– Alice wyszła. Dobrze się czujesz?

Faye weszła do holu.

– W porządku – odparła. – Muszę z tobą porozmawiać.

– Co się stało? – Ylva zaprowadziła ją do zajmowanego przez siebie gościnnego pokoju.

Faye przemyślała wcześniej, na ile szczerości powinna sobie pozwolić. I postanowiła powiedzieć wszystko. Nie kłamiąc. W każdym razie nie przed Ylvą, bo jeśli ta będzie podejrzewać ją o kłamstwo, nie zaufa jej. A na to Faye nie mogła sobie pozwolić.

– Jack.

Ylva zakryła dłonią usta.

– Napadł mnie w moim mieszkaniu. Pobił do nieprzytomności. Obudziłam się na posadzce w łazience.

Usiadłszy na fotelu, Faye sięgnęła po fotografię Nory znajdującą się na nocnym stoliku Ylvy. Przyjrzała się i pomyślała o zdjęciu, które zabrał Jack: tym, które było dowodem, że zarówno Julienne, jak i matka Faye żyją. Zebrała się na odwagę.

– Ylva, nie mówiłam ci pewnych rzeczy o Jacku. Nikomu nie mówiłam. Żyłam z nim przez moje prawie wszystkie dorosłe lata, jednak od tej strony go nie znałam, nie domyśliłam się. Dopiero pod sam koniec. Więc nie sądzę, żebyś ty to dostrzegła, kiedy byliście parą.

Ylva otworzyła szeroko oczy.

– Co masz na myśli?

– Może zacznę od tego, że Julienne żyje. Jest we Włoszech, w sekretnym miejscu razem z moją mamą.

Ylva rozdziawiła usta.

– Czyli to prawda, co powiedziała policjantka, która do mnie przyszła? Zbyłam ją, powiedziałam jej, że jest szalona.

– Owszem, Yvonne Ingvarsson ma rację. Wrobiłam Jacka w morderstwo, którego nie było. Nie chodziło mi o mnie, o moje zranione ego, że mnie zostawił albo że odmówił mi wypłacenia pieniędzy, do których miałam prawo.

Znasz nas oboje i wiesz, że uczestniczyłam w tworzeniu przedsięwzięcia, z którego powstała Compare.

Przesunęła dłonią po podbródku. Powiedzenie tego na głos przychodziło jej z wielkim trudem.

– Chodziło o zdjęcia Julienne. Jack robił jej zdjęcia nago, bardzo szczegółowe. Była całkowicie wystawiona na jego łaskę. Ylva, to chory człowiek. Zdałam sobie sprawę, że muszę chronić przed nim Julienne.

Mówiąc to, patrzyła w podłogę. Zmagała się ze sobą, żeby wypowiedzieć te słowa.

Ylva wpatrywała się w nią, blada jak trup.

– Tak się cieszę, że Julienne żyje – wyszeptała. – Ale to potworne, co przeszła przez niego.

Faye zamrugała powiekami, żeby nie płakać. Jej głos brzmiał już normalnie.

– Ty też masz z nim córkę. A dopóki Jack żyje, Nora również będzie w niebezpieczeństwie. I inne dzieci. Jack jest pedofilem. Potrzebuję twojej pomocy. Jako przyjaciółki, kobiety. Bo są sprawy, z którymi państwo prawa sobie nie radzi, chociaż politycy zawsze twierdzą, że tak.

– Jakiej pomocy potrzebujesz ode mnie?

Faye przyjrzała jej się. Miała zawierzyć jej swoje życie. Gdyby Ylva się ugięła, wygadała albo ją zdradziła, Faye trafi do więzienia i zostanie jedną z najbardziej znienawidzonych kobiet w tym kraju. A przecież wszystko, co robiła, wynikało z jej poczucia odpowiedzialności jako matki. Państwo nie potrafiło jej ochronić. Nigdy. Ani wtedy, kiedy jako dziewczynka była gwałcona i bita we własnym domu. Ani wtedy, kiedy została oszukana i nie dostała pieniędzy z firmy, którą współtworzyła, czy kiedy została wyrzucona jak stara szmata, bo mąż poznał nową kobietę.

Ufała Ylvie właśnie dlatego, że była kobietą i wiedziała, co to bezbronność i bezsilność. Każda kobieta, choćby sama nigdy tego nie doświadczyła, potrafi przynajmniej wczuć się w tę sytuację. Ufała także dlatego, że Ylva też znała Jacka. I dostrzegła potwora pod piękną maską. I również go kiedyś kochała.

– Jack musi zostać usunięty, jeśli nasze dzieci mają być bezpieczne. A Henrik zapłaci za to, że chciał mi odebrać moją własność.

Ylva patrzyła na swoje splecione ręce. Nie odpowiadała. W tym momencie z pokoju obok dobiegł płacz.

– Idź, weź ją – odezwała się Faye.

Ylva poszła do Nory i po paru minutach wróciła, niosąc córeczkę, zarumienioną jeszcze od snu i z potarganą czuprynką. Mała na widok Faye uśmiechnęła się szeroko, odsłaniając ząbki jak ziarnka ryżu. Ylva pocałowała ją w główkę. Spojrzała na Faye ze łzami w oczach i kiwnęła głową.

– Zgadzam się. I domyślam się, że przyszła pora na plan B?

– Zdecydowanie. Pora na plan B. Mam zresztą pewien pomysł dla Alice.

– Co takiego? – spytała z zaciekawieniem Ylva, kołysząc córeczkę w ramionach.

Nora zamknęła oczy i znów zasnęła. Faye nic nie powiedziała, uśmiechnęła się i sięgnęła po telefon. Alice odebrała, Faye słyszała w słuchawce przejeżdżające samochody i śmiechy. Widocznie Alice siedziała w jakimś ogródku restauracyjnym.

– Prawda, że Sten Stolpe zawsze miał do ciebie słabość? – spytała Faye.

– Słabość? – zaśmiała się Alice. – Mało powiedziane.

– A mogłabyś się z nim skontaktować?

– Oczywiście, nie ma problemu. Co wymyśliłaś?

Faye wyjaśniła, a siedząca naprzeciw niej Ylva zaczęła
się uśmiechać.

FJÄLLBACKA – WTEDY

Kiedy pogoda zrobiła się zmienna, a noce stały się ciemniejsze i chłodniejsze, przyszła pora wracać do szkoły.

Miałam pójść do ósmej klasy. W weekend poprzedzający początek roku odbywała się w lesie tradycyjna duża impreza, na której gromadziła się młodzież z całej okolicy. Uczniowie ostatnich klas podstawówki i liceum pili, słuchali muzyki, pieprzyli się, bili i rzygali w krzakach.

Poszłam tam głównie dlatego, że nie miałam nic innego do roboty, ale sama, i usiadłam w pewnej odległości. Sebastiam już tam był. Osiągnął status swego rodzaju celebryty, bo przez całe lato pojawiał się w telewizji, prasie i radiu, opowiadając o tym, jakich to miał wspaniałych przyjaciół.

Nie chodziłam na imprezy. Nie chciałam. Jednak musiałam upewnić się, że nikt nic nie wie, nie pyta i nie dziwi się. Nie żałowałam tego, co zrobiłam, jeśli już, to bałam się, że ktoś się dowie. Chciałam usłyszeć, co mówią, poznać plotki krążące po Fjällbace. Musiałam przebywać wśród rówieśników, żeby wiedzieć, czy jestem bezpieczna. I mieć oko na Sebastiana.

Na mój widok w jego oczach pojawił się błysk, podszedł do mnie chwiejnym krokiem. Wyraźnie pijany. Potykał się na skałkach, o mało nie upadł, ale w końcu utrzymał się na nogach.

– Po coś tu przyszła, kurwo jedna? – syknął, siadając obok mnie.

Śmierdział wódą i wymiocinami.

Nie odpowiedziałam. Istniejąca między nami wcześniej równowaga sił uległa zmianie. Teraz ośmielał się traktować mnie w ten sposób, tylko jeśli był pijany. Bo poza tym chyba się mnie bał. Tak jak chciałam.

– Sebastian, idź stąd, nie chcę tu żadnych awantur.

– Nie będziesz mi mówiła, co mam robić.

– Właśnie, że będę. I dobrze wiesz dlaczego.

Odsunęłam się i miałam wstać, żeby odejść, kiedy mnie złapał za ramię.

– Powiem im, powiem wszystkim, co się zdarzyło tamtego cholernego wieczoru. Jak ich zabiłaś.

Obserwowałam go spokojnie. Nie dotknął mnie od czasu tamtych gwałtów na wyspie. Ale za dużo pił. A kiedy pił, gadał. Złościł się. Tracił panowanie nad sobą. Pogardzałam nim i jego słabością. Za dużo miał w sobie z taty. Sebastian był stracony. W dodatku powoli przestał być obiektem powszechnego zainteresowania, więc będzie musiał znaleźć sposób, żeby odzyskać swoją pozycję.

– Wiedźma – syknął. – Obrzydliwa, cholerna wiedźma. Mam nadzieję, że znów cię zgwałcą. Ty właściwie też. Bo wiem, że ci się wtedy podobało.

Westchnęłam, wstałam i zostawiłam go.

Idąc przez las, słyszałam muzykę, śmiechy i ochrypłe głosy imprezowiczów. Wiedziałam, że będę musiała zamknąć mu usta. Mama go kochała, ale nie znała tak dobrze jak ja. Nie wiedziała, do czego jest zdolny.

Świat nie potrzebował więcej mężczyzn, którzy biją, straszą i gwałcą. Pewnego dnia ożeniłby się, urodziłyby mu się dzieci i miałby je w swojej władzy. Nie zamierzałam na to pozwolić. Na to, żeby pewnego dnia Sebastian potraktował swoją dziewczynę, żonę tak, jak tata traktował mamę. Zamierzałam nie dopuścić do tego, żeby mały chłopczyk albo mała dziewczynka dorastali, patrząc na to co ja. Tylko ja mogłam przerwać ten diabelski cykl.

Przede wszystkim jednak postanowiłam, że nie dam mu się zniszczyć. Miał swoją szansę. To on postanowił, że jej nie wykorzysta.

Chciałam pozwolić mu żyć. Ze względu na mamę. Mimo że zrobił mi krzywdę, której wprawdzie nie było po mnie widać, ale która nie dawała mi spać po nocach, bo wciąż miałam bóle fantomowe po tym, co ze mną wyrabiali. Kiedyś byliśmy dla siebie podporą, a Sebastian pozbawił mnie ostatniej okruszyny dobra między nami.

Odebrał mi wspomnienia, które pozwalały mi zachować odrobinę wiary, że życie niesie ze sobą coś fajnego i wartościowego.

Ale zawiódł nie tylko mnie. Mama go kochała. Widziała w nim samo dobro, nie dostrzegała mroku i zła, które miał po ojcu. To przez tę ślepą miłość mamy postanowiłam dać mu jeszcze jedną szansę. A on mi właśnie udowodnił, że na nią nie zasługuje.

Mamie by serce pękło w tym samym dniu, w którym zrozumiałaby, że Sebastian jest taki jak ojciec. Że ten koszmar będzie się ciągnął przez następne pokolenie, że jej miłość nie była w stanie tego zmienić. Dlatego Sebastian musiał umrzeć. Żeby oszczędzić mamie tej rozpaczy. Mama nie dowie się nigdy, co zrobił. I jaki był naprawdę.

Czerwony letni domek znajdował się na pustkowiu, na wysokiej skale niedaleko jeziora. Otaczał go gęsty las. Właścicielami domku byli rodzice Ylvy, za starzy już, żeby go użytkować. Nie było ich tutaj od wielu lat.

Faye obejrzała metalową klamkę u drzwi wejściowych, z zadowoleniem kiwnęła głową i weszła, zamykając je za sobą.

W zachodzącym słońcu widziała jedynie kontury, cienie starych mebli, poczuła zapach wilgoci. Wymacała ręką wyłącznik. Pstryknęła, ale światło się nie zapaliło. Widocznie wywaliło korki, bo Ylva mówiła, że prąd jest. Trzeba znaleźć tablicę rozdzielczą. Całe szczęście, że zabrała ze sobą latarkę.

Deski podłogowe zatrzeszczały pod jej stopami, gdy weszła do pomieszczenia, które wyglądało na pokój dzienny.

Faye odstawiła kanister i przez chwilę pozwoliła sobie napawać się ciszą, jednocześnie masowała prawą rękę, obolałą od taszczenia kanistra.

Tu drogi jej i Jacka rozejdą się ostatecznie. Tylko jedno z nich odejdzie stąd żywe. Gdyby coś poszło źle, to ona przegra.

Ile ma czasu, zanim Jack tu dotrze? Godzinę? Dwie? Aby nie zostawić za sobą żadnego śladu cyfrowego, telefon powierzyła Ylvie. Zerknęła na zegarek i stwierdziła, że jest parę minut po dziesiątej wieczorem.

Ylva zadzwoniła do Jacka na numer, który jej podał, kiedy u niej był. Płacząc, powiedziała mu, że Faye przyszła i zabrała Norę. Że zachowywała się nienormalnie i mamrotała, że odbierze Jackowi to jedno, co mu jeszcze pozostało – młodszą córkę. Że nie powiedziała, dokąd się wybiera, ale po jej odjeździe Ylva zauważyła, że brakuje kluczy do letniego domku rodziców.

Faye wyjęła z torby latarkę, zapaliła ją i potoczyła wokół światłem, szukając drzwi do piwnicy. Obejrzała oprawione w ramki czarno-białe fotografie. Przedstawione na nich osoby wyglądały staro, zapewne już nie żyją. Na innych była Ylva w dzieciństwie. Ylva bez przednich zębów. Ylva na koniu. Faye poczuła ściskanie w żołądku. Jak dobrze zna Ylvę? A jeśli stoi po stronie Jacka? Niezmiennie?

Sama źle oceniła Jacka. I Davida. A Ylvę? Nie, niemożliwe.

– Skończ z tym – mruknęła.

Otworzyła jakieś drzwi, okazały się właściwe, i zaczęła schodzić po schodach do piwnicy.

Przez prostokątne okienko widziała ostatnie promienie słońca nad czubkami drzew. Kiedy słońce znów się pojawi, być może będę martwa, pomyślała. Schody były strome i skrzypiały przy każdym kroku.

Zapach wilgoci stał się wyraźniejszy.

Dotarłszy na sam dół, Faye zlokalizowała skrzynkę rozdzielczą i nacisnęła wyłącznik główny. Dzięki latarce udało jej się znaleźć nowe bezpieczniki, włożyć w otwory i następnie zapalić światło. Zerknęła na zegarek i szybko wróciła na górę. W pokoju dziennym wybrała lampę podłogową.

Wyciągnęła wtyczkę z kontaktu. Rozkręciła ją i zrobiła co trzeba przy użyciu śrubokręta. Dokładnie jak na filmie, który widziała w internecie. Wszystko da się tam znaleźć, byle wiedzieć, gdzie szukać.

Wyjęła drut i nawinęła na klamkę drzwi wejściowych. Wiele razy i gęsto. Następnie na podeście rozlała wodę z przyniesionej półtoralitrowej butelki. Powstała niewielka płytka kałuża.

W ciemności będzie niewidoczna.

Uporała się z tym wszystkim w ciągu czterdziestu minut. Zgasiła światło, usiadła w ciemności na kanapie i czekała. Co pewien czas zerkała na świecące cyfry zegarka, ściskając w dłoni śrubokręt. Jack nie zjawi się bez broni, a gdyby coś poszło źle, będzie musiała walczyć.

O życie.

Może przy tym zginie, ale w takim razie zginie jako osoba wolna, a nie ścigana zwierzyna.

Dokładnie dziewięć minut później usłyszała warkot silnika samochodu.

ilnik zgasł, zapadła cisza. Faye wstała. Bezszelestnie zdjęła buty i położyła je na kanapie, podeszła na palcach do lampy, którą postawiła obok drzwi. Włożyła wtyczkę do kontaktu i spojrzała nerwowo na klamkę.

Usiadła, opierając się plecami o ścianę.

Usłyszała kroki przed domem. Oblizała wargi. Ze zdenerwowania rozbolał ją brzuch. Jack chodził przed domem. A jeśli nie wejdzie przez drzwi, tylko spróbuje dostać się do środka przez okno? Albo przez piwnicę?

Ale po co? Wiedział, że ona czeka na niego. Wierzył, że jest z nią Nora, której grozi śmiertelne niebezpieczeństwo.

– Faye – zawołał. – Oddaj mi moją córkę!

Zobaczyła jego sylwetkę na tle okna i przycisnęła się do ściany. Nie może jej zobaczyć. W następnej sekundzie zapalił latarkę i poświecił do środka. Światło minęło jej prawą stopę o kilkanaście centymetrów. Wstrzymała oddech. Czyżby coś podejrzewał? Dlatego obszedł dom?

Wyobraziła go sobie, jak stoi przed nią. Kiedyś kochała go bardziej niż kogokolwiek, może nawet bardziej niż Julienne. Teraz pragnęła tylko zniszczyć go za to, co zrobił córce, i za to, jak ją samą upokorzył. W imieniu wszystkich kobiet, które znalazły się w tej samej sytuacji, podporządkowane, pozbawione poczucia własnej wartości i godności, bez własnego życia. Wykorzystywane. Traktowane jak niewolnice. Kobiety wciąż noszą kajdany, chociaż te kajdany zmieniły się na przestrzeni dziejów.

Odpłaci mu się.

Nie będzie kolejną kobietą zamordowaną przez męża albo byłego męża.

– Wychodź, Faye! – zawołał. – Jeśli zrobisz jej krzywdę, zabiję cię.

W jego głosie brzmiała powściągana wściekłość. Słyszała go teraz z bliska, po drugiej stronie ściany. Oznaczało to, że idzie do drzwi.

Przełknęła ślinę.

– Ona jest tutaj. – Ścisnęło ją w gardle. – W środku.

Jack chodził tam i z powrotem, jakby nie mógł się zdecydować. Bał się. Wiedział, do czego jest zdolna. Że jest sprytniejsza od niego. Groźna. I że sam do tego doprowadził.

– Wyjdź z nią! – zawołał.

Nie odpowiedziała. Zagryzła zęby i zacisnęła mocno powieki. Wolała nie namawiać go za bardzo, żeby nie wzbudzić podejrzeń.

– No, zrób to – szeptała. – Zrób to.

Kroki ustały. Prawdopodobnie stał na podeście, zaledwie metr od niej. Czuła jego obecność, wahanie, jego strach.

Nogi jej się trzęsły ze zdenerwowania, wbiła paznokcie w dłoń.

– Dotknij klamki, Jack – mruknęła. – No, otwórz drzwi. Przecież czekam tutaj.

Sekunda – i zaskwierczało.

Uśmiechnęła się i otworzyła oczy.

– Raz, dwa, trzy – policzyła. Wyciągnęła rękę i nacisnęła wyłącznik lampy.

Z drugiej strony drzwi rozległ się głuchy odgłos. Podniosła się z podłogi i wciągnęła powietrze nosem. Zapachniało spalenizną.

aye pchnęła powoli drzwi, ale dały się tylko uchylić, zablokowało je ciało Jacka. Przez szparę widziała jego nogi. Naparła mocniej i w końcu mogła się przecisnąć. Nachyliła się, żeby przyjrzeć się jego twarzy. Miał szeroko otwarte oczy. Puste. Pochyliła się głębiej i przyłożyła mu dwa palce do szyi. Nie wyczuła pulsu.

Patrzyła na tego mężczyznę, którego kiedyś kochała ponad wszystko, i próbowała zrozumieć własne uczucia.

Las piętrzył się wokół domu, odgradzając go murem od świata.

Panowała głucha cisza.

Znaleźli się w innym wymiarze, była tylko ona, Faye, i Jack.

Nastąpił koniec tej historii, która rozpoczęła się wiele lat temu w Wyższej Szkole Handlowej. Historii, w której były łzy, myśli samobójcze, upokorzenia, aborcja, kobiety, z którymi ją zdradzał. Ale była również Julienne, przejęcie Compare, założenie Revenge. Jej wyzwolenie. Czy istnieje człowiek bardziej wolny od tego, który kiedyś żył w niewoli? Bo niby jak rozpoznałby zapach wolności? Jedna osoba może być dla drugiej więzieniem, furia albo pogarda mogą być dla niej kajdanami.

Chwyciła go za nadgarstek, przeciągnęła ciężkie ciało przez próg i dalej, do pokoju dziennego. Głowa uderzyła o podłogę.

Leżał teraz na środku pokoju. Faye, sapiąc z wysiłku, usiadła na kanapie i patrzyła na jego ciało. Potem wstała, podeszła i kopnęła. Głuchy odgłos, żadnej reakcji. Zamachnęła się i kopnęła jeszcze raz. Przypomniały jej się zdjęcia Julienne w jego laptopie. Jego spojrzenie, kiedy patrzył na plastikową koszulkę ze zdjęciem.

Pochyliła się nad trupem.

– Trzeba było dać mi odejść, nie powinieneś być taki uparty i zarozumiały. Upokarzać, szantażować mnie córką. I nie powinieneś był nigdy, nigdy robić tego, co zrobiłeś Julienne.

Wstała. Przyniosła kanister i zdjęła zakrętkę. Przesuwając się wzdłuż ciała, oblała jego ubranie benzyną.

Otworzyła drzwi i wrzuciła zapałkę. W następnej sekundzie buchnął ogień, ogarniając ciało Jacka.

Z pokoju Sebastiana dochodził znajomy zapach papierosów i brzęk butelek. Muzyka grała cichutko, żeby nie obudzić taty. Mama dopiero co wróciła do domu z pogotowia, dokąd ją zawiózł. Tłumaczyła się, że spadła ze schodów, bo się poślizgnęła, ojej, jaka z niej niezdara, co za pech. Na zdrowy rozum nie powinni jej wierzyć, ale najwyraźniej lekarz nie miał siły albo odwagi podważyć jej wyjaśnień.

Mama popełniła błąd, bo powiedziała, że zamierza odwiedzić swojego brata Egila, a wtedy tata zepchnął ją ze schodów. Czas się kończył. Furia taty narastała. Tym razem mama spadła na ramię, ale następnym razem mogłaby być głowa i wtedy zostałabym zupełnie sama.

Było zaraz po północy. Rodzice już spali. Ojciec zawsze był trochę spokojniejszy po powrocie mamy ze szpitala. Domyślałam się, że lepsza okazja się nie nadarzy.

Chciałam oszczędzić mamę. Tatą się nie przejmowałam. Nim się jeszcze zajmę.

Zamknęłam książkę i postawiłam gołe stopy na podłodze. Już zaplanowałam, co i jak zrobię. Włożyłam białą cienką koszulę nocną, która się podobała Sebastianowi.

345

Zauważyłam, że trudno mu było oderwać ode mnie wzrok, kiedy ją miałam na sobie. Wygrzebałam trzy tabletki nasenne, które ukradłam tacie, i trzy dni temu roztarłam na proszek.

Wyszłam z mojego pokoju, wzięłam głęboki oddech i zapukałam do jego pokoju.

– Co jest?

Nacisnęłam klamkę i otworzyłam drzwi.

Odwrócił się od komputera i wpatrzył we mnie. Mętny wzrok zatrzymał się na moich nogach i powędrował w górę.

– Myślałam o tym, co powiedziałeś.

Zmarszczył brwi, przez co jeszcze lepiej widoczny stał się siniak pod jego okiem, który mu ostatnio nabił tata.

– O czym ty pieprzysz?

– O imprezie w lesie. Mówiłeś, że podobało mi się, kiedy mi to robiliście. Myliłeś się.

– Aha – powiedział obojętnie, odwracając się do komputera.

Zrobiłam krok do przodu, zatrzymałam się pod drążkiem w drzwiach, który miał mu służyć do podciągania się. Nigdy nie widziałam, żeby go używał.

Na ścianach miał postery roznegliżowanych kobiet, piersi wystawały im spod szmatek udających ubranie. Pokój był dawno niesprzątany, wszędzie walały się ciuchy, a między nimi talerze z resztkami zepsutego jedzenia, którego stęchły zapach mieszał się z wonią potu. Skrzywiłam się.

Niepostrzeżenie upuściłam trzymaną torebeczkę i przesunęłam stopą w kąt.

– Nie podobało mi się, kiedy o n i to robili. Ale lubię, kiedy t y to robisz.

Zatrzymał się w pół ruchu.

– Mam sobie iść? – spytałam. – Czy mogę zostać chwilę? Rodzice śpią.

Kiwnął głową, wciąż odwrócony do mnie tyłem, przyjęłam to jako odpowiedź, że mam zostać.

– Mogłabym dostać piwa?

– Jest letnie.

– Nie szkodzi.

Położył się na podłodze i wyciągnął spod łóżka butelkę. Otworzył i podał mi. Miał jeszcze ślady na ramieniu, po tym, jak tata pociął go rozbitą butelką.

Usiadłam na brzegu łóżka, Sebastian obok. Wypiliśmy po łyku. Zerknęłam na jego butelkę, była prawie pusta. Zaraz będzie chciał następną i wtedy powinnam do niej wrzucić sproszkowane tabletki nasenne. Na biurku stały już cztery puste butelki, a nie słyszałam, żeby choć raz poszedł do ubikacji.

Wkrótce powinien. Muszę być w gotowości.

– Lubisz, jak się opieram? – spytałam miękko.

Zaczerwienił się, wzrok utkwił w przeciwległej ścianie.

– Sam nie wiem – odparł niewyraźnie.

– Chcę tylko wiedzieć, co lubisz, jak jest najfajniej. Możesz robić ze mną, co chcesz.

– Mhm.

Wiercił się. Członek mu stanął pod dresem. Sebastian zorientował się, że to widzę, i speszył się.

– W porządku – powiedziałam.

Wyciągnęłam rękę i niezdarnie położyłam mu na członku. Zemdliło mnie, ale szybko przełknęłam ślinę.

Poruszył się na łóżku.

– Muszę do ubikacji – powiedział.

Kiwnęłam głową.

– Zaczekam.

Faye przeszła nago przez las, dom płonął za jej plecami. Ubranie wrzuciła do ognia, miało spalić się razem z Jackiem.

Pomarańczowe płomienie pięły się pod nocne niebo, dym walił do góry.

Nie odwracając się, szła przed siebie, odchodziła od Jacka przepełniona uczuciem odzyskanej wolności.

Reflektory wynajętego samochodu zaświeciły od strony duktu, gdzie umówiły się z Ylvą. Przyjaciółka, która przez cały czas znajdowała się w pobliżu, miała podjechać tam zaraz po pojawieniu się dymu nad domem. I zgodnie z umową była na miejscu.

Ylva uśmiechnęła się blado ze swojego miejsca za kierownicą, a Faye obojętnie otworzyła drzwi po stronie pasażera. Czerwony samochód był już stary, z plamami od rdzy, nie miał GPS-a. Nikt nie będzie mógł udowodnić, że tu były.

– Zrobione? – spytała Ylva.

– Zrobione.

Ylva kiwnęła głową i sięgnęła ręką do tyłu po czarną torbę z ubraniem. Czystym. Bez śladów Jacka.

– Chcesz się ubrać przed odjazdem?

Faye pokręciła głową i usiadła na miejscu pasażera, kładąc sobie torbę na kolanach. Dym dotarł do samochodu, Ylva zakasłała.

– Nie, jedź już.

Między drzewami Faye widziała płonący dom, w tym momencie dach zawalił się z hukiem. Ylva, która właśnie miała włączyć silnik, opuściła rękę.

Chwilę siedziały w milczeniu, patrząc na palący się piękny stary dom, w końcu Ylva wrzuciła bieg i samochód ruszył powoli.

– Co czujesz? – spytała.

Faye zastanowiła się.

– Właściwie nic. A ty?

Ylva przełknęła ślinę i spojrzała na nią.

– Tak samo.

Kiedy wyjechały na autostradę, z przeciwka pędziły już na sygnale cztery wozy strażackie.

Poranne słońce wpadało przez okno pokoju gościnnego u Alice. Świeciło na Ylvę trzymającą na rękach Norę, która dopiero co się obudziła i była trochę płaczliwa.

– Wszystko dobrze? – spytała Faye, wpatrując się w Ylvę. Zajrzała do niej po bezsennej nocy, którą spędziła w salonie Alice.

– W porządku – odparła Ylva, ale jej słowom przeczył kurczowy uścisk, w jakim trzymała Norę.

– Zrobiłyśmy, co musiałyśmy.

– Tak, wiem – przyznała.

Zanurzyła twarz we włosy Nory, zamknęła oczy. Pulchne ramionka córeczki objęły ją za szyję.

Do pokoju weszła Alice i spojrzała na nie z uśmiechem.

– Śniadanie na stole.

W nocy, po powrocie, Faye powiedziała jej o wszystkim. To również nie było łatwe, Alice była wyraźnie wstrząśnięta.

W tym momencie zadzwonił telefon Faye, widząc kto to, nacisnęła zieloną słuchawkę.

– Cześć, kochanie – odezwała się, kiedy na wyświetlaczu zobaczyła twarzyczkę Julienne. – Nie bardzo mogę teraz rozmawiać, zadzwonię później. Ale niedługo przyjadę do ciebie. Obiecuję. Bardzo, bardzo niedługo. Całuski! Kocham cię!

– Okej, no to pa, mamo!

Rozłączyła się.

– Tęskni za tobą? – spytała Ylva. Nora mrugała coraz wolniej. Przysypiała na jej rękach.

– Tak – odparła krótko Faye.

Nie miała siły rozmawiać teraz o Julienne. Ojciec dziewczynki odszedł na zawsze. I choćby go nienawidziła i zdawała sobie sprawę, że nie było już dla niego miejsca w życiu Julienne, to jednak czuła żal. Że ich córka będzie dorastała bez taty.

Ciążyło jej poczucie winy. Nie dlatego, że go zabiła, ale że tak źle wybrała. Z drugiej strony bez Jacka nie byłoby Julienne. Nie wychodziło jej to równanie. Gdyby chociaż miała przy sobie tamto zdjęcie w plastikowej koszulce. Było jej talizmanem, dającym siłę i przypominającym o tym, co ważne. Jednak nie było zdjęcia, podobnie jak Jacka.

– Jaki ma być następny krok? – spytała Alice. Wydawała się teraz silna i zdeterminowana.

Faye patrzyła na Norę, na jej ciężkie powieki i długie rzęsy.

Chwilami była bardzo podobna do Jacka.

– Trzeba wykorzystać filmik i zdjęcia. Pora na zarządzony przez Ylvę plan B.

Alice uśmiechnęła się.

– Czyli dociskamy Eyvinda?

– Tak, potrzebujemy papierów z Urzędu Patentowego.

– Muszą to być właściwe papiery i odpowiednio sformułowane – powiedziała Ylva, kołysząc w ramionach

Norę. – Wyszczególniłam dokładnie, co nam jest potrzebne.

Alice znów się uśmiechnęła.

– Jak zobaczy te zdjęcia i filmik, to gwarantuję, że zrobi wszystko, czego zażądamy. Bo jak nie, to wyślemy je żonie.

– Bardzo dobrze – powiedziała Faye.

Patrzyła wciąż na Norę, która zasnęła z główką na ramieniu Ylvy. Wyglądała w tym momencie dokładnie tak samo jak Julienne. Zachciało jej się płakać. Nad Julienne, nad Norą, nad Ylvą i nad sobą. Nad nimi wszystkimi.

Ledwo się uwinęłam z tym, żeby odszukać w kącie torebeczkę, położyć się na brzuchu i spod łóżka wyjąć kolejne piwo, otworzyć je i wsypać proszek, zanim wrócił
Sebastian.

Podałam mu otwartą butelkę, wziął ją bez słowa, usiadł
na łóżku i podniósł do ust. Wypił spory łyk.

Zachowywał się wyczekująco, jakby nie wierzył, że
nagle się zgadzam, że nie będę się bronić przed pójściem
z nim do łóżka.

– Mógłbyś nastawić jakąś inną muzykę?

– Jaką?

Zależało mi, żeby wypił resztę piwa z tej butelki i żebym jak najdłużej trzymała go z daleka od siebie. Rzygać
mi się chciało na samą myśl, co bym musiała z nim robić.

– Może być Metallica?

Kiwnął głową, podszedł do wieży, wyjął z niej płytę
i palcem przesunął po rzędzie kompaktów, aż znalazł ten
właściwy. Włożył i włączył. Lekko pogłośnił.

A potem stanął przede mną.

– Muszę się bardziej upić – powiedziałam. – Wiem, że to, co zrobimy, jest złe, ale nic nie poradzę, że to lubię.

– Pościgamy się, kto szybciej wypije – odparł.

Uśmiechnęłam się.

– Dobry pomysł.

Odchyliłam głowę i opróżniliśmy butelki jednocześnie. Wstrzymałam oddech, żeby nie czuć smaku. Sapnęłam. Sebastian wytarł usta. Patrzył na mnie pożądliwie, wzdrygnęłam się. Ile czasu trzeba, żeby zadziałały proszki nasenne?

– Masz jakieś pornosy? – spytałam.

Wiedziałam, że ma schowane. Raz trzymał je za kaloryferem, innym razem pod materacem. Odwrócił się i sięgnął pod materac.

Podał mi gazetkę. Okładka przedstawiała kobietę z ogromnym biustem, rozkraczoną do obiektywu. Miała ogolone łono.

Zaczęłam kartkować pisemko.

– Co lubisz? Chciałbyś, żebym coś zrobiła? – spytałam, patrząc na pornosa. Byle zyskać na czasie, żeby zadziałały proszki.

Wzruszył ramionami.

– Ale chyba jest coś, co podoba ci się bardziej od innych rzeczy?

– Nie, nie wiem – odparł cicho.

– Chciałabym mieć większe piersi. Faceci lubią większe, prawda?

Nie odpowiedział.

– Gdybyś powiedziała, że lubisz to robić ze mną, nie dałbym im ciebie dotknąć – mruknął.

Podniosłam wzrok. Nie patrzył mi w oczy.

Kłamiesz, pomyślałam, nigdy byś się za mną nie ujął. Za bardzo się boisz.

Ale powiedziałam:

– Wiem.

– W tym sensie to moja wina, że oni nie żyją.

Racja, pomyślałam. Zaraz ty też nie będziesz żył. Nigdy nie uronię nad tobą żadnej łzy, bo wiem, co z ciebie za ohydny, nędzny tchórz. Już nigdy nie zniszczysz nikomu życia.

– Nie myśl o tym teraz.

Sebastian ziewnął i zamrugał powiekami. Odchylił się, opierając o ścianę. Powieki mu opadały.

– Połóż się – powiedziałam. – Zrobię ci dobrze.

Odłożyłam pornosa, przysunęłam się i podłożyłam mu poduszkę pod głowę. Wyglądał, jakby już spał, więc skuliłam się obok niego i patrzyłam na jego spokojną twarz.

Poleżałam tak kilka minut, żeby proszki zadziałały. Kiedy już miałam pewność, że śpi, wstałam i podeszłam do jego komputera. Włączyłam edytor tekstu i napisałam list pożegnalny, Sebastian tłumaczył w nim, że bardzo mu brakuje zmarłych kolegów i ma wyrzuty sumienia, że nie potrafił ich uratować. Pisałam lepiej od niego, więc musiałam się postarać o prosty język i nawet zrobiłam parę błędów ortograficznych. Zabrało mi to trochę czasu, bo wystukiwałam litery zapalniczką, na wypadek gdyby ktoś potem sprawdzał odciski palców na klawiaturze.

Zostawiłam otwarty dokument, żeby ten, kto wejdzie do pokoju, od razu go znalazł.

Teraz przyszła pora na ciężki wysiłek.

Otworzyłam szafę i poszukałam jego paska. Pamiętałam o podstawieniu krzesła. Położyłam się za Sebastianem, założyłam mu pasek na szyję i zaciągnęłam. Okazało się to trudniejsze, niż myślałam.

Stanęłam na łóżku i pociągnęłam mocniej, zapierając się nogami. Twarz mu zsiniała, próbował łapać powietrze, ale oczy miał wciąż zamknięte.

Wytężyłam wszystkie siły i puściłam dopiero po co najmniej pięciu minutach, przyłożyłam mu dłoń do szyi. Brak pulsu. Brak oznak życia.

Był naprawdę ciężki, powlokłam go do szafy, zapierając się mocno nogami. W końcu mogłam już posadzić go na krześle pod drążkiem. Potem były zmagania, żeby umocować pasek na drążku. Następnie kopnęłam krzesło, które przewróciło się na podłogę. Sebastian wisiał bezwładnie na pasku.

Rozejrzałam się po pokoju. Przeoczyłam coś? Torebeczką po proszkach dotknęłam jego palców, żeby zostały odciski. Nikt nie będzie mnie podejrzewał. Samobójstwo zostanie odebrane jako logiczne następstwo trudnego lata, gdy zginęli jego dwaj przyjaciele.

Rozejrzałam się jeszcze raz, w końcu poszłam cichutko do mojego pokoju, zabrawszy jeszcze swoją pustą butelkę. Zastanawiałam się, czy nie pójść, żeby ją wyrzucić, ale ostatecznie schowałam ją pod łóżkiem.

Nie spałam do szóstej rano, czytałam, rozmyślałam, zaglądałam w głąb siebie, czy mam wyrzuty sumienia. Nie miałam. Żadnych.

Około szóstej usłyszałam kroki taty w przedpokoju. Szedł do łazienki i widocznie zwrócił uwagę na otwarte drzwi pokoju Sebastiana, bo zatrzymał się. W następnej chwili usłyszałam jego wrzask.

Pierwszą część planu zrealizowałam i poszło mi względnie łatwo. Została jeszcze mama.

U was jest rano?

Faye przytaknęła. Kerstin wyglądała na wypoczętą. Szczęśliwą. Ucieszyło ją to, bo pośród chaosu, w którym sama tkwiła, szczęście Kerstin dawało pewną nadzieję również jej.

Twarz Kerstin przybliżyła się do ekranu. Drobne zmarszczki wokół oczu stały się wyraźniejsze. Faye poczuła ciepło na sercu na widok troski w jej spojrzeniu.

– Dobrze się czujesz? – spytała Kerstin.

– A wiesz, że tak. Wyciągnęłam wnioski. Już nigdy nie oddam kontroli nad sobą, nigdy więcej się tak nie odsłonię.

– Tego nie da się obiecać. I nie chcę, żebyś składała takie obietnice. Każdy powinien mieć odwagę się trochę odsłonić.

Faye westchnęła i pomyślała o Julienne. O przyszłości, którą chciała zapewnić swojej córce.

– Pewnie masz rację. Jednak trochę to potrwa. Nie wiem, czybym zniosła, gdyby ktoś znów złamał mi serce.

Kerstin roześmiała się tym swoim serdecznym śmiechem, który zawsze pojawiał się niespodzianie.

– Nie dramatyzuj, Faye. Jesteś silniejsza, niżby się wydawało, i sama o tym wiesz. Takie użalanie się nad sobą – to nie ty. Masz wokół siebie wiele kochających osób. Może i przegrałaś bitwę, ale wygrasz wojnę. Nie zapominaj o tym.

– Jeszcze jej nie wygrałam.

Kerstin przyłożyła dłoń do ekranu, Faye niemal poczuła pieszczotę na policzku.

– Ale wygrasz. Zadzwoń, jak tylko będzie po wszystkim.

– Obiecuję. Całuję. Tęsknię za tobą.

– Ja za tobą też.

Faye wyłączyła FaceTime na komputerze. Zdała sobie sprawę, że się uśmiecha mimo napięcia przed tym, co ją czeka. Tęskniła za Kerstin, ale to wspaniałe, że jest taka szczęśliwa ze swoim Bengtem w Mumbaju.

Sięgnęła po komórkę i zadzwoniła do Ylvy.

– Cześć, Faye, właśnie miałam do ciebie dzwonić.

Na dźwięk spiętego głosu Ylvy puls tak jej przyspieszył, że miała dudnienie w uszach.

– Gotowe?

– Tak, żona nie ma nic przeciwko temu. Inwestycja jest zabezpieczona.

– Boże, co za ulga.

Faye przymknęła oczy. Puls jej zwolnił, zamiast tego poczuła dreszczyk oczekiwania, po raz pierwszy od pewnego czasu. Ostatni kawałek układanki trafił na miejsce.

Spojrzała w lustro i umalowała usta na jaskrawoczerwony kolor. Biały płaszcz Max Mara przerzuciła przez ramię, do drugiej ręki wzięła swoją teczkę Louis Vuitton i wyszła z apartamentu. Zamieszkała ponownie w Grandzie, gdzie czuła się bezpieczniej. Miała do pokonania sporą odległość, mogła więc podjechać taksówką, ale włożyła swoje najwygodniejsze pantofle na wysokim obcasie i postanowiła się przejść. Potrzebowała się przespacerować, żeby zebrać myśli.

Woda u nabrzeża połyskiwała. Idealny dzień. Słońce, nawet żaden wiaterek nie zmarszczył wód zatoki. Idąc, uśmiechała się do mijanych przechodniów.

Nagle stanęła jak wryta. Kątem oka dostrzegła coś, co domagało się jej uwagi. Odwróciła się w stronę wielkiej witryny galerii, gdzie było wystawione kobiece popiersie ze srebrnymi skrzydłami. Zachwyciła ją srebrna rzeźba. Jej ręka powędrowała do piersi, gdzie kiedyś przed wielu laty nosiła wisiorek od mamy. Dopóki nie zginął w mrocznych dniach na Yxön.

Podeszła bliżej. Autorką rzeźby była Caroline Tamm. Faye spojrzała na zegarek, a potem weszła do galerii.

– Chcę kupić rzeźbę z wystawy. Tę ze srebra.

– Nie zapyta pani najpierw o cenę? – zdziwiła się kobieta, która siedziała za stołem tuż przy wejściu.

– Nie – odparła Faye, podając jej swoją kartę Amex Black. – Trochę mi się spieszy. Zapłacę teraz, ale proszę odesłać rzeźbę na ten adres.

Podała jej swoją wizytówkę.

Karta została przeciągnięta przez terminal, Faye tymczasem podeszła do rzeźby i obejrzała ją z drugiej strony. Skrzydła miały kształt rogów wyrastających z pleców kobiety. Emanowały taką siłą, że nigdy czegoś podobnego nie widziała. Niech będą symbolem nowego. Kiedy już myślała, że straci Revenge na rzecz Henrika, miała wrażenie, że to przez jej skrzydła z wosku, które roztopiły się, gdy odważyła się wzbić za blisko słońca. Teraz poczuła, że może wzlecieć tak wysoko, jak zechce. Na swoich skrzydłach ze srebra.

W chwili, gdy drzwi galerii zatrzasnęły się za jej plecami, Faye wiedziała, że jest już gotowa.

Odchyliwszy głowę do tyłu, przypatrywała się pięknej dziewiętnastowiecznej fasadzie. Kiedy przyjechała do Sztokholmu z Fjällbacki, nie mogła się dość napatrzyć na tę mnogość starych, pięknych budynków. Teraz, prawie dwadzieścia lat później, była tak bogata, że mogłaby kupić cały kwartał. Zdumiewające uczucie.

Spojrzała w lewo, w stronę Stureplan i Biblioteksgatan, gdzie znajdował się kiedyś Buddha Bar. Przypomniała sobie jasny, czarowny letni wieczór dwa tysiące pierwszego roku, kiedy poznała Victora. Był świetnym, delikatnym facetem. Zbyt delikatnym, jak jej się wtedy wydawało. Jak wyglądałoby jej życie, gdyby wtedy nie wybrała Jacka?

Znów spojrzała w górę. Tam, na piątym piętrze, czeka David. I Henrik. Każdy w swoim gabinecie.

Alice i Ylva wysłały esemesy, że wszystko gotowe, żaden z nich nie widział, że przyszedł ten drugi. Scena była przygotowana. Faye próbowała uświadomić sobie, co czuje, czy się denerwuje, czy może jest zła albo smutna.

Jednak nie, wypełniało ją poczucie szczęścia. Szalonego czystego szczęścia. Byłoby gorzej, gdyby w jej życiu nie było Ylvy i Alice. One ją uratowały. Uratowały się nawzajem.

Wstukała kod wejściowy i zaczekała na windę. Jeszcze chwila i już szła między pustymi biurkami open space'u w Revenge, wciągając w nozdrza zapach świeżo parzonej kawy. W sali konferencyjnej paliło się światło.

Zobaczyła kark i szerokie plecy Davida, który rozmawiał z Ylvą i Alice. Uśmiechnięte usta Alice poruszały się, ale grube szklane drzwi nie pozwalały słyszeć rozmowy.

Faye otworzyła je, David odwrócił się i spojrzał na nią. Wstał i rozłożył ręce, żeby ją objąć.

– Nareszcie, kochanie, stęskniłem się za tobą! – wykrzyknął. – Okropnie mi było bez ciebie we Frankfurcie.

Faye minęła go, nie patrząc, odsunęła krzesło u szczytu stołu, usiadła i założyła nogę na nogę.

– Co...? Faye, co się dzieje? – zdziwił się.

Z twarzy Alice zniknął uśmiech. Patrzyła na niego ze złością. David chyba wyczuł, że nastrój w pokoju uległ zmianie.

– Ściągnęłam cię tutaj, żeby cię przedstawić nowej inwestorce – odezwała się Faye, wyciągając rękę do Ylvy, która podała jej skoroszyt.

Faye otworzyła go, spojrzała na papiery i kiwnęła głową.

– Być może cię to dziwi, zważywszy na to, że nie sprawuję już kontroli nad Revenge. Między innymi na skutek przekazywania przez ciebie informacji Henrikowi. Ale on siedzi w pokoju obok. I wierz mi, wkrótce Revenge znów będzie moją własnością. Na twoim miejscu w przyszłości starałabym się nie być kojarzona z Henrikiem Bergendahlem. Zaraz to zrozumiesz. A póki co... To chyba mówi samo za siebie.

Wzięła dokument leżący na wierzchu i przesunęła po stole, David chwycił go kurczowo.

– Ja to... ja to zaraz wyjaśnię – wyjąkał.

Faye parsknęła.

– Nie będziesz nic wyjaśniał. Masz słuchać.

Wreszcie wbiła w niego wzrok. Teraz podsunęła mu trzy spięte kartki. Zatytułowane „Wspólny wniosek o orzeczenie rozwodu" z wpisanymi nazwiskami David Schiller i Johanna Schiller.

– Masz to podpisać.

– Ale co to jest? Sam od miesięcy próbowałem doprowadzić do tego rozwodu, przecież wiesz.

Faye zaśmiała się, Alice i Ylva dołączyły do niej. David rozdziawił usta, patrząc na nie kolejno.

– Kochany, skończyło się. Przez całe swoje życie oszukiwałeś kobiety. Ale z tym koniec. Próba wkupienia się w Revenge za pieniądze żony i twierdzenie, że jesteście w trakcie rozwodu... cóż, było to kreatywne posunięcie. A potem zabezpieczenie się w ten sposób, że przekazywałeś Henrikowi poufne informacje biznesowe na temat naszej ekspansji na rynek amerykański. – Kiwnęła głową, wskazując pierwszy dokument, który mu podsunęła. – Muszę przyznać, że się nie leniłeś. Ale to koniec, rozumiesz? Ciesz się, jeśli unikniesz więzienia.

David przełknął ślinę. Czerwienił się coraz bardziej.

– Ja...

– Zamknij się! – krzyknęła Faye.

Rozległo się pukanie do drzwi. Faye skinieniem zaprosiła ciemnowłosą kobietę w eleganckiej sukni Chanel.

– Cześć, drogi eksmężu – powiedziała Johanna Schiller, siadając obok Faye.

David znów rozdziawił usta.

Nie przestawał mrugać, patrząc na dwie kobiety.

– Johanno, ona chce cię nabrać – odezwał się. – Nie wierz w jej kłamstwa. Chodzi jej tylko o twoje pieniądze.

Miałem romans, była to chwila słabości, ale tylko tyle, nie miało to dla mnie żadnego znaczenia. Jesteśmy małżeństwem. Kocham cię, Johanno.

Johanna zachichotała.

– Nigdy bym cię nie oszukał – ciągnął i wskazując na Faye, dodał: – Uwiodła mnie.

Nagle walnął pięścią w stół, jego wyraz twarzy zmienił się, był wściekły. Wyglądał jak rozzłoszczony chłopczyk.

– Przestań – powiedziała Johanna, kręcąc głową. – Podpisz te papiery i zjeżdżaj, mamy zebranie zarządu.

David nachylił się w jej stronę.

– To ty jesteś tą nową inwestorką?

– Tak, bo przecież ty jesteś bankrutem – mruknęła Ylva.

Johanna przytaknęła radośnie.

– Bez ciebie i dramatycznych zwrotów, które wnosiłeś w moje życie, okazało się nagle, że mam mnóstwo czasu. I pieniędzy. Mam dość ratowania twoich nieudanych inwestycji. Po tym, jak Ylva wyjaśniła mi sytuację, powiedziałam, że z radością zainwestuję w Revenge.

David odwrócił się do Faye, która skrzyżowała ramiona i obserwowała go z rozbawioną miną. Otworzył usta, by coś powiedzieć, ale zrezygnował.

– Podpisz i zjeżdżaj, kochasiu. Mamy sporo do omówienia, a potem stąd wyjdziemy, żeby to uczcić.

David wziął pióro i wciąż patrząc na Faye, nabazgrał podpis. Następnie wstał gwałtownie, omal nie przewracając krzesła. Cofnął się w stronę drzwi, w oczach miał wściekłość.

– Pan David Schiller – odezwał się ktoś zza jego pleców.

David odwrócił się, w drzwiach stało dwóch policjantów.

Faye widziała, jak szli tutaj, ale nic nie powiedziała.

– Tak? – odpowiedział nerwowo.

– Proszę z nami.

– Dlaczego?

Był w wyraźnej defensywie.

– Może omówimy to na zewnątrz.

Odwrócił się do Faye.

– Coś ty zrobiła?

– Złożyłam na ciebie doniesienie w związku z prze-
stępstwami przeciwko Revenge i mnie osobiście. Szpiegostwo gospodarcze, za które prawdopodobnie trafisz na
kilka lat do więzienia.

Policjanci chwycili go pod ręce i wyprowadzili. Jego
głośne protesty odbijały się echem od ścian. Ylva zebrała
papiery i włożyła do skoroszytu.

Faye wstała i podała rękę Johannie.

– Witam na pokładzie.

– Dziękuję.

Faye wzięła głęboki oddech. Chłodzący się szampan
musi jeszcze poczekać. Zanim przyjdzie czas świętować,
został jej do załatwienia jeszcze jeden drań.

Henrik uśmiechnął się szyderczo, gdy Faye weszła do gabinetu, który jeszcze niedawno należał do niej. Zaraz za nią Ylva i Alice, która zamknęła drzwi, bo szła na końcu.

– Co sprowadza trzy byłe pracownice tej firmy? Cieszcie się, że akurat mogę poświęcić wam chwilę, mam mnóstwo roboty, bo szykujemy wielkie wejście na rynek amerykański, a moja cierpliwość w wysłuchiwaniu skarg byłych pracowników jest bardzo ograniczona. Zapisy w umowach o pracę są przestrzegane co do joty. Muszę zresztą stwierdzić z przyjemnością, że najwyraźniej wykazujesz ochotę do pracy, Alice. To coś nowego.

– Zamknij się – odpowiedziała pogodnie Alice.

Henrik zmarszczył brwi.

– Nie mam czasu. Mówcie, o co chodzi, a potem zabierajcie się stąd. Nie macie tu nic do roboty.

Rozparł się w fotelu i splótł ręce na karku.

Ylva położyła mu na biurku plik papierów. W wielu miejscach były na nich podkreślenia zielonym markerem.

– Co to jest?

– Jesteś właścicielem Revenge, bez wątpienia, ale nie praw do naszych produktów – odezwała się Faye. – To są papiery z Urzędu Patentowego, które to potwierdzają.

Ciekawe, co na to powie partner Revenge w Stanach. Nie mówiąc o twoich partnerach finansowych. Fakt, że jesteś właścicielem firmy, ale nie jej produktów, oznacza w praktyce, że nie posiadasz niczego, co miałoby jakąkolwiek wartość.

Kiwnęła głową, wskazując Alice i Ylvę.

– Razem z nimi zaczęłam już przekonywać akcjonariuszki do powrotu do nas. Co do materiałów wygrzebanych przez prywatnych detektywów, żebyś mógł szantażować akcjonariuszki, wśród nich Irene Ahrnell... gdyby ci kiedykolwiek przyszło do głowy, żeby wykorzystać te informacje, to wiemy oboje, że Alice nie potrzebuje detektywów, aby ujawnić pewne rzeczy na twój temat...

Alice skrzyżowała ramiona i przytaknęła z uśmiechem.

– Ty pizdo jedna! Zmyśliłaś to! Moi adwokaci nigdy by nie przepuścili takiego szczegółu!

Henrik poczerwieniał na twarzy, wstał, wbijając wzrok w Alice.

– Mhm, a jednak przepuścili – zauważyła. – Może powinieneś zmienić adwokatów? Mogłabym ci odpowiedzieć: ty chuju jeden, ale zważywszy na rozmiar, właściwiej będzie: ty pisiorku. Niestety, emocje już nie będą te same...

– Ty cholerna...

Henrik drgnął, jakby chciał ruszyć na Alice, ale Faye weszła między nich. Nachyliła się nad biurkiem, podsunęła mu dokumenty i odezwała się zimno:

– Bez praw do produktów ta spółka jest wydmuszką. Innymi słowy, oznacza to dla ciebie ogromną finansową stratę. I dla twoich inwestorów. Dlatego będzie dla ciebie najlepiej, jeśli mi teraz sprzedasz wszystkie swoje akcje.

Za tyle samo, za ile je kupiłeś – sam i przez podstawione osoby. Mam nadzieję, że to rozumiesz i jesteś wdzięczny za moją wspaniałomyślność.

– Niby dlaczego miałbym to zrobić? Mam mocnych inwestorów, którzy mnie popierają, stać mnie na proces przed sądem, mam w dupie, że znalazłaś jakiś zapis drobnym drukiem w którejś cholernej umowie – będę z tobą walczył aż do twojego ostatniego grosza...

Henrik syczał i parskał, pryskając śliną, Faye sięgnęła spokojnie do kieszonki jego marynarki, wyjęła chustkę i wytarła nią twarz.

– Zważywszy na to, że twoim największym inwestorem w przejęciu Revenge jest Sten Stolpe, nie byłabym taka pewna...

– Sten jest jednym z moich najstarszych przyjaciół i najwierniejszych klientów i partnerów. Mogę powiedzieć z całą pewnością, że będzie mnie wspierał bez zastrzeżeń.

Jego słowa ociekały pogardą. Alice podczas tej kłótni oglądała starannie swoje paznokcie, a teraz odezwała się obojętnie:

– Powinieneś sprawdzić swój telefon. Coś mi mówi, że Sten próbuje się do ciebie dodzwonić...

– Co jest, do cholery?

Henrik podniósł teczkę i wyszarpnął z niej telefon. Faye wyciągnęła szyję i spojrzała na wyświetlacz, po czym odwróciła się do Ylvy i Alice.

– Ojej, zdaje się, że Henrik ma czterdzieści trzy nieodebrane połączenia i sporo esemesów od Stena. Ciekawe, czego on może chcieć? Zdaje się, że bardzo mu zależy, żeby się z tobą skontaktować...

Henrik, w miarę jak otwierał jedną wiadomość za drugą, stawał się coraz bledszy.

– Coś ty zrobiła, Alice?

Patrzyła na niego niewinnym wzrokiem.

– Ja? Nic. Tylko tak się przypadkiem stało, że wczoraj ukradli mi telefon, zgłosiłam to na policję, w takich sprawach należy być skrupulatnym. Nie wiem, co mogli w nim znaleźć i wysłać Stenowi. Oczywiście, mógł to być filmik, jak pieprzyłeś jego nieletnią córkę, wtedy opiekunkę do naszych dzieci, ale skąd ja mogę wiedzieć? Jak już powiedziałam, ukradli mi wczoraj telefon. Mówiłam, że zgłosiłam to na policję?

Henrik wrzasnął i rzucił się w stronę Alice, ale Ylva podstawiła mu nogę i upadł bezwładnie na podłogę.

Leżał, wrzeszcząc i wymachując rękami.

Wyszły wszystkie trzy, ale Faye odwróciła się jeszcze w drzwiach.

– Dziś wieczorem chcę mieć twój podpis pod oświadczeniem, że sprzedajesz mi Revenge. Znajdziesz go na spodzie, pod umowami.

Zamknęły drzwi gabinetu, skąd nadal dochodziły jego przekleństwa.

Mama dała się łatwo przekonać. Po śmierci Sebastiana żyła jak we mgle, a ojciec wyładowywał na niej swój żal i złość. Z każdym miesiącem było coraz gorzej. Po powrocie ze szkoły wstrzymywałam oddech, kiedy naciskałam klamkę drzwi wejściowych, i pierwsze, co robiłam, to wołałam mamę, za każdym razem bojąc się, że mi nie odpowie. Słyszałam krzyki, widziałam sińce i patrzyłam, jak mama niknie w oczach. Prawie nie jadła. Próbowałam przekonać ją, żeby coś przełknęła, wzięłam na siebie gotowanie i nauczyłam się przyrządzać jej ulubione potrawy. Czasem zjadała kilka kęsów, ale najczęściej tylko patrzyła pustym wzrokiem w talerz.

Zdawałam sobie sprawę, że mama umiera na moich oczach. Zawsze myślałam, że mama zginie, kiedy ojciec pewnego dnia posunie się za daleko. Jednak z biegiem czasu zrozumiałam, że umrze z braku nadziei. Nie widziała końca ani możliwości wydostania się z tej matni. Chciałam, żeby śmierć Sebastiana stała się dla niej ocaleniem, miała zapobiec jej załamaniu pod ciężarem naszej tajemnicy.

A zamiast tego być może przyczyniłam się do jej śmierci, wprawdzie powolnej, za to pewnej.

Ciągle miałam przed oczyma tamten raz, kiedy zastałam ją po przedawkowaniu proszków nasennych. Jak wepchnęłam jej palce do gardła, żeby zmusić do wymiotów. Wtedy ją uratowałam. A teraz zabiłam. Muszę coś zrobić. Dać jej nadzieję. Pokazać jej wyjście z tej sytuacji.

Kiedy już podjęłam decyzję, zabrałam się do planowania.

Cierpiałam, kiedy musiałam czekać, podczas gdy mama coraz częściej chodziła posiniaczona albo zakrwawiona. Wiedziałam, że niedługo umrze, jeśli nie pomogę jej uciec na dobre. A z tym nie potrafiłabym żyć.

Ojciec powinien ponieść karę za to, co nam zrobił, czego nauczył Sebastiana, za ten ciągły strach, w którym musieliśmy żyć.

Wiedziałam, że tylko jeden człowiek może nam pomóc. Brat mamy. Ojciec nie lubił wujka Egila, wpuszczenie do domu kogoś z zewnątrz postrzegał jako niepożądane ryzyko. Dlatego znałam wujka właściwie tylko ze wspomnień. Mama często o nim mówiła. Domyślałam się, że zrobiłby dla niej wszystko.

Mama miała jego numer telefonu w małym wyświechtanym notesiku, który trzymała w komodzie pod pończochami. Włączyłam ją częściowo do mojego planu. Widząc jej szklany wzrok, chciałam tylko objąć ją mocno i trzymać, ale rozumiałam, że powinnam być dorosła i zaopiekować się nią. Po raz pierwszy w życiu to ja byłam rodzicem, a ona dzieckiem.

Była drobna jak ptaszek i delikatna, z każdym dniem coraz wątlejsza. Zadzwoniłam do wujka Egila ze szkoły, kiedy w sekretariacie akurat nikt nie widział, bo nie powinnam zostawić żadnych śladów. Powiedziałam mu, czego potrzebuję, a on od razu obiecał pomóc. Bez pytań ani zastrzeżeń. Miał głos podobny do głosu mamy, co dodało mi pewności.

Pewnego wieczoru pod koniec lata uznałam, że już jestem przygotowana. Następnego dnia znów zadzwoniłam do wujka Egila i przekazałam dokładne instrukcje. Wiedziałam, że zrealizuje je aż do najmniejszego szczegółu.

Kiedy tata już się położył i zdążył zasnąć, w czym mu pomogły proszki nasenne rozpuszczone w wieczornej szklaneczce whisky, przystąpiłam do działania.

Mama była kompletnie bezwolna, niczym szmaciana lalka. Złamana, malutka i słaba, nic nie mówiła, o nic nie pytała, robiła tylko to, co jej kazałam, i pozwoliła się prowadzić. Nie odważyłam się spakować żadnych jej rzeczy. Niczego nie mogło brakować. Nie mogło wyglądać tak, jakby zabrała coś, opuszczając dobrowolnie dom.

Wieczór był dość chłodny. Żadnego ciepłego wiaterku, kiedy powoli szłyśmy nad morze. Miałam na nogach kalosze taty, w ręce jego młotek. Drugą wolną ręką prowadziłam mamę nad brzeg. Rękawiczki taty były za duże na moje niewielkie dłonie, cały czas musiałam je poprawiać. Mama poślizgnęła się, ale zdążyłam ją złapać, a kiedy się o mnie oparła, wciągnęłam w nozdrza zapach jej włosów. Będę za nią tęsknić. Boże, i to jak! Jednak kochać kogoś znaczy dać mu wolność. A więc uwalniałam teraz mamę.

Wujek Egil czekał na nas na łodzi bez świateł. Wiedział dokładnie, co teraz zrobię. Nie oszczędziłam mu żadnych szczegółów planu. Nie sprzeciwił się, chociaż cisza, jaka zapadła w słuchawce, była znacząca. Wiedział jednak, że mam rację.

Nie powiedziałam nic mamie. Uznałam, że lepiej będzie poczekać aż do tego momentu i wtedy prosić o zgodę. Wiedziałam, że ją da. Była przyzwyczajona do bólu.

– Mamo, muszę cię uderzyć. Mocno. Tym młotkiem. Jego. Tata musi zapłacić za to, co zrobił. Musi zniknąć z naszego życia. Rozumiesz, mamo?

Nawet się nie zawahała. Kiwnęła głową. Przywitałam się z wujkiem, kiedy doszłyśmy do łodzi, ale teraz nie miałam odwagi na niego spojrzeć. Uściskałam mamę. Poczułam jej kruche, wątłe ramiona na mojej piersi.

Bałam się, żeby nie uderzyć jej za mocno, bo rozpadnie się jak kryształ. Jednak już nie miałam odwrotu. Chwyciłam młotek, zamachnęłam się, zamknęłam oczy i uderzyłam. Celowałam w miękkie części, żeby jej niczego nie złamać. Jednak na młotku nie było ani kropli jej krwi. Potrzebowałam krwi i zrozumiałam, że muszę uderzyć w twardsze części. Musiałam doprowadzić do skaleczenia, żeby krew rozmazała się na młotku.

Celowałam teraz w piszczel. Zamachnęłam się mocniej. Mama jęknęła cicho. Kątem oka zobaczyłam, że wujek się odwrócił. Spojrzałam na młotek. Teraz już była na nim krew. Krew mamy.

Odłożyłam go w odległości może metra od wody. Na tyle daleko, by woda nie doszła tam podczas przypływu, zanim znajdzie go policja. Czule podprowadziłam ją do łódki. Nie bardzo mogła stawać na uderzonej nodze. Ale oparła się o mnie i jej ciało było ciepłe, miękkie. Niechętnie przekazałam ją wujkowi, jeszcze raz wciągnęłam zapach jej włosów. Wiedziałam, że minie wiele lat, zanim znów ją zobaczę.

Patrzyłam, jak znikają na wodzie w gęstej ciemności bezksiężycowej nocy, a potem powoli wróciłam do domu. Kątem oka zerknęłam jeszcze na pokrwawiony młotek.

Po przyjściu do domu odstawiłam kalosze taty w przedpokoju. Spadło na nie kilka kropli krwi. Zdjęłam rękawiczki, na których też było trochę krwi, i odłożyłam je na półkę na kapelusze.

W domu panowała cisza. Zostaliśmy w nim tylko ja i ojciec.

Od jutra będę tylko ja. Nie mogłam się doczekać.

Położyłam się do łóżka. Myślałam o mamie. Przypomniał mi się odgłos, kiedy uderzyłam ją w nogę.

Kochałam ją. A ona mnie. I to była moja ostatnia myśl przed zapadnięciem w sen.

N a brzegu okrągłego stolika w restauracji Riche ze srebrzystego wiaderka z lodem wystawała butelka bollingera. Alice, Ylva i Faye podniosły kieliszki, przepijając do siebie. Była to już druga butelka tego wieczoru. Kelnerowi powiedziały, że później zamówią coś do jedzenia, ale zupełnie o tym zapomniały. Faye czuła się pijana, ale doszła do wniosku, że jutrzejszy lot do Włoch odbędzie najwyżej na kacu, bo miało to być ich ostatnie spotkanie przed trzymiesięczną przerwą.

Zaplanowały sobie, jak podzielą się pracą w przyszłości. Na początku października miały się znów spotkać we trzy w nowojorskim biurze w związku z wprowadzeniem Revenge na rynek USA. Miała do nich dołączyć również Johanna. Była świeżo po rozwodzie, szczęśliwa i chyba uprawiała regularnie seks ze swoim trenerem osobistym. Zważywszy na to, jak szybko poszła z nim do łóżka, Faye podejrzewała, że bynajmniej nie była to jakaś świeża relacja, ale uznała, że to nie jej rzecz.

David siedział w areszcie, w oczekiwaniu na decyzję prokuratora w sprawie oskarżenia go o szpiegostwo gospodarcze. Ostatnie doniesienia na temat Henrika były takie, że jego firma zmierza do bankructwa. Plotka krążąca w branży głosiła, że między nim a Stenem Stolpe doszło do ostrego rozdźwięku i że Stolpe stara się ze wszystkich sił zniszczyć Henrika.

Kelner, przystojny facet w wieku około dwudziestu pięciu lat, o szerokiej szczęce, szarych oczach i z ciałem greckiego boga, chrząknął.

– Życzą sobie panie czegoś jeszcze? Czy wszystko dobrze?

Uśmiechnął się do Faye, którą przeszedł dreszcz. Czuła się wolna i radosna. Gotowa do następnego kroku. Krótka, intensywna przygoda na pożegnanie ze Szwecją byłaby w sam raz.

– Mogłoby być lepiej – odparła poważnie.

Drgnął zdziwiony. Ylva i Alice spojrzały pytająco.

– No tak – powiedziała, dając mu znak, żeby podszedł bliżej.

Nachylił się.

– I d e a l n i e będzie dopiero, jak mi powiesz, kiedy kończysz, żebym zamówiła samochód, który cię zawiezie do mojego hotelu – szepnęła.

Wyraz zdziwienia ustąpił miejsca rozbawieniu.

Wyprostował się i udając powagę, odparł:

– O pierwszej, proszę pani.

Alice i Ylva domyśliły się, o co pytała, i zaśmiały się. Kelner poprawił koszulę i odszedł, mrugnąwszy okiem.

Jeszcze raz wzniosły kieliszki.

Faye zarejestrowała kątem oka jakiś ruch i spojrzała w stronę okna wychodzącego na Birger Jarlsgatan. Zobaczyła znajomą twarz, która napełniła ją przerażeniem. Trzęsącą się ręką odstawiła kieliszek.

Nie było żadnych wątpliwości. Mężczyzną za oknem był jej ojciec. Podszedł bliżej, ich oczy spotkały się, wtedy przyłożył do szyby zdjęcie, na którym była jej matka i Julienne.

A potem zniknął.

PODZIĘKOWANIA

Powieść napisana, a podziękowania należą się wielu osobom. Zacznę od wyjaśnienia dedykacji, czyli kim jest Karin. Otóż Karin Linge Nordh była moją wydawczynią, począwszy od mojego drugiego tytułu. Bez Karin, jej umiejętności, mądrości i miłości do literatury nie byłabym tą pisarką, którą dzisiaj jestem. Od czasu wydania mojej poprzedniej książki Karin zmieniła pracę, ale to, czego mnie nauczyła, pozostanie ze mną na zawsze. W dodatku mogę cieszyć się jej przyjaźnią, bo nadal pozostaje obecna w moim życiu. Wielkie i serdeczne DZIĘKI, Karin.

Przy tej książce miałam przyjemność współpracować z Johnem Häggblomem i Ebbą Östberg. Oboje są warci największych pochwał za życzliwość i zaangażowanie w tekst. Są prawdziwymi gwiazdami na wydawniczym firmamencie i jestem ogromnie wdzięczna za to, że mogę z nimi pracować. Chciałabym też podziękować mojej redaktorce Kerstin Ödeen i pozostałym współpracownikom z wydawnictwa Forum/Ester Bonnier. Jest Was wielu, wykonujecie świetną robotę, o wszystkich pamiętam, choć nie wymieniam Was z nazwisk, sami wiecie, o kogo chodzi...

Bardzo ważną dla mnie osobą podczas pracy zarówno nad tą, jak i poprzednią książką o Faye jest mój przyjaciel i kolega po piórze Pascal Engman. Jestem mu wdzięczna, że zechciał poświęcić swój czas na partnerowanie mi w dyskusjach, do których wniósł wiele błyskotliwych pomysłów. Dziękuję, Pascal!

W codziennej pracy nad akcją promocyjną *Srebrnych skrzydeł* miałam wsparcie niezwykle kompetentnego zespołu: to Christina Saliba, Joakim Hansson i Anna Frankl oraz pozostali pracownicy Nordin Agency, a także Lina Hellqvist i Julia Aspnäs.

Przy powstawaniu książki niezmiernie ważne są fakty, w tym wypadku niezwykle cennym źródłem informacji z dziedziny ekonomii był dla mnie Emmanuel Ergul, również Martin Junghem i Sara Börsvik.

Jestem też winna podziękowania osobom z mojego najbliższego otoczenia. Bez mojej rodziny nie napisałabym ani słowa. Dziękuję mojemu mężowi Simonowi, którego kocham ponad wszystko, i moim wspaniałym dzieciom: Willemu, Meji, Charliemu i Polly. Także mojej mamie Gunnel Läckberg i moim teściom Anette i Christerowi Sköldom. Dzięki, że jesteście i że mogę na Was zawsze polegać.

Na końcu jak zwykle: Dzięki, Tato, że wpoiłeś mi miłość do książek.

Camilla Läckberg
Sztokholm, marzec 2020